L'HOMME Q

Vingt-quatre ans, un mètre ... à pratiquer tous les sport... une vitalité inépuisable, c'est... thérapie, avant le 6 avril 1972, avant qu'une balle de revolver se creuse un chemin jusqu'à sa colonne vertébrale.

Paralysé à jamais : le spécialiste de Genève lui a jeté le verdict au visage et Patrick réagit. Il décide de prouver que la condamnation n'est pas sans appel puis, quand tout espoir d'amélioration sera perdu, qu'un homme sans jambes reste un homme et ne doit pas être rayé du monde des « normaux ».

Se sortir de « là », de cet état de mineur assisté que l'on réserve si volontiers aux handicapés et de ce ghetto où l'on aimerait tant les oublier, aider les autres à s'en sortir, çe sont les deux idées qui ont conduit Patrick Segal d'abord en Chine puis autour du monde, seul dans son fauteuil roulant.

L'Homme qui marchait dans sa tête (1977) est le récit de son combat pour survivre, pour recommencer à exister « en prenant les risques de la vie d'un homme ». Un combat achevé en victoire puisque ce jeune athlète foudroyé est devenu reporter-photographe et cinéaste, a pris part à la course transatlantique de 1976, est allé au Vietnam, a refait le tour du monde, témoin infatigable, comme il le relate dans *Viens la mort, on va danser* (1979), champion inlassable du « droit à la différence » et de l'égalité de tous, paralysés ou non.

Patrick Segal est né à Epernay (Marne) en 1948. Le Prix des Maisons de la Presse et le Grand Prix Vérité lui ont été décernés en 1977 pour *L'Homme qui marchait dans sa tête*. Il vient de recevoir en 1980 le Prix International de la Paix.

PATRICK SEGAL

L'homme qui marchait dans sa tête

FLAMMARION

© *Flammarion*, 1977.

*A mes parents,
à Bernard,
à Étienne de Monpezat qui, dans la réalisation de ce livre, est devenu, plus qu'un collaborateur, un ami.*

1

6 avril 1972

Je n'ai même pas vu l'arme. Le coup est parti, faisant voler à travers la pièce le siège sur lequel j'étais assis, pour écrire à je ne sais plus qui cette lettre perdue.

Un 6,35... La déflagration, comme un courant électrique, et je suis projeté en l'air. Un 6,35 à bout portant, c'est redoutable. Comme si j'explosais dans des milliers de volts. Un fauteuil culbuté, un bond dans l'espace. Puis plus rien. Une absence, un vide total.

Bien entendu, le vacarme du coup de feu m'a fait instantanément tout comprendre. Je suis retombé lourdement, sachant déjà que la balle est dans la colonne vertébrale, un peu à droite. Plus tard, les précisions : en biais dans l'axe du cœur.

Par terre, un réflexe immédiat veut me remettre debout. Mes bras et ma tête remuent encore, tout le reste est insensible, comme perdu dans une marée de fourmis. J'essaie encore. Au moins relever la tête. La douleur me visse au sol, à moins que ce sang qui s'échappe ne veuille me retenir collé au carrelage terne.

Ma main est descendue le long de mon corps, instinctivement dégrafe ma braguette gonflée. Par l'échancrure, un sexe en érection, comme ceux des pendus au début du voyage. Tout est chaud, calme. J'ai compris. Quand on est kinésithérapeute, à quelques mois du diplôme, lorsqu'on a passé des jours de stage en hôpital à regarder souffrir les blessés, on n'ignore pas ce que veut dire une érection. Dans un accident, elle ne signifie plus la vie qui cherche à se répandre, mais elle est un signe que la mort approche. Macabre paradoxe.

L'accident est donc mortel. Autour de moi, ils se sont tus, guettant au coin de la bouche, comme dans un mauvais western, le sang qui va se répandre. Moi aussi, j'attends le sang. Mes mains sont devenues bleues, mes ongles sont mauves. Je redoute le diagnostic : hémorragie interne, la balle vraisemblablement a touché une artère pulmonaire, peut-être le cœur. Alors, j'attends, d'une seconde à l'autre, le goût dans la bouche. Mais pourquoi cette absence de douleur ? Un point dans le dos, juste une petite gêne. La balle a dû faire une tache visqueuse dans mon pull de marin, mon pull tout neuf. Je me demande où elle est entrée, j'imagine qu'elle a dû filer au niveau de l'omoplate, traverser une vertèbre, avant d'atteindre le cœur...

Pourquoi suis-je en train de penser à tous ces détails ? Même si c'est fini, il y a peut-être mieux à faire. On ne crève pas sans s'affoler un peu. Justement, ils sont muets, là, interdits autour de moi.

« Vite, dans mon carnet prenez le numéro de téléphone des parents... Appelez les pompiers... Demandez un brancard métallique... Dites qu'il y a fracture de la colonne vertébrale... peut-être le cœur... Tout le matériel de réanimation. »

La fille, son frère et sa mère me regardent sans un mot.

La maison est en dehors du village. Le frère de la fille sort, veut faire démarrer sa Volkswagen, dans son affolement n'y arrive pas, et part en courant pour téléphoner aux pompiers.

J'ai froid, mes dents claquent, c'est foutu... Un goût de fer emplit ma bouche. Je ne savais pas que le sang de la mort avait un goût de rouille. J'ai envie de passer ma main sur mes lèvres sèches, et de chasser tout ça.

Je me souviens des derniers instants quand, serrés dans nos blouses blanches, nous ne savions plus quelle contenance prendre. C'était hier... j'étais cet étudiant trop grand, trop fort pour ses malades et ses moribonds accrochés à leur misère. Et maintenant, c'est à mon tour de contempler mes mains totalement bleues, ce que nous appelions « la fin ». Cette fois le paravent de la blouse blanche n'existe plus.

Aujourd'hui 6 avril 1972, j'ai vingt-quatre ans... j'avais vingt-quatre ans. Onze heures trente du matin. Une balle en folie venue d'ailleurs a fait éclater le soleil. Mon dos continue à se vider et personne n'est venu. Deux kilomètres à faire à pied, ce n'est pas le bout du monde, mais il a fallu attendre une heure les deux gamins ayant nom de pompiers...

Je crois que je me suis mis à crier :

« Vite, je vous en supplie. Ne me laissez pas crever. »

Ils ont à peine vingt ans, mes sauveurs casqués vêtus de cuir, qui glissent leurs lames métalliques sous mon dos. Ils soulèvent mon corps, le posent sur un brancard, le sanglent. Un des pompiers m'a mis la lame juste sous la blessure. Pas de vague, pas de larmes, plus de cris. Je suis conscient, l'affolement a disparu, et je ne peux m'empêcher de participer à mon sauvetage, de donner encore d'autres indications, de reprendre mes ordres. Est-ce pour sauver la face et « faire le brave » ? Tout ce bruit, est-ce pour ne pas entendre la mort ?

Nous sommes partis. Et voilà que le brancard ne passe pas par la porte... il faut que je leur dise de casser l'entourage de bois. On n'incline pas ainsi une colonne vertébrale fracturée, même avec toutes ces sangles. Pourtant je les laisse me basculer, j'ai l'impression de glisser peu à peu, avant de tomber tout à fait.

L'air frais pénètre mes narines, ça sent la résine et le foin mouillé. Pourvu qu'ils aient la force d'aller jusqu'à la camionnette, ils n'ont pas l'air bien costauds. On cale le brancard, on me sangle encore un peu, on veut me donner de l'oxygène, déjà, j'ordonne de foncer.

Le Diesel se met en route, la carrosserie tremble, l'ambulance s'est inclinée avant de s'immobiliser. Embourbée. Le chauffeur emballe le moteur, je devine la roue qui creuse son trou dans la boue, l'essieu qui va bientôt se bloquer dans la terre détrempée. J'avais bien pensé à l'hélicoptère, mais il pleuvait à verse et le vent soufflait en rafales trop dangereuses.

Toutes les issues se bloquent... C'est fini, cette fois.

Il faudrait qu'elle soit là ; il faudrait que tu sois là, toi. Tu te mettrais au volant, décidée et calme, tu tâterais l'embrayage et, de la pointe du pied, tu accélérerais doucement, en seconde, pour éviter de faire tourner trop vite la roue motrice.

Viens vite ! Je t'appelle, toi, de mon navire embourbé, parce que le temps presse et que bientôt les mots resteront à jamais emmurés dans ma bouche livide. Il n'y a que toi qui puisses me sortir de là...

La camionnette tangue, les roues doivent fumer dans le bourbier. J'ai envie de descendre et de leur montrer.

J'oublie que je suis mort, enfin... je ne sais plus. Lentement la carcasse s'extirpe dans un feulement, s'arrache de cet océan de boue qui voulait s'infiltrer par ma plaie béante et se fondre dans mon corps maintenant liquide. Nous franchissons en cahotant le raidillon, les branches griffent la carrosserie, la nature ne veut pas me lâcher. Mais moi je ne veux pas retourner à la terre, j'ai trop froid et je suis seul.

Je crie aux pompiers :

« Vous m'emmenez à Genève.

— Impossible, on n'a pas le droit de vous faire franchir la frontière. Le médecin décidera sûrement d'aller à Lyon...

— Je veux pas savoir. On va en Suisse, c'est à vingt-cinq kilomètres, je vais mourir...

— On est désolés, il faut l'avis du médecin. »

Sur cette petite route de montagne en lacet, je ne peux même pas leur demander d'aller plus vite. La voiture brimballe, le brancard me rentre dans le dos, je sens ma tension qui baisse, mon sang qui s'en va. Il n'y a plus rien dans mes doigts devenus transparents.

Je demande au chauffeur de prévenir l'hôpital où il me conduit que le médecin soit prêt à partir aussitôt avec nous vers le « Cantonal ».

« Ici voiture 6, vous m'entendez ? Le blessé

demande qu'on le transporte à l'hôpital cantonal.
— Impossible... Un interne s'occupera de lui dès son arrivée. »

La fille et la mère sont dans l'ambulance. Le fils est resté là-bas pour prévenir tout le monde, mais je n'entends rien. J'essaie d'imaginer ces quelques grammes de plomb qui font pencher si fort le plateau de ma vie, je vois déjà ma cage thoracique qu'on ouvre. Moi qui ai toujours craint de subir un jour une trachéotomie, je vois une canule émergeant de mon cou et qui siffle à chaque respiration comme une cocotte minute.

On s'immobilise dans le sous-sol. Aucun bruit. Personne. L'hôpital d'Annemasse est désert. Mes deux petits pompiers cherchent désespérément un interne de garde, tandis que les minutes continuent de s'égrener. Je suis seul. La mort, c'est sans doute une porte qui refuse de laisser passer le brancard ; la boue qui retient l'ambulance du dernier espoir ; l'interne de garde qui rend les honneurs à une sage-femme, dans la salle des pansements... Et moi je suis en train de crever, attaché à mon lit métallique...

Stéthoscope en sautoir, une jeune fille aux joues roses d'émotion pose sur moi son regard finement maquillé. Je supplie :
« Vite ! A Genève !
— Non, Lyon.
— Je ne veux pas. Je perds mon sang depuis trois heures. Genève est à vingt-cinq kilomètres et Lyon à deux cents. Je serai mort avant. »

Je l'ai convaincue. Nous passons la frontière toutes sirènes hurlantes, mes deux pompiers d'opérette s'en donnent à cœur joie sur l'autoroute. Mon ange gardien me tient la main, je sais qu'elle cherche mon pouls, sans en avoir l'air et, les yeux fermés, je devine qu'elle me sourit. J'essaie de répondre, à coup sûr dans un rictus.

Sa main se resserre sur mon poignet, elle a dû perdre la pulsation.

J'entends dans la cabine mes deux apprentis sorciers qui se consultent. Ils sont perdus dans Genève où, par la faute de règlements absurdes, ils n'ont jamais mis les pieds, à moins qu'ils ne soient payés par une compagnie de Pompes funèbres. Dans ce pays où se presser est un crime, une dame fort polie, à l'accent fleurant bon le chocolat, prend son temps pour nous indiquer l'itinéraire touristique. Pour un peu, elle nous signalerait les heures d'ouverture des banques et des horlogeries.

On fait le tour de la ville par le périphérique. On a tout mon temps.

Il y a quatre heures et demie que la balle m'a frappé, quand un panneau, lettres noires sur fond blanc, annonce l'hôpital cantonal.

Salle d'urgence.

« Nom, prénom, âge ? »

J'ai la force de hurler :

« Vous vous foutez de ma gueule ? »

Suffoqué, le type ouvre des yeux ahuris :

« Qu'est-ce qui vous est arrivé ?

— Il y a cinq heures que j'ai une balle dans le dos.

— Vous vous êtes tiré dessus ? »

L'abruti, le débile ! je suis un sportif, je suis un champion, mais de là à me tirer une balle dans le dos !

Le patron arrive. Sans hésitation il coupe immédiatement dans mes fringues. Mon pull de marin à rayures avait absorbé tout mon sang et la chaleur de la balle avait cautérisé la plaie.

Deux yeux bleus lumineux plongent au fond de moi. Deux yeux d'espoir. Une peau bronzée qui sent encore la crème protectrice pour skier, une voix précise et patiente à la fois :

« On vous opère tout de suite.

— Montrez-moi la radio. Que je sache au moins pourquoi je meurs. »

J'aperçois la balle en plein dans la colonne, au niveau du cœur. Je sens la piqûre. L'anesthésiste, l'avaleur de conscience, a un dernier mot gentil avant de m'envoyer au pays des rêves.

Je n'ai plus rien à décider. Le rideau tombe et mon rôle s'achève. Je sens venir un sourire. « Lorsque tu arriveras presque à la mort, tu te sentiras sourire. Ne t'étonne pas : c'est toujours ainsi », dit le Zen.

Et sans doute est-ce toi que je suis allé retrouver, près des chevaux du petit matin. Tu étais sûrement là, devant les écuries noyées dans la brume, allant d'un box à l'autre, faisant apporter quelques ballots de foin. Nous avons sans doute marché en silence, enfoncés dans nos bottes de cuir, au milieu des allées bien ratissées. Nous avons dû nous mettre à parler, toi de ta vie loin des hommes, loin de la ville, hors du temps, entre fougères et galop, moi de l'hôpital et de mes malades, et puis de l'avenir, le tien, le mien, le nôtre. Quelque chose en nous emprisonne les mots, l'odeur de l'herbe ou le temps qui s'est arrêté. A l'heure de la confidence, il suffirait de si peu.

Et pendant ce temps-là un type en bavait pour atteindre ma colonne vertébrale, à travers les dix-sept centimètres de muscles de mon dos de sportif...

2

6 avril 1973

LA balle, c'était il y a un an tout juste.

Aujourd'hui, c'est l'avion. En ce jour d'anniversaire, je m'offre la Chine. En avion, et en fauteuil roulant.

Entre-temps, il y a eu trois cent soixante-cinq jours nourris de désarroi et de désespoir, entre-temps, comme on dit, c'est une longue histoire, qui se raconte, qui se racontera en parallèle et sur une autre voix. Une lutte interminable, jalonnée d'abandons et de mains qui se tendent. De ricanements à vous faire trébucher, d'applaudissements pour vous relever. Une immense nuit de silence, de larmes, de poings serrés et de nausées.

Un infini de cruauté, d'oubli, d'abandon.

Et puis, dans ce ciel noir, quelques éclairs, parce que quelque part une fille qui fut un amour attend peut-être, on ne sait pas très bien, mais on veut croire. Parce qu'il a suffi qu'un copain vienne, comme tous les copains ; et qu'il revienne, qu'il insiste, comme seul un ami, comme l'ami qu'il est devenu : celui qui croit en vous à votre place, qui montre le chemin quand on ne veut plus aller nulle part. Parce que, à chaque dernier soupir, à chaque dernière note à la chanson du désespoir, à chaque point final au chapitre des abandons, s'est élevée une voix inattendue, s'est levée une main inespérée. Qui ne parlaient ni de guérison ni de miracle, mais qui disaient que la vie voulait vivre, même sans jambes. Et qui précisaient que vivre, c'était rire, rire, être heureux, être heureux, aimer la vie. Une boucle qui se ferme, un cercle parfait.

C'était simple, autant que les choses qui vont, justement, « comme sur des roulettes ». Les roulettes d'un fauteuil roulant. Encore fallait-il croire à la simplicité des choses.

Aujourd'hui, j'ai gagné. Parce que j'ai eu de la chance. Et surtout parce que, avec quelques-uns, et contre beaucoup, je l'ai voulu...

Ce 6 avril, donc, je pars pour la Chine.

Un inconnu, il y a six mois, a frappé à la porte de chez moi. Un petit monsieur au visage basané, algérien d'origine et de nationalité, qui dirige une maison d'import-export, et qui a entendu parler de moi parce qu'un vague cousin de ma mère travaille vaguement chez lui.

« Madjid Kerrar. Voilà, me dit-il, je me rends en Chine chaque année, à la Foire de Canton. Un de mes amis a récupéré l'usage de sa main paralysée grâce à un traitement d'acupuncture. Je peux vous faire obtenir un visa. Voulez-vous tenter l'expérience ?

Je venais d'obtenir mon diplôme de kinésithérapeute, inutile sans doute puisque j'étais paralysé à partir de la poitrine. Je venais de m'échapper du centre de rééducation, malgré l'avis de tous, parents et médecins, pour vivre seul dans mon petit appartement. C'était dur, horriblement. Des jours et des nuits de face à face avec l'immobilité, la solitude, le désespoir et le renoncement. Mais aussi un tête-à-tête avec un soi-même qu'on n'a pas souvent la chance de rencontrer. Celui qui vous habite mais qui ne se dévoile que dans les coups durs. Et le dialogue est intéressant.

Et, tout d'un coup, on vous offre la Chine. On croit à une mauvaise plaisanterie, on croit qu'on embarque une fois de plus sur un rêve idiot, et puis on se dit « pourquoi pas ? ».

Mais entre ce moment d'espérance et l'instant où je pose mes roues sur la piste en ciment qui conduit à la carlingue, que d'obstacles. A la maison d'abord, où l'enthousiasme de la première heure a vite cédé le pas au doute, à la critique, puis à l'hostilité devant un projet aussi fou. En moi-même aussi, parce que, à force d'avoir voulu embarquer pour la lune sans réussir à décoller, je suis tenté, pour ne plus risquer d'être déçu, de me boucher les oreilles.

Mais je prendrai mes précautions. Cette fois, surtout, se garder de l'espoir fou. Je m'efforce de voir dans la Chine autre chose que l'acupuncture et la promesse de la guérison. Simplement tenter l'aventure, quitter ces murs et sortir de moi.

Il y a enfin mon corps à vaincre une fois de plus. J'ai accepté de subir une deuxième opération : extraction d'un caillot de sang dans le canal rachidien, « l'opération-miracle » qu'on ne peut refuser, la porte ouverte sur tous les possibles. Elle n'a d'autre résultat que de me laisser sans forces, mes muscles patiemment refaits pendant des mois d'efforts solitaires à nouveau flasques. A nouveau, d'autres immobilités, d'autres souffrances, d'autres vertiges.

Quinze jours de bagarre insensée, de rééducation intensive à me défoncer à coups de barres parallèles, d'haltères, de piscine, me permettent au moins d'avoir à nouveau la force de manier mon fauteuil, et de retrouver une relative indépendance.

Ce n'est pas la forme idéale pour tenter pareille aventure, mais la chance, c'est pas comme le facteur, ça ne sonne qu'une fois. Mieux vaut ouvrir tout de suite, même si l'on se trouve plus au chaud dans son lit.

Rendez-vous est fixé au 14 avril, à la frontière chinoise, « quelque part après Hong-Kong ». Il faut être dans les temps, le visa est délivré pour un jour précis aux cinq mille étrangers environ qui se rendent à Canton pour la foire de printemps.

Le 5 avril, Bernard Stasi, mon ami, apprend sa nomination — ministre des D.O.M.-T.O.M. Avec d'autres amis, on a fêté ça chez moi toute la nuit. Une vie nouvelle commence, pour tous les deux.

Au petit matin, je prends la direction de la Suisse — l'embarquement est prévu à Zurich sur un charter à destination de Hong-Kong — au volant de ma BMW spécialement aménagée. Le voyage au bout du monde commence par un étrange retour sur mes pas, vers ces montagnes où, il y a un an, jour pour jour, s'achevait ma vie d'homme.

Il faut bien aussi prévenir mes parents, alors en vacances dans les Alpes, comme chaque année, et qui ne savent pas encore que ma décision est prise. Leur déception est immense, ils ont cru un instant que j'écoutais enfin les bonnes paroles de la Faculté : repos, air pur, calme, famille. Ils jugent mon attitude infantile, essaient tous les arguments pour empêcher ma folie. Peine perdue.

J'embarque à la dernière seconde, retardé par une tempête de neige qui a rendu les routes presque impraticables.

L'avion est une fête. A côté de moi, une jeune Australienne très belle. Les stewards sont en grève, remplacés par une équipe d'amateurs qui vide sans scrupules la cave et les réserves de cigarettes. Le champagne coule à flots. Rome, première escale : une quarantaine de travailleurs italiens qui vont s'embaucher dans les diverses escales qui jalonnent notre vol ont résolument jeté leurs chaussures et quitté leurs vestes et leurs chemises, pour promener joyeusement leurs chaussettes et leurs tatouages. Tel-Aviv, Téhéran, New Delhi, Bangkok — le soleil se lève —, Saigon — interdiction de sortir, dehors c'est la guerre. On sème les compagnons d'euphorie, on emporte de nouvelles têtes intriguées.

Vers cinq heures du soir, commence la descente magnifique sur Hong-Kong. Depuis un long moment, l'avion survole à basse altitude un paysage de petites îles où circulent les jonques, avant de plonger soudain comme à travers la ville. Les ailes semblent toucher les buildings accrochés aux pentes des collines au milieu desquelles l'appareil navigue. On distingue le linge sur ses cordes et les gens à leurs fenêtres, plus haut que nous.

Dehors, la nuit qui tombe est humide et chaude. C'est la mousson. Quelque chose de lourd et de louche, presque dangereux, presque sordide, plane dans l'air. Mais je n'ai pas le temps de penser à ces menaces. J'ouvre des yeux d'un autre âge, envahi par cette exubérance qui bouscule dans un passé lointain le monde figé et lent où, comme un poisson rouge dans son bocal, je tourne en rond depuis un an. Tout me cogne au visage, les couleurs, les lumières, les enseignes et le bruit, les autobus anglais, la foule chinoise.

Mon fauteuil récupéré dans la soute, après vingt-trois heures d'immobilité totale, on aurait envie de se dégourdir les jambes. Il ne me reste qu'à me laisser entraîner dans le sillage des hommes d'affaires qui veulent m'emmener jusqu'au « Mandarin », dans l'île. Je préfère être sur le continent à Kowloon, et les abandonne. Un minibus me dépose devant un hôtel à deux pas du port, près de la station de train. Et me voilà seul, commençant une timide reconnaissance à roulettes à travers le hall, difficile traversée sur l'épaisse moquette trop profonde de l'hôtel Hyatt aux dimensions de stade. Meubles laqués, moquettes rouges, hôtesses chinoises qui m'ont heureusement repéré et s'occupent de tout, le sourire fendu comme leurs robes accueillantes... Luxe, façade, illusion. Repos...

Le lendemain, il faut bien songer à ce qui va m'être indispensable pour affronter la Chine. A l'époque, je n'ai pas lu grand-chose. *De la Chine*, le livre récemment paru de Macciocchi, et *Le Guide de Pékin*, d'Odile Caille. Bien qu'il soit dit dans cet ouvrage que les photos sont interdites en Chine, déjà l'aventurier Segal achète à tout hasard un appareil photo. Son premier appareil, sans garantie car sans doute volé. Aucune importance, je ne connais rien encore, ni au matériel ni à la technique...

Si l'on savait combien il se passe de choses, et combien passionnantes, quand on peut sortir de sa chambre. A Hong-Kong plus encore qu'ailleurs.

Déjà, de la fenêtre de mon quinzième étage, je plonge sur le mouvement : docks jamais au repos, cheminées de cargos lâchant leurs fumées au vent, vieux sampans ballottés par la houle. Tout bouge.

Je vais commencer bientôt, moi aussi, à tout faire éclater. Une frontière encore à franchir, et l'inconnu pour m'emporter. Mais voilà qu'on annonce un typhon particulièrement violent qui interdit tout déplacement. De gros nuages aussitôt cachent l'île et tachent de lourdes traînées noires le ciel chargé d'or et de pourpre. Pauvres insectes barricadés derrière nos fenêtres, il ne nous reste plus qu'à regarder la télévision. Incroyable rencontre. Là, sur la petite lucarne de Hong-Kong, c'est mon professeur de français à Sainte-Barbe qui fait son apparition. Gueule burinée, mal rasée. Que se passe-t-il ? Il s'est reconverti dans la réclame de rasoir électrique. La littérature mène à tout ! J'apprécie ce clin d'œil complice du passé.

Toute sortie est interdite, sous peine de se faire assommer par ce que le vent charrie, ou décapiter par quelque tôle ondulée échappée d'une toiture affolée.

La boîte de nuit de l'hôtel est pleine d'Américains roses et d'Australiens le nez dans la bière. La chanteuse module d'une voix douce malgré le vent qui dehors entame ses ravages. L'ascenseur me remonte à la télévision, j'ai le temps de saluer le portrait de la reine souriante sur fond de *God Save the Queen*. Les autorités, on le sait, ignorent toujours les éléments déchaînés.

Le lendemain, l'immobilité forcée a fait monter la tension dans l'hôtel. Le rideau de pluie déjà infranchissable semble encore conforté par une espèce de gardien hindou en tenue de sikh — bottes de cuir, turban rouge et ceinturon, barbe — qui veille près de la porte d'entrée. Je ne peux m'empêcher de rôder autour du porche, cherchant la faille. A quoi bon aller affronter la tempête ? Pour quel plaisir idiot ?

J'ai trop attendu depuis un an ce moment où défilerait sous mes roues le vrai chemin. Rude ou tendre, qu'importe ? Je me suis trop de fois réveillé, trempé de sueur, émergeant d'un mauvais rêve où je dévalais à toutes jambes des pentes sans fin avant de retrouver une réalité de cauchemar, pour continuer à vouloir raisonner cette envie de bouger qui me tenaille. La « porte du large » ouverte, les amarres larguées, qui peut encore me retenir ?

Émergeant du brouillard, un taxi fantôme s'est arrêté devant l'hôtel. Je fais appeler le chauffeur. La liaison avec l'île est possible, le retour non garanti. Nous partons sous le déluge.

Les rues sont désertes, jonchées de gravats, de pancartes arrachées. Le tunnel est ouvert malgré les risques d'inondation. Dans l'île, le tableau est le même. Seules parfois, d'un bloc de maison à l'autre, courent des silhouettes d'enfants, pantalons relevés au-dessus du mollet. A quoi jouent-ils ?

La voiture semble souvent bloquée, immobilisée par la tempête, puis reprend au pas son avance à travers les branches venues s'échouer entre les parois rocailleuses du chemin, petite route en lacets qui grimpe à travers les bougainvilliers. Parfois, le taxi se met à trembler de toutes ses ferrailles, comme s'il allait être aspiré par la tornade. Une jeep de la police, bâche recouverte de grillage, nous bloque le passage. Un policier en descend, impeccable dans son short anglais vite trempé, les fines jambes maigres cognant contre les bottes trop larges, et après une courte discussion nous intime l'ordre de repartir.

Le vent redouble de violence à mesure qu'on approche de la côte. La mer a pris des teintes ardoise, sillonnées de crêtes blanches comme la bave d'un démon réveillé quelque part au fond de ses abîmes. On distingue derrière les baies vitrées des villas les lourdes barres de fer de renfort.

Il faut rentrer, à travers toujours les éboulis et les poubelles renversées...

Mon escapade inutile pourtant m'a rassuré. D'autres mondes interdits me sont offerts... il suffit de passer les frontières.

Le jour du départ, un chauffeur de l'hôtel m'accompagne à la gare dans une immense limousine noire. Quel symbole, quel contraste entre ces deux mondes si proches et si lointains ! La pensée m'effleure des bicyclettes qui m'attendent à Canton.

La gare est noire de monde. Les hommes d'affaires sont là, venus des quatre coins de la terre. Le train ressemble à un petit train de banlieue, banquettes de bois, aspect vieillot, couleur grise.

On m'aide à plier mon fauteuil qu'on dépose sur la banquette.

Huit heures du matin à la grosse horloge. Un marchand de limonade défile, plateau chargé de bouteilles et de verres mal lavés. Pour les hommes d'affaires, c'est toujours l'heure du scotch...

A travers les vitres griffées de pluie, les banlieues sont encore plus noirâtres et sinistres. On nage dans la crasse : buildings aveugles et gris, terrains vagues où pourrissent les casseroles et les voitures esquintées, maigres jardinets où jouent des gosses aux yeux sûrement tristes. Une banlieue comme n'importe quelle banlieue de la terre, mais qui devient ici le sinistre symbole d'une poubelle de l'Occident.

Bientôt les taudis sur pilotis enfoncés dans la vase, puis les dernières maisons s'espacent, les arrêts se font plus rares, on va bientôt sortir des « Nouveaux Territoires » où continue de jouer l'influence anglaise. Elle dépasse les règlements de circulation. Dans le train même, un étrange mélange. Cheveux raides et yeux bridés, les écolières qui descendent à « University » portent la blouse blanche et la jupe bleu marine, les garçons, le short long, les grandes chaussettes et le blazer à écusson.

Le train longe maintenant une baie à peu près déserte. Les sampans sont restés prudemment amarrés les uns aux autres ; les barques à moitié coulées sont retenues à la surface par une chaîne. Par endroits, de véritables lacs se sont formés de chaque côté du ballast. L'eau a envahi les potagers et les maisons en contrebas de la voie. Un train surréaliste avance au milieu de la mer.

A l'avant-dernière station, ceux qui n'ont pas de visa chinois descendent. Restent les hommes d'affaires, réunis dans un seul wagon, et c'est la frontière de Shum-shum.

Il faut descendre. Un Hollandais costaud me prend dans ses bras et me porte, manœuvre difficile au long du remblai de cailloux. Tout le monde franchit à pied les quelques centaines de mètres qui nous séparent du pont métallique enjambant une petite rivière. Étrange exode que celui de ces hommes d'affaires, habillés à la façon coloniale, l'appareil photo en bandoulière. Je m'étonne. N'est-ce pas interdit ?

Un poste anglais garde le pont. Au milieu du pont, des gardes rouges, mitraillettes à la hanche, sagement alignés. De l'autre côté, une guérite, puis un building. C'est là qu'on nous fait attendre, tandis qu'on rassemble dans un coin nos valises marquées à nos noms. Déjà perce une organisation extraordinaire. Aucun geste inutile, des sourires, de l'efficacité.

Rendez-vous nous est donné dans une salle du premier étage. Quatre Chinois habillés en bleu me portent, un interprète nous suit. La salle est grande, dominée par un immense portrait de Mao, un Mao de quatre mètres de hauteur. En chemisette blanche, assis sur un muret, « Le Grand Timonier » fume une cigarette. L'image de la Chine rigoriste s'envole en fumée. Imagine-t-on de Gaulle ou Pompidou en cette tenue et dans cette attitude ?

Les Chinois trouvent comique cet Européen à roulettes qu'il faut porter, et ils n'arrêtent pas de rire en me regardant, d'un rire franc et sans complexe.

L'attente se prolonge, assis sur des fauteuils recouverts de housses blanches ; on nous offre du thé et des cigarettes. L'interprète soulève les rires en épelant avec d'étranges accents nos noms pour nous faire passer, l'un après l'autre, dans une petite pièce. Là, on distribue des pochettes où sont consignées toutes les indications et toutes les informations nous concernant.

A l'heure du déjeuner, la grande salle de banquet réunit à nouveau tout le monde. L'ambiance s'est réchauffée, les vieux briscards habitués de la foire se sont retrouvés.

Enfin le train nous emporte vers Canton. Cette fois, à ma grande surprise, tous les éléments d'un luxe raffiné sont réunis : air conditionné, sleeping couchettes, moquette, et jusqu'à la Chinoise au sourire chinois qui sert le thé où flottent des pétales de jasmin. Nous avons quitté la crasse et les taudis pour un autre monde où les jardins sont tirés au cordeau, la campagne nette et propre, les collines dessinées par un miniaturiste. La vie respire le calme et la douceur, les cours d'eau et les lacs paisibles évoquent une nature elle aussi disciplinée, comme le sont ses habitants répandus dans les champs.

Canton n'est qu'à cent vingt kilomètres, et le voyage promet d'être rapide. Pourtant, fatigué, je m'endors...

Grand, droit dans son costume mao bleu, la chemise bleu ciel ouverte, les sandales de plastique au pied, mon interprète m'a aisément repéré et se dirige vers moi sur le quai de la gare. Souriant, décontracté, sympathique, il parle un français parfait, appris, me dit-il, en deux ans d'université, et me demande de bien vouloir corriger ses fautes.

Canton, c'est une ville du Nord de la France, ou de Belgique, aux immeubles gris de deux ou trois étages, avec une foule un peu plus dense et active. Il fait lourd et chaud, le ciel est gris, nous avons passé le Tropique du Cancer et c'est déjà la mousson.

Notre taxi traverse la ville en klaxonnant de façon presque ininterrompue. Telle est la loi. Si par malheur la voiture renversait une des innombrables bicyclettes qui emplissent les rues, le chauffeur serait responsable. Il y a plus de véhicules à moteur que je ne l'imaginais, entre les camions, les autobus, les taxis et les tricycles.

Une odeur particulière, faite d'épices et de fleurs, de thé et de mousson, une odeur d'ailleurs emplit la voiture.

Il se met à pleuvoir quand nous arrivons à l'hôtel.

Les passants stupéfaits s'arrêtent, en me voyant débarquer, fascinés par mon numéro d'acrobatie au moment de franchir le trottoir. Ici c'est le pays de l'équilibre, l'Empire du milieu, le centre géographique du monde et cette notion n'est pas un vain mot.

A peine dans le hall, je suis pris en charge, conduit vers l'ascenseur. Dans ma chambre, simple et conventionnelle, tournent les grandes pales d'un ventilateur. Deux lits recouverts d'une moustiquaire, armoire en bois laqué, carrelage à petits carreaux blancs et noirs. Sur la table de chevet en bambou, une lampe en plastique vert, à l'abat-jour froncé, un grand thermos avec de l'eau chaude pour préparer le thé. Une cloison isole une baignoire et un lavabo.

Les fenêtres sont petites, mais nombreuses, fixées par des bras coulissants, sans doute à cause des vents de mousson. Cinq ou six fenêtres allongées en hauteur, côte à côte, recouvertes de rideaux verts, donnant sur une étroite cour de récréation. Ma chambre est au cinquième étage et domine une ville aux toits de tuiles plutôt gris. Seuls émergent les clochers d'une ancienne cathédrale (devenue marché me dira-t-on par la suite) et les tours d'une pagode penchée.

C'est l'heure du dîner. Un ascenseur me conduit

jusqu'au dernier étage où je retrouve la plupart de mes hommes d'affaires de l'après-midi. L'homme « à la main cassée » se dirige vers moi, se présente. Il est hollandais, c'est l'ami de Madjid Kerrar, il m'invite à sa table. Je n'aurai pas été longtemps abandonné.

L'atmosphère chaude et bruyante atténue le côté un peu austère de l'immense salle de restaurant. Des tables carrées recouvertes de nappes blanches abritent déjà les premières conversations de business. Les serveuses aux nattes tressées circulent à pas rapides, tout en sourires, en gentillesse et en grâce.

C'est mon premier vrai repas chinois. Abondance, diversité, raffinement. A l'heure des serviettes chaudes, je songe aux pommes de terre bouillies et aux compotes tristes qui composaient, il n'y a pas si longtemps, mes menus quotidiens d'hôpital.

Ce soir-là, pour ma première nuit chinoise, je n'arrive pas à trouver le sommeil. Il fait chaud, le ventilateur ne remue qu'un souffle tiède, tout est trop neuf et le choc trop violent. Je tourne dans mes draps, me croyant découvreur d'Amériques et répétant, émerveillé et inquiet, comme si le nouveau monde était à mes pieds : « Je suis en Chine ! je suis en Chine ! »

3

8 avril 1972

AU-DESSUS de ma tête, des visages encapuchonnés guettent une réaction de ma pupille. Des yeux semblent sortir de masques en caoutchouc qui tournent autour de moi, comme autour d'une proie paralysée oscille en sifflant la tête du serpent. Les drogues ont ramolli mes réactions, je baisse les paupières et les relève par fractions de secondes, ignorant où se situe le cauchemar et où retrouver les choses de la vie.

Je me souviens très bien avoir pensé que je n'étais pas mort. Mais où est la vie ? Tout est indicible, on n'est pas mort mais on ne sait plus très bien si l'on est vivant. Ce n'est pas comme dans un rêve, non, ce sont bien des voix qui parlent, mais on ne distingue pas ce qui se dit.

Soudain, j'ai retrouvé le fil d'Ariane qui va me sortir de la nuit, et me ramener à moi-même. Là, tous ces fils et ces tuyaux reliés à des appareils électrico-électronico-médicaux, ce sont les sentinelles de ma vie. L'anesthésie s'estompe, la réalité reprend ses droits. Aussitôt je porte la main à mon cou, avec une lenteur inconnue. Il n'y a pas l'entaille tant redoutée. Dans mon inconscient narcotique, je leur ai certainement parlé de ma phobie. J'ai dû leur interdire de m'ouvrir le cou. J'ai envie de sourire aux yeux qui s'approchent. Mais mon souffle reste bloqué, ma cage thoracique ne répond plus. Que se passe-t-il ? Mes yeux balaient le plafond. On me parle. Je veux répondre, leur dire de retirer ce poids qui écrase ma poitrine. Mes mots restent dans ma gorge, l'air ne sort plus des poumons, c'est l'asphyxie. Au secours !

Les masques ont deviné ma panique. Des mains tournent des robinets, l'air force le passage dans mes poumons aplatis. Je veux dire merci, mais ma bouche est murée, vissée désespérément sur un silence absolu.

Tous ces fils pourtant, comme un standard téléphonique dont je serais le cœur, mais où les liaisons ne s'établissent plus.

Mes deux bras sont traversés par des perfusions, mon sexe est attaché sur mon ventre, un conduit enfoncé à l'intérieur. Un tuyau déverse dans ma narine gauche des flots d'air frais.

Je viens de comprendre, j'ai retrouvé le fil de ma vie courante, je suis rebranché sur mon circuit de conscience. On m'a opéré d'une balle logée dans ma colonne, et je suis en train de sortir de l'anesthésie. L'opération consistait à ouvrir chaque vertèbre de la zone atteinte avec une sorte de burin, après avoir découpé dans la chair du dos pour atteindre la colonne, à travers la masse de muscles. Après avoir écartelé la vertèbre avec un appareil spécial, il s'agissait, ayant dénudé la moelle, soit de retirer la balle — ce qui se révéla impossible car elle était trop profondément ancrée dans le plateau vertébral — soit de retirer le sang coagulé et tout ce qui pouvait faire une compression néfaste. Si la moelle n'était pas directement atteinte, l'onde de choc et la chaleur avaient néanmoins tout grillé, comme un fer rouge posé à même les nerfs.

Donc il fallut laisser la balle, se contenter de nettoyer l'œdème et de refermer l'os sur un espoir abandonné.

Et moi je me réveillais cerné de masques livides, et qui n'entendaient pas les appels qui ne sortaient pas de ma poitrine oppressée.

Combien de jours, combien de nuits ? Tout est flou. Je suis solidement sanglé à une table, ou plutôt une sorte de lit à bascule qui pivote à intervalles réguliers. Pour l'heure, je suis sur le dos, ne sachant pas encore ce qui m'attend. Les bras fixés le long du corps, des drains dans le dos, des tuyaux de perfusion qui me pénètrent de toutes parts, la tête immobilisée, mon nez et mon sexe eux aussi prolongés par des tubes, où s'arrête mon corps ? Qu'est devenue ma volonté ?

Au bout d'une heure environ, on me posera sur la poitrine une sorte de tapis de mousse, sur lequel on placera un deuxième lit constitué par une toile montée sur un arceau rectangulaire. On montera des barres par-dessus le tout, et deux infirmières commenceront à serrer au maximum, jusqu'à me verrouiller en sandwich. Qui va me dévorer ?

Alors, le sol bouge, la pièce bascule, on fait tourner à toute vitesse le lit sur ses axes de manière à retrouver la saucisse écrasée que je suis devenue face au sol, le ventre toujours compressé par des bandages. On enlève le lit dans mon dos, il ne me reste rien d'autre à faire qu'à fixer le plancher pendant une heure. Le but de ce remue-ménage permanent étant de faire circuler constamment le sang, ce sang déjà liquéfié par des médicaments pour éviter le caillot fatal de l'embolie. Au moment de la manœuvre tournante, manège machiavélique, j'ai l'impression qu'on me casse en deux, et que je vais glisser entre les matelas. Mon sang, m'a-t-on dit, était tellement liquéfié qu'on craignait à tout instant une rupture d'anévrisme. Ironie banale ! Alors que ma peau est trouée par cette balle, c'est une hémorragie cérébrale ou gastrique qui risque de m'emporter...

Un feu me dévore, mille poignards me transpercent le corps, ma langue a doublé de volume, et dans la bouche cet horrible goût de fer ! C'est au bout du troisième jour seulement que commença la douleur. Je croyais en avoir l'habitude — deux vertèbres fracturées, une jambe et un pied cassés — et me vantais d'être résistant à la souffrance. Cette fois, rien n'aurait pu m'empêcher de hurler. Une piqûre de morphine, toutes les heures, m'apportait quelque répit. Par ailleurs, je ne pouvais plus respirer : à la suite du choc, c'était comme si les muscles de ma cage thoracique s'étaient rompus, j'avais l'impression d'être à chaque instant laminé par un rouleau compresseur, et, malgré le tube qui me sortait du nez, chaque mouvement pour soulever mes côtes était comme une tentative absurde pour soulever un immeuble. Le diaphragme compensait en partie le travail des poumons, et m'alimentait, en « respiration basse ».

En position ventrale, on disposait sous mon front qui dépassait du lit une bande de caoutchouc destinée à maintenir ma tête à l'horizontale. Mais la transpiration faisait glisser ma tête, et il fallait donc faire un effort surhumain pour la soutenir en permanence, ce qui m'empêchait de dormir. Deux mètres carrés de plancher constituaient ainsi tout mon univers ; dans l'autre sens, un plafond composé, comme souvent dans les cliniques, par des plaques à trous, un plafond macropore, un plafond qui rend fou. Au bout de cinq minutes, la tête me tournait, les trous se mettaient à danser une farandole infernale. Comme je demandais qu'on veuille bien accrocher un drap pour m'éviter cette nausée permanente, l'infirmière — logique suisse ! — me répondit qu'il suffisait de fermer les yeux !...

Je suis revenu à moi avec le soir. La pièce est doucement éclairée, il doit être sept heures. La nuit doit se poser lentement sur les toits tranquilles de la cité horlogère. La seringue va me délivrer tout à fait de ce cauchemar peuplé de tuyaux et de gémissements. Bonheur narcotique où je me plonge, que j'implore maintenant tous les quarts d'heure ; chaque centimètre cube de morphine me rapproche du dernier sommeil. Fuir la réalité, accepter le jeu morbide pour gagner du temps. Je ne suis pas seul à jouer avec des dés pipés, la frousse de regarder ma mort en face les pousse eux aussi aux tripes, et ils préfèrent me rejeter dans l'antichambre du néant que d'entendre mes cris.

Courage, jeune homme blanc, blanc de peur et d'ignorance, tu t'en sortiras sans eux. Ces faux archanges toujours prêts à t'offrir pour prix de ton silence leurs trésors de pilules, de soporifiques et de tranquillisants, il faudra bien que tu les démasques. Quitte à te retrouver seul.

Mais comment faire ? Dès que j'ouvre les yeux,

les trous là-haut me brouillent la vue. Le plafond danse encore et ondule, le mal de mer me reprend, je m'absorbe dans cette chambre devenue tremblante comme la surface d'une eau agitée par le vent.

L'oppression me gagne, et toujours ce goût de fer dans la bouche. Je dois rêver. Ce n'est pas possible, cette chambre encombrée de cadrans et de tuyaux. Il faut me réveiller! c'est l'heure d'aller travailler, les malades vont encore attendre. A force de sortir si tard et de mener grande vie, je deviens trop souvent la proie des cauchemars...

Mais non, c'est bien moi qui suis là, ficelé sur ce lit pivotant, nu et transpercé de fils et de tubes où montent et descendent des niveaux blancs et rouges.

Je crois que je vais pleurer. Ce n'est pas moi, dites-moi que ce n'est pas moi. On n'a pas pu me faire un coup pareil.

J'ai vingt-quatre ans, ce n'est pas juste!

4

Avril 1973

Au sablier chinois, la nuit s'est allongée comme s'étirent les fleurs à la fraîcheur du soir. Mais, à Canton, la vie commence de bonne heure. Devant la façade de l'hôtel, immense bâtisse aux yeux de verre que borde la Rivière des Perles, une foule de badauds s'est rassemblée pour jouir du spectacle fascinant des Européens.

Ce matin, mon interprète doit m'accompagner à l'hôpital — un service de soins est réservé aux Occidentaux de la Foire — et je veux sans tarder consulter l'acupuncteur.

Les grilles de l'hôpital s'ouvrent sur une allée bordée d'arbres. Au pied des troncs, des malades accroupis en grappes fument et jouent aux cartes, bavardent ou contemplent du regard le bleu épais du ciel.

Le bâtiment est rudimentaire, la salle de soins blanche aux murs nus, la table où je m'allonge en bois ordinaire, recouverte d'un drap blanc. L'interprète traduit mes dossiers, tandis que le médecin demande parfois quelques précisions, avant de commencer à m'ausculter. Lentement, ses doigts nerveux et fragiles glissent sur ma peau, à la recherche de repères invisibles, comme des sentiers perdus recouverts par la végétation tropicale. Longtemps il va, il vient, puis il sourit et me donne rendez-vous le lendemain à l'hôtel. Il accepte de venir chaque jour pour une séance d'une demi-heure, pour quelques yuans, soit, tout compris, l'équivalent de cinq francs. Il est optimiste, il pense à des progrès possibles.

La séance des petites aiguilles aura lieu désormais chaque jour.

Après avoir repéré ses points de contact à l'aide d'un bâtonnet recouvert de coton et imbibé d'un liquide brunâtre, l'acupuncteur choisit ses aiguilles stériles préparées par une infirmière. Il les égoutte soigneusement, plante une à une les pointes d'acier dans les marques laissées sur ma peau, puis les tourne pour les enfoncer plus ou moins profondément, atteignant parfois douze centimètres dans certaines régions du ventre. Sur les aiguilles du ventre il a disposé une petite boîte en bois, dans laquelle est fixé un « moxa », bâtonnet d'un centimètre environ, en poudre d'armoise ou en aggloméré genre amadou, auquel il met le feu. Ces tisons chauffent ainsi les différents points situés sur des lignes où est censée circuler l'énergie, qui vont ainsi recevoir l'énergie manquante ou au contraire libérer le trop-plein accumulé. D'autres fois, les aiguilles sont reliées à des fils branchés sur un stimulateur électrique, et des vibrations envoient des ondes longues comme des lames de fond qui procurent une étrange sensation de bien-être. Je n'ai pas mal, sauf au moment où il pique ses pointes dans la cicatrice hypersensible. Alors, je dois attraper les montants du lit et m'agripper de toutes mes forces pour ne pas crier. « C'est bon signe, si vous avez mal », répète-t-il alors pour m'encourager.

Il complète le traitement en me faisant ingurgiter un infâme jus de plantes en décoction, de couleur noirâtre et qui sent la réglisse et le vieux bouillon. Entre chaque gorgée de l'horrible bol de soupe à la grimace, je suis obligé d'avaler un verre d'eau pour éviter que mon estomac ne me remonte dans la bouche. L'acupuncteur reprend ses encouragements, calqués sur le même principe : « Plus c'est mauvais, meilleur c'est », mais qui ne me convainquent qu'à demi.

Je passe mes après-midi à la Foire. C'est un immense bâtiment qui abrite des centaines de stands où sont présentés tous les produits de consommation de la Chine populaire. On discute, on achète, on commande des marchandises, qui vont de la théière en terre aux tracteurs ou aux machines outils, en passant par tous les produits d'artisanat imaginables. Je circule dans mon fauteuil à travers les allées, curieux de ces interminables palabres autour des tables, objet de curiosité moi-même. Je m'amuse, on s'amuse de moi, bientôt je suis connu de presque tout le monde. Un groupe de Japonais qui circulent en bande et qui prennent tout d'assaut, qui se précipitent comme des bêtes fauves dans les ascenseurs, se ruent sur moi pour me mitrailler de flashes. A qui vont-ils me montrer, serai-je le souvenir le plus pittoresque de leur foire ?

Au bout de quelques jours, timidement d'abord, du haut de ma chambre, je commence à photographier Canton. Puis, prudemment, je m'aventure dans les rues et photographie monuments et scènes de la vie quotidienne. Je me suis alors aperçu que nombreux étaient ceux qui le faisaient parmi les hommes d'affaires de la Foire.

La ville est très étendue. Je vais de pagodes en parcs publics, du « parc des Cinq-Moutons » à celui du « Mouvement de l'Institut paysan », je photographie — ce qui n'existait pas, avais-je lu dans les livres — deux amoureux qui s'embrassent, et qui s'embrassent longuement, naïvement, les yeux dans les yeux comme tous les amoureux dans les parcs du monde entier.

Au bout de quinze jours arrive enfin Madjid Kerrar, mon « patron ». Il demandera qu'on me change de chambre, qu'on m'installe sur l'autre façade, donnant sur le fleuve. Car, en fin de compte, je passe aussi de longues heures seul dans ma chambre. Désormais le spectacle du fleuve sera plus vivant. Le mouvement lent des sampans, les trains de barques arrimés que traîne un bateau à moteur composent en effet une toile pittoresque et mobile.

Désormais, j'assisterai mon patron dans ses négociations. Comme je parle l'anglais plutôt mieux que lui, comme j'ai le sentiment d'avoir été pris en sympathie par les Chinois de la Foire, et comme enfin je veux me rendre utile, je lui ai proposé mon aide. Il ne s'agit pas de marchander — les prix ne sauraient varier selon les lois de l'offre et de la demande — et pourtant les discussions, lentes et précises, durent des heures. C'est que la qualité d'une même marchandise varie considérablement selon qu'elle provient de telle ou telle fabrique, usine, province, ville. Chaque jour donc, nous passons des heures, assis autour des tables, à échanger des nouvelles de ma santé, à décliner l'offre de cigarettes, à avaler force tasses de thé (excellente thérapeutique pour mes reins) avant d'en venir à l'évaluation des quantités et des qualités des marchandises. Quoique directs et méticuleux, les Chinois aiment à faire traîner en longueur la négociation avant la signature d'un de ces contrats qui va permettre à mon ami d'importer jusqu'aux Canaries les porcelaines, les chaussures, les instruments de musique ou les aliments qu'il redistribuera ensuite un peu partout. Je suis fasciné par ces heures d'affrontement amical et serré, entre l'ancien berger kabyle et le paysan des rizières qui savent tout des lois du négoce sans avoir jamais rien appris.

Chaque soir à six heures la vie s'arrête. La mousson déverse ses torrents d'eau qui trempent les retardataires, et chaque soir, à six heures, Madjid Kerrar vient me retrouver dans ma chambre, entraînant parfois un ou plusieurs amis. Il y a là le frère de Ben Barka, il y a Chomsky, qui sait tout sur tout le monde et que nous avons baptisé « l'espion » tant il paraît évident qu'il a mis tout le monde en fiches. Il y a surtout Roland Do-Hu, personnage à demi irréel tout droit sorti d'un livre de contes et légendes de l'Orient du temps des guerres de l'opium. Mi-vietnamien, mi-français, d'apparence asiatique, et toujours déguisé en aventurier — pantalon kaki en cuir et en toile, veste à cartouchières, chemise à ramages violette et noire — il a une façon de fermer à demi ses yeux sur la fumée de son éternelle cigarette anglaise et de laisser rebondir son ventre de bouddha, qui fait de lui une espèce de divinité noyée sous les nuages de l'encens.

Il parle à merveille les langues utilisées dans tout le Sud-Est asiatique, le français, l'anglais bien sûr, mais surtout le cantonais, le vietnamien et autres dialectes des hauts plateaux et de la péninsule, qui lui permettent d'être l'ami de tous et le public-relations de la Foire. Certains prétendent qu'il s'est bâti au Népal une fortune considérable, mais il se soucie fort peu des histoires qui courent sur son compte. Seuls l'intéressent ses amis, avec lesquels il peut boire beaucoup, parler beaucoup, et rire encore. Il ne cesse pas de taquiner les Chinois, commençant chaque rencontre avec eux par une sentence tirée (dit-il) de Confucius, au temps même où Confucius était vivement critiqué. Ainsi lorsqu'il déclare avec le ton doctoral de circonstance : « Lorsqu'on jette un chat à l'eau et qu'il nage, il ne faut pas en déduire que c'est un animal aquatique », nul ne sait si c'est du lard ou du cochon, et les Chinois, pris à leur propre piège, n'ont d'autre ressource que de rire jaune.

Ce personnage — que suit comme une ombre une femme rousse aux yeux verts, française et docteur en médecine — donne par sa seule verve aux soirées dans ma chambre ou au restaurant des allures d'épopée.

La journée se termine presque invariablement par un de ces festins pantagruéliques dont la Chine communiste a su maintenir la tradition. Les deux restaurants les plus renommés, le Jardin du Nord et le Jardin du Sud, réunissent parfois, autour d'un cochon laqué qu'accompagnent une quinzaine d'autres plats, les huit ou dix amis inséparables qui suivent partout Madjid Kerrar — j'ai abandonné sans espoir de retour le régime strict, légumes à l'eau, nouilles et jambon recommandés par mon médecin. Les Chinois occupent un rez-de-chaussée assez sobre, les Européens ont droit aux salons du premier étage : murs recouverts d'acajou, porcelaines... Les étrangers ne feraient-ils pas encore partie de la société sans classes ?

Le dîner se prolonge parfois en festivités diverses — sports, opéra, gymnastique, théâtre — selon les billets que nous apporte l'interprète, car il m'a été impossible de savoir qui choisissait pour nous nos spectacles de détente.

Ainsi va passer ce premier mois à Canton, fascinant le plus souvent, parfois interminable et douloureux dans ma chambre de solitude. Ce fut un premier contact un peu superficiel peut-être — j'observais les Chinois de loin, je n'osais encore m'aventurer seul dans les rues —, mais malgré l'interprète, malgré la distance, malgré tous les obstacles, j'ai découvert la gentillesse de ce peuple, dans le sens généreux du mot. Tout me paraît facile, le rapport est vrai, sans masques, on s'intéresse à moi parce qu'on est curieux d'autrui. J'emporte le sentiment très vif qu'il me faut revenir : j'ai trop reçu de ces premiers échanges pour être convaincu que j'ai encore tout à en attendre.

En passant sur le pont métallique, je ne peux retenir mes larmes. C'est bien la première fois depuis mon accident que je vis d'une vie intense, d'une vie de relation qui ne soit pas celle du malade au bien-portant. J'ai l'impression que je frappe à la porte d'un nouveau monde, que moi aussi je vais quitter le vieil homme et que, comme à Auteuil, je viens de franchir le dernier obstacle du dernier tournant avant la ligne droite et l'arrivée victorieuse.

Les Chinois m'ont dit : « Si vous suivez le traitement plus longtemps, vous commencerez à vous sentir beaucoup mieux. »

Et si c'était vrai ? Mais qu'importe. J'ai trouvé un certain équilibre, et je veux revenir...

Pourtant je ne suis pas en forme physique en quittant la Chine. Le climat difficile, le manque d'exercices de rééducation, la vie nouvelle que j'ai menée, les excès alimentaires aussi peut-être, et le manque de sommeil, m'ont fait le teint pâle et les yeux cernés. Je suis faible et maigre dans mon corps, mais, je commence à marcher, à marcher... dans ma tête.

Et c'est Hong-Kong.

Le choc de la première fois, je le reçois, mais en sens inverse. Mes idées sont bouleversées. Je ne reconnais pas cet autre monde qui est le mien, où règnent la corruption et l'argent, le luxe et la misère, les vitrines et les bas-fonds. Tout s'achète et se vend et se monnaye et se joue. Il me semble que les Chinois qui ont choisi de quitter la Chine où je viens de vivre sont tombés dans une trappe, entraînés par un leurre couleur de liberté. Leur liberté, c'est celle du pauvre, trimer comme des bêtes ou mourir dans la crasse. Et s'il n'existe pas de passeport en Chine, de quel autre pays d'Asie, Vietnam ou Thaïlande, Formose ou Indonésie, de quel autre peut-on sortir librement ?

Les Chinois dans leurs costumes européens — ces fameux costumes dont on peut à Hong-Kong se faire couper cinq exemplaires en une seule nuit —

me deviennent odieux, ces flics avec leurs shorts anglais et leurs bottes me semblent une caricature de l'Occident. C'est la grande désillusion. Trop de questions m'assaillent, la présence des Anglais me devient synonyme de clinquant et de néon. Tout me semble faux. La fille d'ascenseur qui me sourit sourit à tout le monde, elle est payée pour ça. Où est ce rire du cœur de mes Chinois ? Je n'ai qu'une hâte, quitter ce site magnifique déserté par l'âme.

Peut-être est-il bon de préciser que je suis parti pour la Chine libre de toute tendance politique. Qu'étais-je d'autre, en fait, qu'un sportif égaré sur la voie de la souffrance, et qui ne savait rien de ce pays, et qui ouvrait des yeux neufs, neutres, purs ? Mais le coup au cœur fut immédiat, violent, brutal. De là sans doute, au retour, cette vision un peu noire qui assombrit les lumières de la ville. Mais c'est la rançon des coups de foudre ; le reste devient ou trop pâle, ou trop obscur.

La ville de la grande mascarade, de la grande tristesse, Hong-Kong a perdu son vernis fabuleux et je passe sans regrets, comme on quitte un amour qui a failli, la porte de mes vieux rêves.

Sur le chemin du retour, l'escale thaïlandaise va m'ouvrir les grilles d'un domaine qu'on m'avait dit interdit à tout jamais.

A Canton, Roland Do-Hu m'avait laissé une adresse et un nom, plus exactement une adresse et un numéro. Il s'agissait d'une maison dite de massage, et d'une amie à lui qui y travaillait sous un numéro de fonction.

J'étais assez ému car, pour dire la vérité, j'allais

savoir ce que je n'étais pas trop pressé de savoir : le docteur Rossier m'avait assuré que je ne ferais plus l'amour. Mais j'étais résolu à lui prouver qu'il avait tort, et sur toute la ligne.

Derrière la vitrine de la grande pièce, rouge comme il se doit, une centaine de filles en mini-jupes et en tuniques vont et viennent, et discutent comme si de rien n'était. Une glace sans tain les empêche de voir qui les observe, et j'ai tout loisir de repérer, parmi ces fleurs volubiles, mon numéro soigneusement *mis en mémoire*.

Elle vient peu après, l'air gai et drôle, petite et menue comme j'aime que soient les femmes. Dans une pièce à la lumière très tamisée, une table de massage suffisamment large pour servir à d'autres activités, une baignoire remplie de mousse. Notre anglais est assez clair pour qu'elle m'explique que je dois me déshabiller, et pour que je ne garde pas pour moi ce qui m'est arrivé, ce « dos cassé » d'où vient le problème. Je n'ai encore jamais pris de bain tout seul, elle comprend qu'il faut m'aider et, tout sourire, saisit mes jambes et les met dans l'eau. Elle sourit longtemps, elle est gracieuse, elle est gentille, tandis qu'elle me frictionne avec de la mousse. Sur la table-lit, où elle me conduit, un massage d'une heure, qu'en spécialiste je juge fantastique, prélude à d'autres formes d'exercices. Elle est patiente, toujours souriante, sécurisante, rassurante. Pour la première fois depuis plus d'un an, je prendrai confiance ; ce sera ma première grande expérience depuis l'accident.

Avant cela, j'avais fermement décidé que je ne céderais pas à cette obsession maladive qui étreignait tous mes camarades. Cela pourrait se passer, ou cela ne se passerait pas. Je refusais de m'arrêter à cet aspect des choses, désireux avant tout de retrouver la communication par la tendresse et par la compréhension, ou par tout autre moyen. Et puis il y avait d'autres problèmes plus urgents, l'examen, la rééducation, « l'évasion », l'autonomie..., et puis l'occasion ne s'était pas présentée.

Cela peut paraître étrange, ou quelque peu exagéré. Pourtant je jure que c'était une évidence pour moi. Je m'étais promis de ne songer au problème des rapports physiques qu'à partir du moment où j'aurais réglé l'essentiel de mes autres difficultés de vie. Il était clair que le jour où je pourrais avoir une activité autonome et normale, ce jour-là seulement tout serait comme avant.

Je restai huit jours à Bangkok, et, pendant huit jours, à la fin de l'après-midi, après avoir fait le tour des pagodes, des temples et des marchés flottants, après avoir regardé les danses et m'être fait offrir force colliers de fleurs, je quittais mon hôtel sur mon petit fauteuil et me présentais à mon rendez-vous. J'y demeurais parfois jusqu'à la fermeture de la maison, à minuit, discutant avec le patron qui m'avait pris en amitié, dînant avec les filles. Qu'on ne se méprenne pas sur mes performances : je n'en étais plus au stade des records et des comptabilités. C'était beaucoup plus important. Un élément de plus venait prouver que le docteur s'était trompé, un grain de sable encore que j'avais pu rouler venait contredire cette logique implacable de la science abstraite, une petite expérience personnelle tenait tête aux affirmations péremptoires de la médecine froide de ceux qui se croient parfois les fils naturels de Dieu. Je suis rassuré au plus profond de moi. Je sais que je peux avoir des rapports qui, s'ils ne sont pas ceux d'avant, m'ouvrent quand même les chemins de la tendresse, de la douceur et parfois du plaisir. Qu'importe alors ce qui se passe et ce qui ne se passe pas. Il me suffit d'être conforté dans mon intuition première : je m'en sortirai si je ne compte que sur moi. Un malade qui veut guérir, c'est un malade qui écoute la voix intérieure qui lui dit d'obéir à ses propres forces, et d'oublier les conseils de prudence ou de démission.

Je n'oublierai pas mon petit numéro qui souriait toujours et qui voulut me suivre à Paris. Je n'oublierai pas non plus ce retour un soir de pluie diluvienne, quand un boy de la maison m'escorta fièrement, un immense parasol à la main, jusqu'à mon hôtel où je fis une entrée succulente, digne du dernier pacha d'Égypte.

La Thaïlande, ce n'est pas pour moi ces buildings au milieu des pagodes, ce n'est pas, après Hong-Kong, une autre pourriture, une autre corruption, un autre charme, ce n'est pas la grâce de toutes les filles et des femmes de la rue qui fait oublier à elle seule la lourdeur pesante et laide des hommes... C'est un petit numéro qui souriait toujours, dont je n'ai jamais pu retenir le nom, mais un petit numéro que je n'oublierai pas...

A Zurich, ma voiture attend au parking de l'aéroport. Je n'ai pas averti mes parents et, seul au volant pour la première fois, je prends la route.

Mais j'ai besoin de parler de la Chine et de la Thaïlande, je ne peux attendre Paris. A Genève il y a l'hôpital où j'ai laissé, voici un peu plus d'un an, mes premiers compagnons de douleur. Je me souviens de mon départ, de ce dernier déjeuner avec

Eve, des gestes que nous n'avons pas faits, des mots qui n'ont pas été dits.

Et je la retrouve, elle me prend sous son toit, elle m'accompagne à Paris où nous passons deux jours et deux nuits ensemble. Quand on a besoin d'aimer, on n'a besoin ni de jambes ni de sexe, il n'y a qu'à écouter et laisser faire les gestes et les mots que dicte la tendresse. Eve est repartie par le train de Genève et depuis, à travers le monde, la même tendresse nous unit et nous suit et nous retrouve. On s'écrit, on se confie, on se dit tout...

A Paris, j'assiste à un Congrès de Rééducation par l'Équitation. L'idée de remonter de façon suivie recommence à m'obséder, mais, auparavant, il faut aller au bout de l'espoir et savoir quels progrès encore sont possibles. Et pour ça, à Hong-Kong, quelqu'un m'a donné rendez-vous à New York le 6 juin. Je n'ai encore rien décidé, mais l'idée me trotte dans la tête. On ne résiste pas aux tentations de guérison, même si la raison les refuse.

C'était la veille de mon départ, et j'étais heureux de quitter la ville. Un Américain d'une cinquantaine d'années, grand, distingué sous ses cheveux blancs, rassurant derrière son regard clair, m'avait invité à dîner. Intrigué, m'assura-t-il, par le contraste entre mes roues de fauteuil et mes yeux qui riaient, il voulait en savoir plus. Au fil de la conversation, il m'annonça qu'un congrès d'acupuncture, réunissant tous les Chinois émigrés d'Amérique, devait se tenir à New York le 6 juin. Il me parla du sénateur George Wallace, qui venait de recevoir lui aussi une balle de revolver dans la colonne, et dont les progrès étaient paraît-il époustouflants. Je crus comprendre qu'il m'invitait. L'offre était séduisante. Je partis hésitant, mais très tenté.

Maintenant que faire ? Rester à Paris, c'est garder au cœur l'éternelle angoisse d'une chance non saisie. Partir, c'est courir sans doute après d'autres chimères. Mais après tout, en Chine, j'avais trouvé plus que je n'attendais. Pourquoi pas l'Amérique ?

Mes parents ne veulent pas laisser leur fils à peine retrouvé. Ils veulent le protéger, le choyer, l'empêcher de prendre d'autres coups. Ce grand paralysé, c'est leur petit enfant. Et c'est dur de voir la chair de sa chair réduite à l'état de légume. Alors, comment s'empêcher de penser qu'il faut à tout prix que rien d'autre ne puisse lui arriver ? Et il est impossible sans doute, quand on se sent investi de protection, d'accepter l'idée que la seule chance de vivre, c'est de le laisser aller vivre les risques d'un homme, les incertitudes et les bêtises d'un homme. Ce n'est pas dans le coton qu'on mesure ses forces. Comment l'accepter pour ses enfants ?

S'exclure, se protéger, se vouloir différent, s'accepter assisté, c'est le renoncement, la vraie misère. Je refuse cette fin, je ne laisserai même pas s'approcher la sournoise tristesse.

En fin de compte, les arguments frappants — un pays moderne, une médecine avancée, un espoir thérapeutique — réussissent à les convaincre de me laisser partir. Leur appréhension de cœur cède le pas à ce qu'ils croient être l'espoir que je mets dans un corps retrouvé. Ils ne savent pas que ce n'est plus de mon corps que je souffre, c'est dans ma tête que doivent encore se faire les progrès...

5

13 avril 1972

UNE semaine vient de s'achever qui a étiré la douleur aux limites de l'intolérable. Les yeux au plafond, je ne peux rien voir d'autre que ces trous absurdes qui dansent tout là-haut. Huit jours que mon organisme lutte pied à pied pour refaire surface. Huit jours avant d'accepter d'émerger de la souffrance, avant de remonter du fond des eaux boueuses du désespoir.

Aucun bruit de pas sur le carrelage, seulement un frottement de caoutchouc. Le docteur Rossier est annoncé. Je fais tourner mes yeux pour balayer l'horizon, distinguant nettement l'espace d'un coin du plafond à l'autre, et plus vaguement jusqu'à hauteur de mon lit. Avec effort je tourne un peu plus la tête vers cette présence silencieuse près de moi et, un peu plus bas que mon lit, j'aperçois vaguement une tête. Poursuivant ma tentative douloureuse, maintenant ce sont des jambes... des jambes immobiles sur un fauteuil roulant.

Ce fut le choc. Non pas pour lui, pauvre gars ! Pour moi ! A l'instant même, j'ai su que j'étais paralysé comme lui ! Jusqu'à présent mes parents, les médecins, les infirmières, tout « l'entourage » s'était entendu derrière mon dos pour me parler d'espoir, pour relever d'une voix enjouée les taux et les courbes qui ne cessaient de s'améliorer d'un jour sur l'autre. Il fallait garder bon moral, on avait encore toutes les chances avec nous. Bien sûr, je ne sentais rien à partir de la poitrine, c'était suffisant peut-être pour me faire comprendre que c'était grave. Mais je ne voulais pas y croire, ou seulement du bout de l'inquiétude, trop anxieux au fond de me raccrocher à la brindille d'espoir flottant sur les sourires.

C'est à ce moment-là que l'homme au fauteuil s'est mis à parler. La nouvelle semblait d'importance, j'ai senti qu'il était presque heureux de l'annoncer. Pendant que tout se bousculait dans ma tête, calme, il a relu le dossier. Puis il a sorti une aiguille pour commencer son examen neurologique.

La tête me tourne, le sang me bat aux tempes, je n'ose regarder cet homme-tronc dans sa drôle de machine.

« Notez, mademoiselle. Paraplégie complète bilatérale !... »

Il a continué par de longues explications savantes. Mais je n'écoutais plus. Trois mots m'avaient suffi, tombés comme un couperet. Le pourvoi en cassation venait d'être rejeté. L'homme tout-puissant avait refusé d'user de son droit d'espérance. Le verdict est là immuable, à tout jamais ma vérité désormais. Car il enchaîne, d'une voix de constat, l'œil bleu acier protégé par des lunettes strictes, le visage sévère :

« Vous comprendrez, jeune homme il vaut mieux que je vous prévienne tout de suite. C'est fini, vous ne remarcherez jamais... En ce qui concerne les relations sexuelles, c'est malheureusement définitif. Tout au moins difficile. Vous n'aurez pas d'enfants... Je dois même dire que, si vous en sortez vivant, vous aurez de la chance. Mais nous allons tout faire pour éviter une éventuelle hémorragie gastrique ou cérébrale.

« Vous êtes du métier, et je préfère ne rien vous cacher. Il va falloir rester allongé au moins deux mois, ensuite vous ferez de la physiothérapie...

« Je vous laisse. Faites-moi appeler si quelque chose ne va pas. »

Alors il est parti, traînant derrière lui son service lancé au pas de course, car il aime à parcourir les couloirs de l'hôpital à grande vitesse, et un fauteuil roulant, ça peut aller vite.

Il faut que ça suive ou que ça craque, à l'hôpital comme sur la route. Glacial et redoutable, il n'avait plus qu'un seul ennemi pour lequel il avait sans doute encore quelque considération, la mort. Parce qu'elle l'avait raté une première fois. Peut-être était-ce aussi la raison pour laquelle il aimait la fréquenter. Toujours est-il qu'il s'était fait construire sur mesure une voiture, une Monteverdi, carrosserie spéciale et moteur Chevrolet sept litres, avec laquelle il frôlait les 300 km/h sur les autoroutes où se réglaient désormais ses comptes personnels avec l'angoisse.

Ses collaborateurs, ses infirmières, ses malades le craignaient. La vérité brute et nue, telle était sa seule règle. Je n'ai rien contre, par tempérament autant que par expérience. Encore faudrait-il faire un peu attention à l'état des malades, et choisir son moment. On ne doit parler que lorsqu'on est sûr d'être entendu. Et pas avant de s'être donné le mal de préparer le terrain. J'ai connu ce monsieur suffisamment pour me permettre d'affirmer qu'il s'agissait, chez lui, de quelque chose qui rejoignait comme un secret désir de revanche. Parce que, à vingt-cinq ans, alors qu'il nageait tranquillement dans une piscine, un inconscient lui avait plongé sur la colonne vertébrale, et que malgré tout il avait réussi à poursuivre ses études jusqu'à devenir un puits de connaissances, il semblait que le monde des malades dût régler à sa place ses comptes avec l'adversité. Tous dans le même bain, semblait-il dire à chacun, je n'aurai pitié de personne.

Eh bien, je n'aurai pas peur, moi non plus. Vérité pour vérité. Avez-vous jamais pensé au pauvre gars derrière vous, prêt à sauter par la fenêtre avec sa belle vérité en boutonnière ?

Une amie médecin, Jacqueline, vient d'entrer et s'approche du lit. Ses traits sont tirés, ses yeux rougis, et au long de son cou bat une artère agitée. Je sais qu'elle sait. Un baiser sur mon front, des mots qui sortent en saccades de sa gorge, comme le sang des canards décapités :

« Je viens de voir le patron. Ne vous inquiétez pas, ce sera long mais vous vous en sortirez. Et puis je suis là ! »

Sur mes lèvres glisse un souffle chaud mêlé de tabac mentholé, premier baiser de Jacqueline qui veut sceller un pacte silencieux.

Pauvre Jacqueline ! Mon regard est ailleurs, vos mots ne parviennent plus jusqu'à moi. Je suis reparti dans un autre monde, emporté par mon cheval bai sur l'allée qui mène à la falaise... dans un bruit de sabots qui se confond avec les battements de mon cœur.

Mais je n'ai pas été long à parcourir ces vieux chemins faciles du pays des jours heureux. Il arrive toujours un moment où la fuite devient inutile. J'avais mieux : la haine ! Puissante et sauvage, elle me ramenait sur les terres de ma vie à conduire. C'est peut-être à cause de ses haines qu'on fait les choses difficiles. Pour la bonne cause de ses amours, on sait trop bien qu'on trouvera toujours le pardon sur son chemin.

La vérité du patron n'était que la sienne. J'avais décidé qu'il en serait autrement.

Et tout a commencé comme ça. A cause du petit bonhomme ! Le défi était lancé. Ma vie en main pour une lutte à mort. Désormais, je serais celui qui refuse, et là, docteur, était l'intérêt de ma vie. Le début de ma vie !

6

Juin 1973

UNE chambre est réservée pour moi à l'hôtel Plazza, un des plus luxueux de New York.

Le congrès a lieu le soir même de mon arrivée. Mon smoking devenu trop étriqué, j'ai l'air d'avoir poussé trop vite dans mon fauteuil. Je n'ai emporté que des chaussettes jaune citron et, même chez les Américains qui en ont vu d'autres, je fais sensation. Le tout New York médical est là, le séminaire s'achève en festivités. On ne perd pas toujours son temps dans les mondanités ; je me présente à l'acupuncteur de Wallace, petit Chinois tout en graisse avec qui je prends rendez-vous pour le lendemain.

Trente personnes au moins attendent leur tour. Parce que je suis français, je passerai le premier.

Tout de suite, le petit homme rondouillard me demande mes documents chinois afin de « comparer les méthodes ». Innocent, je lui tends mes dossiers, où sont marqués divers renseignements et les points d'acupuncture. Il s'absente aussitôt avec mes feuillets.

Il est revenu pour m'annoncer qu'il ne pourra rien faire d'autre qu'une série de séances à cinquante dollars l'une, et prévient-il, charitable, pour un résultat aléatoire.

Si ma déception est vive, ma colère l'emporte quand je me rends compte que mes documents ont été photocopiés. Pour cinquante dollars ! Plus d'un mois de soins quotidiens à Canton, avec en plus le triste privilège de se savoir pigeonné.

Je refuse de poursuivre l'expérience avec cet homme aux allures de charlatan. Je quitte l'hôtel où l'addition est à ma charge. A quatre-vingts dollars la nuit, je ne tiendrai pas longtemps. (Je suis sûr que mon ami n'a même pas pensé à cet aspect des choses. Quand on est milliardaire, on oublie parfois qu'une simple nuit peut devenir problème.) Je m'en vais frapper à l'adresse d'un ami de ma sœur, du côté de Greenwich Village.

On m'offre l'hospitalité dans un petit appartement. Il fait très chaud, les nuits sont brûlantes sans l'air conditionné. Aussi la chaleur autant que la curiosité font-elles sortir le Segal la nuit pour une exploration du quartier.

La nuit donc, je pars en vadrouille. Je roule au hasard des rues, le long des trottoirs, pour ne pas avoir à descendre et remonter à chaque carrefour, et je m'en vais au gré de mes rencontres. Dans chaque square, un groupe de hippies barbus et chevelus joue de la guitare, ou fume assis par terre. Des colosses noirs discutent avec passion, un grand maigre souffle tout seul dans sa flûte. Plus loin, c'est un quatuor qui a installé ses partitions sous un réverbère et qui joue du classique. Parfois, derrière un taillis, un couple fait l'amour. Une sirène de police hurle de temps à autre.

Et chaque fois, partout, on vient me parler. On veut savoir, on demande tout. On me propose du hasch ; on me pousse, on rit, on joue pour moi. Et surtout, surtout, on parle, on refait le monde, sans agressivité, mais avec une immense bonne foi, un immense désir de bien faire.

Cette absence totale de barrière m'étonne. C'est ma découverte de l'Amérique, ma vraie surprise. Peut-être suis-je moi aussi un marginal comme un autre puisque je n'ai plus les jambes de tout le monde ? Peut-être suis-je un « freak » et cela suffit-il à me donner ici une merveilleuse carte de visite ? Ce monde de l'Underground fait paraître soudain étriqué et bourgeois mon univers d'antan. J'ai l'impression de découvrir les dimensions de la liberté...

Il faut quitter New York. Ma sœur qui vit en Californie m'a dit au téléphone qu'il y avait là-bas des hôpitaux spécialisés traitant les grands blessés de guerre. J'ai peu d'espoir, mais mes réserves s'épuisent, mes forces aussi, un petit air de famille me fera du bien.

Au cours de mes circuits nocturnes, j'ai vite appris à mes dépens que les chiens de New York s'oublient un peu n'importe où. Les roues de mon fauteuil ne peuvent éviter l'obstacle et ce sont mes mains qui en recueillent l'ultime témoignage. Ce n'est pas le moindre souvenir poétique que je laisse derrière moi, dans ce quartier de New York dont je connais maintenant chaque carrefour, et les territoires de chasse de la faune qui l'habite...

A San Francisco, j'ai tout de suite su que quelque chose n'allait pas. Ma sœur... Non, il s'agit de moi.

Ma maigreur fait peur. Je viens de traverser tous les climats de la terre, quittant la mousson pour tomber sur Paris frigorifié, abandonnant Paris pour atterrir à New York où il fait 40°. Immobile sur ma chaise, ma circulation ne peut être celle d'un être en mouvement, je suis un peu un poisson froid particulièrement sensible aux différences de température.

Ma sœur n'est pas de celles qui gémissent en attendant le bon vouloir du Ciel. Puisqu'il faut prendre les choses en main, elle m'entraîne aussitôt passer quinze jours dans une maison en bois, perchée sur les collines qui bordent le Pacifique, à Stinson Beach, une station à trente-cinq kilomètres au nord de la ville.

C'est exactement ce dont j'avais besoin, sans tout à fait m'en rendre compte. Voilà plus d'un an que je vis soit en hôpital — et l'hôpital c'est l'horaire, la surveillance, le retour en enfance jusqu'au stade des besoins les plus élémentaires —, soit en voyage — et, que je le veuille ou non, c'est aussi une forme de fuite en avant —, soit encore dans mon appartement parisien — et là, c'est bien la solitude la plus complète. C'est la première fois que je retrouve une vraie maison, une maison d'homme, avec des gens, du feu, un piano, des voix d'hommes et la chaleur des hommes. Je mange, je dors, je parle, je vais au soleil, je visite San Francisco, autant dire je suis heureux. Mais le bonheur, chacun le sait, a toujours des envies de prendre son vol, il vaut mieux lui couper les ailes pour l'empêcher de partir tout seul.

Aussi partons-nous les premiers. Direction Los Angeles où se trouvent les hôpitaux de l'armée qui soignent les handicapés retour du Viet-nam. Ma sœur m'accompagne et nous logeons chez des amis, très en contact avec le milieu médical.

Les premières consultations ne donnent pas grand-chose. Et c'est encore une fois par le plus grand des hasards que la première chance sérieuse m'est accordée : essayer du neuf.

J'étais allé à la piscine de l'immeuble, et là, pour descendre deux marches difficiles, j'avais dû demander l'aide d'un garçon assez costaud qui se trouvait près de moi.

Il empoigne le fauteuil et, lorsqu'il se retourne, j'aperçois une large cicatrice dans son dos, sur la colonne vertébrale. Intrigué, je pose les questions qu'on devine. L'homme me répond, mais de façon évasive et tarabiscotée. Visiblement quelque chose le gêne. Je réussis quand même à savoir qu'il a reçu un éclat d'obus dans le dos et qu'il est resté paralysé deux ans. Comme un fou, je lance questions sur questions, je l'invite, lui pose mille pièges, lui propose mille services, et fais si bien qu'à la fin je le coince. Il m'avoue — car c'est bien nettement un aveu que je lui arrache, et pourquoi ? — avoir été soigné à l'hôpital de Long Beach, l'hôpital de la Navy. Grâce à un traitement spécial, l'hyperbarre, le voilà guéri.

On fait donner immédiatement le ban et l'arrière-ban des relations jusqu'au jour où j'entre en contact avec le médecin chef de la Navy. Il cherche sur ses listes le nom de mon quidam de la piscine et ne l'y trouve pas. Il y avait bien un cas semblable, mais le nom n'avait qu'un vague rapport avec le sien. C'est à ce moment précis que je devine la cause du trouble de mon gars : guéri, il n'osait le dire de peur de perdre les 1 500 dollars de sa pension mensuelle. J'étais sans le savoir sur le point de lui casser son coup, et prétextais aussitôt avoir sans doute mal compris le nom. Deux ans de fauteuil excusent bien une erreur de dossier.

Le traitement consiste à modifier artificiellement la pression à l'intérieur d'un caisson où l'on me plonge, de façon à accélérer la vitesse de circulation et les réactions du sang, l'air étant enrichi d'oxygène et pouvant éventuellement entraîner des améliorations au niveau de la lésion. Le traitement en est encore au stade des essais, mais il a des chances de se révéler très utile, dans le cadre des expériences spatiales notamment. On ne me cache pas les risques, on me demande si je suis volontaire. J'accepte de devenir cobaye gratuit, signe une décharge, et me laisse enfermer avec une certaine angoisse dans un cylindre en verre un peu plus large que mes épaules et à l'intérieur duquel tout mouvement m'est impossible. Un téléphone me relie en principe au monde extérieur... Chaque jour donc, j'accepte de jouer le jeu des hauts et des bas jusqu'à claquer un tympan un jour de descente trop rapide. Je me sentis alors comme déséquilibré, prêt à tomber évanoui, et tapais contre la vitre, le téléphone en panne comme par hasard ce jour de malchance. Il fallut me « remonter » en surface, non sans devoir attendre au niveau des différents paliers de décompression. Il y avait un mois et demi que le traitement était commencé, et on jugea préférable d'arrêter là les frais, car il semblait dangereux de continuer le jeu.

Je crois, d'après les médecins consultés par la suite à ce sujet, que ce traitement peut donner de bons résultats à condition d'être employé aussitôt après l'accident.

Cette fois, j'étais franchement déçu. On a beau se

croire à l'abri des espérances trop faciles, on se laisse parfois prendre au jeu du « pourquoi pas ? ».

Je passai huit jours sur la côte du Pacifique, seul et triste. La plage était plate et la mer aussi. C'était comme la fin de la terre et peut-être de la vie. Une fois de plus, je cherchai refuge dans l'écriture et tombai en pleine crise de poésie.

Quand je me sentis mieux, je décidai d'aller retrouver ma sœur et ses amis de San Francisco dans les Redwoods, cette magnifique forêt de séquoias géants qui, dit-on, poussent en cercle — les Indiens, pour établir leurs camps, n'avaient qu'à suivre la nature. Dans ce décor de début du monde, dans cette ombre étrange et protectrice, je me mis à revivre. Chaque jour, je m'installais au bord d'une petite rivière, à l'entrée d'un pont, et passais mon temps à réfléchir et à écrire. Chaque jour, un barbu passait et me lançait un salut. Un soir, il m'aborda, plus agité que de coutume. « Il faut que je vous parle, commença-t-il. Depuis que je vous ai rencontré, je ne peux plus dormir. Je reçois des vibrations, vous avez quelque chose à me dire... » Nous avons parlé des heures, jusqu'au moment où il a fallu se quitter : « Maintenant ça va mieux, je vais pouvoir dormir... », déclara-t-il.

Certes, cette histoire a toutes les apparences d'une histoire de fou. Je la conte parce que, dans l'état de dépression où je me trouvais, il fut très important pour moi d'avoir l'impression d'aider quelqu'un à sortir de sa misère intérieure. Je n'étais plus seulement celui qu'on aidait, celui qui attendait toujours le geste de secours. On pouvait aussi se tourner vers moi.

On revint à Stinson Beach, dans une maison

adossée à la dune. Il y eut, sur la plage, des heures très heureuses. Soleil, nourriture, collines, copains, et de grands yeux bleus... que demander de plus ?

Et pourtant quelque chose n'allait pas. Je m'ennuyais. Je n'étais pas venu en Amérique pour aller de villa en villa et me faire dorloter. J'avais pour le moment autre chose à faire qu'à me dorer au soleil. La médecine, en Chine comme en Amérique, ne pouvait plus rien pour moi. Il fallait regarder en face, et ne plus courir après les miracles. Que faire ?

Je ne savais encore comment j'allais vivre. Je savais seulement que le temps était révolu où l'on s'occupait de moi. Il fallait apprendre maintenant à être seul, partout, toujours. Non pour fuir, mais pour exister à part entière et devenir capable, à mon tour, de m'occuper des autres. De ceux d'aujourd'hui rencontrés sur les routes, de ceux d'hier que je n'avais pas choisis, mais que j'avais laissés derrière moi, dans les centres de rééducation d'où je m'étais échappé, et qui y traînaient encore leurs roues. Ceux qui n'avaient envie d'aller nulle part et dont les regards éteints n'avaient même plus de rêves.

Sur cette plage de Californie, face à l'océan sans repos, je compris que désormais je ne serais plus jamais immobile. On peut s'allonger sur le sable quand on sait qu'un coup de reins vous remettra debout. Quand on est lié pour la vie aux roues de son engin, il faut rouler. Pour le moment, j'avais simplement envie d'aller voir ailleurs ce qui se passait. Avant de décider, avant d'agir, commencer par regarder, apprendre la rencontre et le dialogue.

Un jour, sans trop y croire, j'eus l'idée du stop. Tout de suite, il fallait essayer. Je commençai par de petites expériences, aller au village puis à la ville, comme une répétition aux grandes aventures. Il n'y eut aucun problème. A peine étais-je déposé à l'entrée de la ville que je tournais mon fauteuil, franchissais la chaussée, et repartais en sens inverse. C'était étonnant et il n'y avait aucune difficulté avec les voitures américaines : pour un peu, j'aurais pu grimper dedans sans quitter mon fauteuil !

Je n'oublierai pas la tête du premier « client » qui s'est arrêté. Une femme au volant d'une jeep. Elle a regardé mes jambes, comme pour s'assurer que je ne la poursuivrais pas, elle a regardé le chien berger qui l'accompagnait, comme pour s'assurer que si je levais un sourcil... mais quand elle m'a vu descendre au bout de deux kilomètres et repartir en sens inverse, j'ai discerné dans ses yeux plus que de l'étonnement : je n'avais plus mes jambes, je n'avais plus sans doute toute ma tête !

Les mots du docteur Rossier me revenaient en mémoire. Tout ce qu'il m'avait prédit était faux. Tout ce qu'il m'avait interdit, je le ferais, je le faisais déjà. Par quel miracle ne l'avais-je pas cru ? Qui m'avait aidé à savoir qu'il se trompait ? Quelle force ?

Mais que de chemin à faire, pour tous les autres qui l'ont cru, qui le croient, parce qu'ils ne peuvent que le croire. Ces autres qui ne m'écouteront, moi, que du jour où, preuves à l'appui, je me présenterai devant eux pour détruire ses arguments de misère et de renoncement.

7

Avril 1972

On m'a retiré ma montre de plongée, trop lourde, inutile maintenant que je remonte le temps vers sa source. On remonte tous vers le néant d'où l'on vient, mais pourquoi a-t-il fallu qu'on me le dise un peu plus tôt, un peu trop tôt ?

Les jours et les nuits se sont mélangés, j'ai perdu la chronologie du temps des hommes. Rien n'est venu déranger le cours régulier de ma souffrance, rythmée seulement à longueur de journées par le sang qu'on vient pomper, les niveaux qu'il faut vérifier.

Mes parents n'ont pu venir le premier jour : ma mère — en voyage et qu'on a préféré ne pas avertir à distance — mon père — dentiste, qu'on n'a pu joindre tout de suite, et qui a dû prendre ses dispositions pour pouvoir quitter sa clientèle. C'est ma sœur qui reçut le coup de téléphone annonciateur de la catastrophe. Elle pensa aussitôt à l'accident de voiture, et refusa de croire à la balle de revolver. Pourtant la voix se faisait précise, insistante, détaillant l'évidence :

« Restez près du téléphone, c'est très grave. Les chances de le sauver sont minimes. Il a reçu la balle dans la région du cœur... »

J'ai vu mon père dans une espèce de brouillard. Pourtant, la porte ouverte, j'ai su que c'était lui. Personne n'a comme lui ce pas pesant et légèrement balancé, le pas décidé d'un homme qui n'hésite pas.

Il est là, au-dessus de moi, qui me sourit :

« Je viens de voir le chirurgien, tout va bien... je reste avec toi... »

Je ne suis pas sûr d'avoir bien compris, mais il ne m'en faut pas plus. Il est au rendez-vous, ce gaillard de soixante-cinq ans, taillé comme un hercule, visage rond barré d'une moustache droite. S'il faut lutter pour que la vie continue, lui qui m'a donné la vie est venu me dire que nous ferons la route ensemble. J'essaie de plisser les yeux en signe de connivence et de reconnaissance, je ne peux pas parler, je ne veux pas, j'ai trop peur de trahir ma souffrance.

Après combien de jours ! je ne sais, la porte s'ouvrira aussi doucement pour laisser passer ma mère. Comment va-t-elle réagir à la vue de son fils réduit à l'état de cobaye et, pour employer les mots de l'argot pour une fois dans leur sens littéral, entièrement « ramolli », totalement « entubé » ?

Jacqueline l'a accompagnée, qui se fait passer pour mon médecin traitant, et qui a décidé de vivre à Genève pour ne pas me quitter. J'apprends que ma sœur s'est installée chez elle pour prendre en charge maison et enfants.

Je me sens envahi par une bouffée de chaleur. L'espoir s'installe. Je suis en train de marquer des points sur la mort, de rebâtir mon empire, ami par ami, et bientôt le ciel et la terre seront constellés de voix qui se répondent comme autant de signes de vie. Je suis le noyau autour duquel, de chaque coin de l'Hexagone, la famille gravite. Un pont d'oxygène vient d'être jeté entre mon électron-sœur et moi ; il n'est plus possible que l'atome familial se désagrège.

... Et j'imagine, il y a vingt-quatre ans, la même ronde autour d'un petit noyau qui vient de naître, ballet de joie et d'émerveillement, premier point central à partir duquel les cercles concentriques de l'existence allaient se charger de tendresse et de sollicitude, d'angoisse et de misère. Mais toujours, autour, la même atmosphère d'affection inquiète. Je veux dire l'histoire de ce climat familial dans lequel le petit point a tracé ses évolutions heureuses jusqu'à cette déflagration terrible qui menace l'équilibre de tous ces éléments. Parce qu'ils n'existent que liés les uns aux autres. Parce que, si j'ai pris de nouvelles pistes, plus difficiles mais où conduire une vie plus grande et plus belle, c'est aussi, et surtout, parce que, secrètement, l'enfance et l'adolescence m'avaient déjà lancé sur une trajectoire. Mes jambes devenues mortes n'ont pas suffi à l'immobiliser.

Au plus loin que je remonte dans mon passé, c'est une couche d'enfance qui s'est crue malheureuse que vient gratter ma mémoire. Garçon chétif et malingre, grosse tête perchée sur un corps efflanqué, le gringalet que j'étais faisait le désespoir de mes parents, de mon père surtout, véritable colosse approchant les cent kilos. D'origine roumaine, il était venu en France où il avait épousé ma mère, mi-russe mi-roumaine aussi, et s'était fixé à Épernay, dans un confort aisé, tous deux exerçant le métier de dentiste. La guerre les avait marqués plus que d'autres car ils étaient juifs et avaient connu le lot des persécutions et le tragique des disparitions de parents et amis déportés. De cette époque douloureuse, sans doute avaient-ils hérité une inquiétude latente, et sans doute l'enfant que j'étais percevait-il dans son inconscient cette atmosphère incertaine. Toujours est-il que je pleurais à longueur de journée et que mes nuits se passaient dans l'agitation à chercher désespérément le sommeil. Les sommités médicales appelées en consultation se perdaient en conjectures sur ma « nervosité », lorsque le professeur Debré conseilla de m'envoyer passer l'année en Suisse dans un home d'enfants. J'y appris l'allemand, mais revins à la maison aussi malade, encore plus persécuté, tout au moins dans mon esprit, apeuré par tout ce qui m'entourait que je croyais hostile — et ne trouvant quelque apaisement que dans le dessin où j'avais cherché refuge. Je me racontais des histoires pleines de villages, de voitures et d'enfants géants que je crayonnais sur le papier et qui durent remplir plus de cinquante cahiers aujourd'hui tombés dans l'oubli des poubelles.

Il restait la nuit cependant. Ma sœur, de deux ans mon aînée, grande, brillante et dégourdie, partageait ma chambre. Il n'était pas question d'allumer la lumière. Aussi avais-je inventé un moyen, sinon de me tenir tranquille, du moins d'arriver à me fatiguer un peu. A genoux sur mon lit, il s'agissait de prendre un oreiller entre mes bras et de me secouer d'avant en arrière, afin de réussir ainsi la traversée de la nuit sur un rythme pendulaire, véritable drogué du mouvement qui s'endormait au petit matin, après avoir inventé une histoire nouvelle pour mes héros favoris. Il y avait le clown Vilette — ainsi baptisé car ce nom me semblait drôle — qui ne parlait jamais mais à qui je prêtais toutes sortes de maladresses et de gestes comiques, et qui triomphait par sa naïveté même des pièges tendus sur son chemin. Il y avait Marcel, le petit Marcel aux épaules étriquées, dont tous se moquaient; mais Marcel défiait les éléments, partait sur la vague quand personne n'y allait, et faisait taire les rires. Si j'évoque le petit Marcel et le clown Vilette, ce n'est pas par complaisance, comme on se penche attendri sur les souvenirs de sa petite enfance, mais parce que, aux heures noires qui ont suivi mon accident, ils sont remontés tous deux du fond des caves de l'oubli où je les avais enfermés, et m'ont tendu la main pour me faire rire et me redonner confiance.

Vers l'âge de dix ans, que j'atteignis dans ces dispositions inquiètes, il fut décidé de m'envoyer chez les scouts. Je les quittai bientôt, déçu par le côté dispersé de trop d'activités, et trouvant à ces jeux un aspect amateur qui ne satisfaisait pas ma soif d'activités dures, et peut-être une certaine rigueur qui demandait à compenser mes faiblesses.

C'est le sport qui, quelques années plus tard, allait répondre à mon attente. Si je faisais du ski depuis l'âge de quatre ans, ce n'est qu'à partir de treize ans environ que j'allais m'épanouir dans un équilibre physique qui bientôt me transformerait tout à fait, jusqu'à faire de moi, en quelques années, un véritable athlète. Je devins champion de ski et d'athlétisme (quatre-vingts mètres haies, saut en hauteur, saut à la perche), excellent joueur de volley-ball et de rugby, et pratiquant assidu de nombreuses autres disciplines. Bientôt je mesurais 1,82 m pour un poids d'environ 70 kilos. Je m'inscrivais alors au club sportif de Reims, fier et heureux de m'entraîner avec des athlètes connus, sous le maillot rouge traversé d'une bande blanche en diagonale. Rendu confiant, je devins bagarreur pour m'affirmer encore, et commençai à pratiquer le judo et les sports de combat.

Entre l'athlétisme, le judo, le ski, et bientôt les filles, on comprend qu'à dix-sept ans l'école prit un rang quelque peu secondaire dans l'échelle de mes préoccupations. Le collège d'Épernay s'était taillé la solide réputation d'un sûr abri de fumistes patentés. On avait poussé le raffinement jusqu'à avancer d'un bon quart d'heure l'heure de sortie afin de laisser le temps aux garçons d'aller se poster aux portes du collège des filles. Romantique, j'accompagnais chez elle, pendant des heures et des kilomètres, l'élue de mon cœur, ce qui ne faisait que me perfectionner dans mes aptitudes sportives.

Il y avait encore la passion des voitures, que je conduisais depuis l'âge de douze ans, grâce à la complicité de mon ami le laitier. Tous les jeudis matin à sept heures, je m'engouffrais dans sa camionnette et passais la matinée à distribuer les bouteilles. Il m'emmenait jusqu'à sa ferme où, entre les jeux dans le foin ou la paille, parmi les cochons et les poules, il me donnait des leçons de conduite en échange de mes loyaux services. Mes parents horrifiés (le fils du dentiste à qui l'on donnait la pièce !) ne surent jamais que bientôt je devins capable de dérober leur voiture et de distribuer les rendez-vous aux copains dans leur propre maison de campagne.

A dix-sept ans, je ne pensais plus que jeux, violence et vitesse (mon oncle venait de m'offrir une petite moto) et j'en oubliais bientôt mes insomnies et mes complexes. La vie était trop belle ! Il fallait que quelque chose se passât.

Mon père, qui se plaisait à affirmer que je ne pourrais avoir le bac que grâce aux épreuves de gymnastique, crut cependant plus sage de m'envoyer à Paris dans un établissement plus sérieux. Sainte-Barbe, ce collège laïc à l'ombre du Panthéon, ferait très bien l'affaire. Fort heureusement je retrouvai là un ami d'Épernay, Éric, et, à la première récréation, reconnus dans la cour un autre camarade de montagne. C'était Michaël, un grand blond aux yeux bleus, drôle et intelligent, aussi sportif que moi. Nous allions devenir les trois inséparables et, grâce peut-être à notre force physique, nous organiser pour faire régner un ordre à notre avantage, une hiérarchie secrète dont nous occupions les rangs les plus élevés. Malheur à qui, le soir, n'aurait pas laissé libres les douches réservées.

Sainte-Barbe avait des allures de prison, mais nous découvrîmes vite les ficelles et les trucs qui nous permettaient d'échapper au sort commun. Si nous étions collés tous les jeudis, la passion du surveillant général pour les sports, et le rugby en particulier, sut nous éviter l'humiliation de l'élève en cage. Nous récompensâmes ces bonnes dispositions en devenant champions de Paris. J'étais le seul à bénéficier parfois de la permission de dix heures du soir, accordée pour aller m'entraîner au saut à la perche, ce qui, sans jeu de mots, rehaussait encore mon prestige.

La fin de l'année était plus difficile encore. La chaleur étouffante en ces lieux vétustes, les filles en décolleté qui s'échappaient dès six heures du soir pour aller traîner aux tables de café du Quartier latin, les externes, tout cela nous paraissait trop injuste, et nous nous croyions très malheureux. Comment sortir ? La porte était infranchissable. Nous avions découvert un chemin qui, par-dessus les grilles de la cour, nous permettait de gagner les toits. Là, en suivant des labyrinthes compliqués, en escaladant un mur, on pouvait atteindre une corniche de quinze centimètres de largeur, et, à condition de ne pas regarder le sol à plus de soixante-dix mètres en contrebas, franchir cette ultime étape vers le paradis : une plate-forme de deux mètres sur trois, sur laquelle nous nous allongions pour ne pas être vus, et d'où nous regardions, des heures durant, le soleil se coucher sur Paris. Heureux comme des évadés, nous contemplions la montagne Sainte-Geneviève dorée par le couchant, spectacle magnifique qui reste, aujourd'hui que j'ai parcouru les continents, une des plus belles visions de ma vie.

La chapelle encore était un lieu de connivence. L'aumônier, ancien combattant d'aviation, bonhomme rondouillard et ouvert, accueillait volontiers qui voulait et nous laissait écouter de la musique, lire des revues... goûter aux charmes des choses défendues...

Trois années passèrent ainsi en discussions interminables et en rêveries pour le temps « d'après », jusqu'au bac philo que j'obtins en 1967. Je m'inscrivis à la fac de médecine, mais ma formation trop littéraire « m'empêcha » de suivre et de comprendre les cours. Il faut dire aussi que des yeux pâles et des cheveux platine m'occupaient beaucoup. Si l'on achève le tableau en évoquant les événements de 1968, on peut conclure que l'année fut pour moi perdue. Les examens passés et ratés, retour en province, inscription à Reims où je retrouvai Éric, mon copain d'enfance et de Sainte-Barbe.

C'est alors, en février 1969, que survint le premier événement qui bouleversa ma vie.

Je téléphonai un samedi matin à Éric pour lui donner rendez-vous, et l'on m'apprit qu'il n'était pas bien, en proie à une forte fièvre probablement d'origine grippale. Le soir même, il était très mal et commençait à délirer. Conduit en catastrophe à l'hôpital de Reims, il entra dans le coma, son électroencéphalogramme en panique, le cœur faible. Il fallut lui faire une trachéotomie (de là mon angoisse à ce sujet), mais rien n'y fit. Aujourd'hui, près de dix ans plus tard, il est toujours dans le coma, branché sur une machine qui vit pour lui. Je revois ces jours glacés de février où, emmitouflé dans un manteau qui ne me réchauffait pas, je contemplais, derrière les vitres du rez-de-chaussée de l'hôpital de Reims, mon ami Éric, immobile, entouré de tuyaux, silencieux sans doute à jamais, me demandant dans quel univers inaccessible il errait désormais.

Chaque jour, je me rendis au service de réanimation, essayant de remonter le moral de la famille d'Éric, désireux par ma présence de donner un peu de ma force, un peu de ma vie, un peu de ma santé. Mais rien ne va plus pour moi : cette vie est absurde qui réduit à l'état de loque humaine un garçon aussi fort, aussi gai, aussi beau qu'Éric, Éric le champion de France de voile. Je ne travaille plus, je ne crois en rien, ni en un Dieu qui permet de pareils scandales ni en la médecine impuissante. Je suis collé à mes examens, j'ai un accident de voiture, les catastrophes s'accumulent, l'horizon devient sombre.

En octobre, il faut choisir d'autres études. J'opte pour la kinésithérapie, pas trop loin de la médecine, et où au moins je pourrai pratiquer les sports que j'aime. Je m'inscris à Paris. La veille de la rentrée, je me casse la jambe au cours d'un match de rugby. Quelques jours plus tard, mon apparition en salle de cours, souffrant le martyre, déclenche les rires de mes camarades. Je ne savais pas alors qu'à la veille d'obtenir mon diplôme, un autre accident, et autrement sérieux, couronnerait mes rapports avec la kinésithérapie. Mais alors, plus personne n'aurait envie de rire...

Tout va mal, tout continue. Les études ne répondent pas à mon attente, je suis mal dans ma peau, je ne peux plus faire de sport. Le temps est long, l'ennui est lourd. Je ne parle à personne...

On m'avait promis un an sans activités sportives. Je désobéirai au bout de quelques mois, faisant du ski sur une jambe, recommençant le rugby, puis montant à cheval régulièrement. Une fille avec qui je pratique ce nouveau sport m'invite un jour à une soirée chez une amie. La nuit tout entière coulera à discuter avec la belle inconnue, fasciné par elle et les choix de sa vie : élever des chevaux, les dresser, les monter en concours, gagner, ignorer les va-et-vient des villes, les faux-semblants, les fausses valeurs. Je suis conquis, elle est conquise. Deux jours plus tard, elle quitte l'ami qui partageait sa vie et je décide de le remplacer. A moi, les nuits à la campagne ! Les matins à l'hôpital, il faut bien, mais les après-midi avec les chevaux. Les copains prennent parfois les cours à ma place. C'est le bonheur.

Les jours, les mois coulaient ainsi. Puis, au bout de deux ans, la chance me quitta. Francine m'annonça qu'elle voulait « continuer toute seule »... Je ne savais pas que le bonheur s'en va sans prévenir, un beau matin, fatigué qu'on ne l'ait pas fêté tous les jours. Je ne savais pas non plus combien je l'aimais, Francine, mon petit bout de fille fragile comme une enfant et solide comme un homme, qui gémissait comme un oiseau et qui conduisait les camions. Francine, tendre avec les chevaux et dure avec elle-même, et j'étais son cheval et son autre soi-même.

L'un tourne la page et dit que la vie continue, l'autre relit indéfiniment les mêmes lignes et croit qu'il va mourir.

Je suis entré en stage de kinésithérapie dans un hôpital psychiatrique à dix kilomètres de chez elle. C'était l'automne. Les malades dans les allées du parc et les médecins tous dans la même tenue, et moi je ne savais plus quel était le plus fou de tous. Les biches dans le parc, les feuilles qui tombent, les « pensionnaires » qui tournent, et toi si près que je ne vais plus voir parce que tu ne veux plus que je vienne. Un grand chambardement dans ma tête. J'ai peur lorsqu'un jour deux de mes malades ont disparu, l'un ayant tué l'autre d'un coup de fusil, l'un qui aimait l'autre — j'ai peur de moi.

C'est dans ce climat de bouleversement intérieur

qu'un ami qui venait de se blesser me proposa de le remplacer. Il s'agissait de devenir équipier à sa place sur un navire participant à une course en Méditerranée. Désemparé par ma solitude et ma vie avec ceux qu'on appelait fous, j'aurais accepté n'importe quoi pour échapper au tête-à-tête avec moi-même. Je demandai huit jours de congé pour m'en aller, sans le savoir, à la rencontre de mon destin. Ces gens que j'allais connaître étaient ceux qu'un an plus tard je retrouverais dans les Alpes, pour ce rendez-vous absurde avec cette balle dans mon dos.

Cette première expérience de voile hauturière se passa au mieux. J'aimais le vent, j'aimais les vagues et l'eau sur le visage, j'aimais bien Marc et j'aimais bien sa sœur. Et puis ce fut tout.

De retour à Paris, je me jetai à corps perdu dans le karaté. Je devins très fort, sans doute parce que j'avais besoin d'extirper chaque jour mes angoisses chargées d'agressivité dans un furieux combat avec moi-même. Je participai aux championnats de France, où je fus éliminé pour avoir blessé un candidat maladroit. Rendu furieux d'être privé d'une victoire sur une faute adverse, je décidai ce jour-là de participer au stage préparant les championnats du monde. Commença alors un entraînement redoutable avec de redoutables Anglais, Italiens, Turcs. Je sortais de ces bagarres couvert d'hématomes, la peau des pieds arrachée par le frottement sur le tapis.

A Pâques, je partis pour la Suisse prendre quelques jours de repos. Ma sœur revenue des U.S.A. m'accompagna. Mais il n'y avait pas de neige, elle rentra à Paris, et moi, appelé par le hasard, le hasard vraiment ? je m'arrêtai près d'Annemasse,

chez ces gens de la croisière. La fille m'avait écrit :
« Si tu passes par là, arrête-toi. On sera content de
te revoir... » Le 4 avril, j'étais au rendez-vous. Le
6 avril, je me souviens, il faisait beau devant ma
fenêtre, j'écrivais une lettre, je ne savais pas que
dans cette maison on aimait trop les armes à feu.
Derrière mon dos, une petite fille qui voulait sans
doute jouer à la grande, ou me surprendre et
m'étonner, tenait dans ses petites mains de dix-sept
ans une arme de mort. Moi, j'étais penché sur mon
papier, offrant mon dos idiot et large à la menace
noire de ce canon innocent.

Je n'ai même pas vu l'arme...

Pourquoi ce retour sur des impressions d'enfance, après tout si éloignées de l'accident du 6 avril ?

D'abord, les mois immobiles qui ont suivi, comme une mer, m'ont ramené sans cesse sur les plages de ce passé proche. Quand on n'a plus d'avenir, quand on pense qu'il ne se passera plus rien, il faut bien aller rêver ailleurs que dans sa chambre blanche. Et puis, surtout, j'ai voulu plonger dans tout ce qui avait tissé ces vingt-quatre ans de vie afin d'essayer de comprendre quelle force, et d'où venue, m'aidait à accepter la vie de mort-vivant qu'on m'imposait. J'ai voulu relier ce que j'ai décidé de faire alors à ce qui était déjà fait, car rien ne naît de rien. Il fallait que je sache comment, moi, et pour quelles raisons, j'avais décidé de vivre encore et d'être heureux.

J'ai peut-être tissé, sur mes années d'enfance, un voile de tristesse un peu trop épais. Aujourd'hui encore je m'interroge sur les secrets de ces pleurs sans raison. Mes parents me témoignaient un immense amour et me couvraient de jouets. Qu'allais-je faire dans le pays des larmes ? Peut-être avais-je hérité de l'angoisse de ma race, mais qui dira jamais l'inexplicable ? Ou bien on est trop petit pour comprendre, ou bien, une fois adulte, on ne sait plus ce qui vous a fait pleurer. Mon père lui-même, j'en suis sûr, ne savait pas qu'il n'avait pas oublié. Quand on a passé des années à fuir, et six mois de silence dans une porcherie de la Creuse au milieu des cochons, on garde quelque part un malaise à vivre. On en devient, on en redevient Juif errant pour toujours, on est de nulle part à tout jamais. L'enfant sait cela, et il en a peur. Un jour, lui aussi...

Ma mère, protectrice, volubile et décontractée, ne pouvait suffire à contrebalancer la sourde inquiétude de mon père. Je me souviens de ma terreur quand il annonçait de sa grosse voix : « Tu vas avoir ta raclée » et qu'alors je voyais s'avancer ses énormes battoirs menaçant mes fesses !...

La même terreur présidait à mes journées d'école. La communale, c'était « l'école des pauvres », tout au moins dans l'esprit d'un maître haineux, véritable monstre, qui me punissait tout le temps pour l'unique et simple raison que j'étais fils de bourgeois. Mais, si je comprenais que je suscitais les jalousies par le fait même de partir aux sports d'hiver, fallait-il pour autant me culpabiliser ? Les enfants, on le sait, ont horreur de se sentir différents. J'ai vécu ainsi trois ans dans la hantise des heures de classe, préférant rester caché dans mon grenier où je lisais *Spirou* et où je dessinais mes aventures.

Mais il n'y avait pas que ces heures sombres ! La menace parfois, se faisait discrète. Il y avait alors les farces à la maison, la cage d'escalier escaladée avec des crampons à glace d'alpinisme, les tentatives de luge avec la planche à repasser, les séances de patins à glace sur la moquette de la chambre des parents, le bombardement des passants avec des pommes pourries... et autres fantaisies classiques ou inédites du meilleur goût !

Il y avait surtout, dès que le sport m'eut fait reprendre un peu du poil de la bête et que le lycée m'eut plongé dans une atmosphère plus détendue, les bêtises de l'âge ingrat. Les maîtres trop faibles que les moutards sans pitié trouvaient plaisir à ridiculiser, tel ce malheureux professeur de musique qui ne nous aperçut jamais que camouflés sous des cagoules de conspirateurs, et dont le piano, à l'heure de quitter la salle, recevait rituellement de chacun de nous le coup de pied de l'âne. Cet enfant noir à la force herculéenne, que nous avions élu chef de classe, et qui s'autorisait de ce prestige pour prendre par le collet notre chétif professeur d'histoire et géographie, déjà acculé au mur par sa chaire que deux énergumènes à quatre pattes poussaient petit à petit jusqu'au fond de la pièce ; ou encore, ce rêve jamais réalisé d'imiter nos camarades de philo du lycée d'Épernay, qui racontaient négligemment comment, dans leur salle de classe, ils avaient réussi à délimiter deux parties bien distinctes : l'avant-scène où l'on pouvait à la rigueur écouter le cours, l'arrière-salle où l'on se devait de flirter.

Dès que j'eus empoigné le sport et les filles à bras-le-corps — pour me rassurer mais le sait-on jamais ? — la vie revêtit pour moi ses robes de parade. Je devins un autre, épanoui, rieur et bagarreur, content de moi, des autres et de la vie.

La vie me le pardonnerait bien. Pourquoi chercherait-elle à se venger ?

8

Novembre 1973

MYSTÉRIEUX, les bouddhas qui ont suivi Roland Do-Hu se tiennent sagement sous mes yeux au dîner parisien qu'il donne en mon honneur. Est sage aussi la petite Vietnamienne si belle. Sage, mais triste au fond de ses grands yeux noirs.

« Vous avez l'air heureux et je suis triste... Aidez-moi... », me lance-t-elle comme je vais la quitter, après l'avoir raccompagnée. La voix s'agrippe à moi, les yeux sont deux trous noirs dans le noir. Nous avons parlé toute la nuit, le dernier verre s'est prolongé... deux ans.

C'était la première fois qu'une fille venait habiter chez moi. Laurence resta douce, un peu moins triste, et continua son travail. De mon côté, je cherchais à gagner ma croûte, mais on riait du kinésithérapeute à roulettes, et on ne prenait pas plus au sérieux le photographe amateur sur son fauteuil comique.

Je souffre d'être sur la touche. Je ne fais rien, je tourne en cage, envahi par l'ennui. Comme je m'ennuie, la douleur montre son nez. Rien ne vient, elle se fait insistante... intolérable. Nuits d'abîme parfois, hideuses nuits de la souffrance. L'aube se lèvera-t-elle jamais sur des jours immobiles ? A vrai dire, on s'habitue, mais la douleur ne me quittera plus jamais. Aujourd'hui encore, certaines nuits, comme d'horribles brûlures. D'autres, comme un va-et-vient incessant d'énormes fourmis. Avec, en période de crise, le sommeil impossible. Le seul remède, le seul apaisement, c'est un corps souple et chaud qui repose à côté... cheveux noirs sur draps blancs...

La Chine, encore une fois, devient la chance du salut. Il faut aller reprendre le traitement, je veux y croire, je ne supporte plus d'avoir aussi mal et de laisser couler, inutiles, les paroles de salut. Un mois ou deux suffiront certainement. La Foire de Canton vient à l'heure...

Même voyage, même médecin, même traitement, mêmes Européens. Je fais partie déjà de la fine équipe des « vieux de la vieille ». Seul l'hôtel a changé, celui de l'année dernière est en réparation.

Avec la fin de la Foire expire mon visa. Mon dos commence à me faire moins mal, la Chine m'a séduit, il n'est pas question de partir. J'ai deviné ma chance : il faut prendre les Chinois à leur propre dialectique. Ma vision a changé, j'ai eu le temps de me documenter sur la Chine et commence à voir les choses autrement. J'ai lu Mao. Derrière la montagne, Yu-Kong m'a enseigné la méthode. Je m'en tiens à une seule formule :

« Je suis revenu chez vous sur vos conseils. Le président Mao a dit : « Il ne faut compter que sur « ses propres forces. J'essaie de suivre ses précep-« tes. Vous ne pouvez pas me renvoyer sans « démentir la pensée du président Mao. Laissez-

« moi continuer... » Et je recommence la démonstration.

Les Chinois sont patients. Le temps n'a pas d'importance, la Chine a dix mille ans derrière elle, devant elle. Depuis un an et demi, j'apprends à prendre mon temps. Je deviens chinois. La preuve, ils acceptent de me garder.

On a transmis aux autorités centrales ma demande d'autorisation de me rendre à Pékin.

Commence alors une période d'attente à Canton que je vivrai dans une solitude absolue. Aucun Européen n'est resté. Du jour au lendemain, la ville s'est vidée de ses taxis. Et pour moi c'est la fin des régimes de faveur. Je vais vivre la vie du Chinois moyen et désœuvré, si tant est qu'il en existe. Seule une petite partie de l'hôtel reste ouverte pour accueillir les gens en transit. Il n'y a quasiment personne. Pour corser l'affaire, je n'ai plus rien à lire et mon magnétophone s'est cassé. Adieu, mon compagnon Brassens, ou mes classiques...

Heureusement l'automne est splendide. Les parcs, les rues bordées d'arbres, tout Canton s'enflamme d'or et de roux. J'ai appris à me promener seul. Maintenant j'ose aller partout, roulant de parc en parc, flânant au hasard des rues, entrant dans les magasins, les maisons même, et je connais bientôt Canton comme ma poche.

Mais avec le soir, les longues veillées commencent, sans coins du feu ni conteurs. Il fait plus froid. Le froid n'est pas mon ami. La salle à manger de quatre-vingts mètres de long est encore plus immense quand on s'installe au centre, et qu'on y est seul. Souvent, je sens que me tombent dessus, comme une chape, les grands voiles gluants de la solitude. Et la solitude, c'est un vaste pays où poussent facilement les mauvaises herbes de tristesse et le chiendent de la désespérance.

Nuits de Chine ! Qui a chanté vos câlineries ? Nuits du silence éternel de Canton... Nuits de la désolation, nuits de glace où je grelotte en attendant un jour qui n'en finit pas de ne pas venir...

J'observe, je réfléchis, je veux comprendre. Peu à peu, insensiblement, je me suis mis à ressembler à ceux que je côtoie. Si je n'ai pas encore les yeux bridés, j'ai adopté les bottes en feutre et le chapeau en fourrure. Ce n'est pas que je cherche à me déguiser, j'ai longtemps porté mes vieux pulls ou ma veste en jeans américains, car rien ne me paraît plus ridicule que tous ces Européens qui se croient obligés de porter la tenue locale comme on porte la tenue camouflée, pour mieux se fondre avec le paysage. Mais le froid se fait de plus en plus vif...

Enfin du haut de la tour l'herbe qui verdoie : ce sont les coursiers de Pékin chargés de la bonne nouvelle.

Pékin m'a accepté.

A vrai dire, cela n'a pas été si simple.

Un mois d'attente près du téléphone dans une chambre vide. Enfin un responsable est venu me voir :

« Monsieur Segal, votre visa est arrivé à expiration. Il faut partir par le train de demain matin, à huit heures...

— Très bien, je vous comprends. Vous avez fait ce que vous avez pu. Ça n'a pas d'importance, je reviendrai... »

Le lendemain à six heures, on frappe à ma porte :

« Monsieur Segal, vous êtes autorisé à vous rendre à Pékin. »

On avait voulu tester ma patience et mettre à l'épreuve mon désir. On me reconnaissait chinois...

Pékin, la grande expérience. Six mois où il se passera peu de chose, mais six mois qui m'ont transformé de fond en comble. La richesse de cette terre et de ses hommes, que j'avais pressentie dès mon premier séjour, c'est là qu'elle me deviendra évidente. Mais le terrain est trop riche, trop complexe pour être mis en mots. Il s'agit de révolution intérieure, et l'heure n'est pas venue d'en saisir pleinement toutes les nuances. Dans ce livre, je ne veux dire que ce que j'ai fait, qui a valeur pour tous ceux qui ne savent pas encore qu'ils peuvent le faire aussi. Le reste ne concerne que moi et moi seul. Ce que j'ai pu faire de cette expérience est la matière d'un autre livre. Quand j'aurai envie de me rendre des comptes et de me mieux cerner les limites de mon royaume.

... Traçons maintenant l'apparence des choses. Je suis à l'hôtel, seul encore. Mais la ville compte quelques Occidentaux, pour la plupart diplomates. Lors de mes visites fréquentes à l'ambassade de France, j'ai l'occasion de connaître petit à petit tout le personnel, et, peu à peu, de développer avec tous des liens de sympathie et d'amitié. Il faut dire peut-être que mes débuts « dans la carrière » furent assez mouvementés, pour ne pas dire orageux. Quel est ce Français au comportement étrange qui vient sur ses roulettes, sans papiers, sans visa, et déclare péremptoire : « Je veux rester ! » ? Quel est cet audacieux qui ose confronter un diplomate avec des problèmes d'homme, au risque de mettre par terre la logique des affaires étrangères patiemment édifiée au long des lourds dossiers secrets ? Je finirai pourtant mon séjour en longues conversations passionnées avec l'ambassadeur de France, Etienne Manac'h, qui m'apprendra sur les Chinois plus que tous les livres.

Pékin aussi, il faut l'avouer, ç'a été terrible, avec des moments de cafard à couper au couteau, au cours de ces six mois à vingt mille kilomètres de mes ports. Il reste la lecture (la bibliothèque française permet de renouveler les stocks), la presse, la poésie (j'écris de plus en plus), la licence en droit que j'entreprends de passer par correspondance... les cours de français et d'anglais que je donne, la jeune étudiante de l'ambassade pour qui je me prends de passion... et, en fin de compte, l'occupation que m'a offerte l'ambassade de France. Enfermé entre les quatre murs de ma chambre, les moments d'explosion se faisaient trop fréquents. L'ambassadeur, après accord de l'ensemble de ses collaborateurs, me proposa de m'adjoindre aux deux attachés de presse, et de me donner un poste à mi-temps.

Mais il n'était pas convenable de ne pas prévenir les Chinois. C'est là que les choses prirent, comme il se devait en ce pays, une tournure de casse-tête. En tout diplomate, l'espion ne dort que d'un œil, ce n'est pas aux Chinois qu'on l'apprendra. Est-ce la raison pour laquelle Pékin accepta ma nomination à condition que je sois officiellement envoyé par le Quai d'Orsay ? Mon visa expirant, il était nécessaire de me renvoyer à Paris qui pourrait à son tour me renvoyer muni du *sceau officiel*. Ce qui paraissait quelque peu complexe et ambigu pour nous devait être logique pour eux. En somme, c'était une réponse de Chinois : le problème est entre vos mains. « Pour autant qu'il s'agit de nos propres désirs, nous ne demandons pas à nous battre, même un seul jour. Mais, si les circonstances nous y obligent, nous pouvons nous battre jusqu'au bout », lit-on dans le Petit Livre Rouge.

J'allais donc devoir quitter Pékin et mes illusions. Ce fut dur, au moment même où, sur le plan physique, je commençais à ressentir un mieux. Au moment surtout où, dans ma tête, je marchais à grands pas sur la voie ascendante. Des notions jusque-là floues se faisaient plus claires, Dieu, la croyance en l'homme, la communication, l'écriture... Ces mois de solitude m'avaient fortifié dans ma tête, et je savais bien qu'il était absurde et criminel de s'arrêter là. Une fois de plus, les choses n'étaient qu'à moitié faites. Et je n'aime pas ça. Comme s'il n'était pas suffisant d'être une moitié d'homme !

Parti pour deux mois, j'ai mis huit mois à revenir. Mais Laurence est toujours là.

J'entreprends aussitôt, grâce à l'aide de Bernard Stasi, les démarches nécessaires auprès du Quai d'Orsay. On me promet une convocation rapide.

Et je me mets en quête de travail. Je frappe à toutes les portes, de la médecine ou du journalisme, espérant soit un poste de conseiller pour les handicapés, soit des travaux ou des reportages photographiques. J'ai bien vendu des photos par-ci par-là, on a écrit quelques petits articles sur mon voyage, mais *Match* et *Times Life*, un moment intéressés, me renvoient finalement les cent photos retenues. Mes images d'une Chine de la douceur, heureuse et souriante, étonnent, heurtent peut-être trop d'idées bien arrêtées. Partout les regards un moment accrochés descendent sur mes jambes et se détournent. Je ne suis pas crédible, je n'ai pas l'allure du grand photographe et sans doute soupçonnent-ils quelque supercherie...

Jean-Charles et Martine, mes amis d'Épernay, mes amis des jours malheureux, m'entraînent en vacances du côté d'Hossegor. Navette entre lac et Biarritz, navigation à vue entre rage et ennui. Je ne suis décidément pas fait pour contempler les jeux de la mer, allongé sur le sable. Les vagues, c'est fait pour s'y plonger, pour s'y rouler, pour se laisser emporter. Quand on ne peut pas, ça ne sert à rien, qu'à vous donner le vague à l'âme.

J'apprends à mon retour la réponse négative du Quai d'Orsay. Par un ami, je connaîtrai la raison du refus : un handicapé ne saurait représenter dignement la France...

Je cherche avec fureur comment concilier ma soif d'aventure avec mon désir de devenir indépendant. Mais voilà, on m'a rangé une fois pour toutes dans le tiroir des personnes assistées. Que demander de plus ? Justement, ce n'est pas la mer à boire : un tout petit coup de pouce et je vous laisse tranquilles, accordez-moi seulement le droit de vivre comme vous.

Il y a même des choses que je saurais faire mieux que vous. Mon expérience est utile. Il faut vous en servir. Je suis prêt à tout. Je veux bien être le cobaye, me mettre en situation. Je vis déjà la vie de tous les jours de ceux que vous appelez les handicapés. Voilà deux ans que je pense à longueur de souffrance au centre de rééducation qu'il faut créer. Où l'on rééduquera, ce qui veut dire où l'on remettra en selle, où l'on redonnera envie de vivre. Comment ? J'ai mille idées à

vous proposer, demandez-moi, écoutez-moi donc.
 Il faut croire au miracle. A force de cogner sur les portes, on finit par vous ouvrir. Peut-être pour avoir la paix. Qu'importe, on va m'écouter. J'ai rendez-vous avec la personne qui peut tirer les fils, qui peut débloquer la bobine : le ministre de la Santé, Mme Simone Veil.
 A quinze heures.
 Je suis dans les temps devant le ministère. Mais on ne veut pas me laisser garer ma voiture... Voilà, je suis en retard.
 Un comble maintenant. Pour accéder au ministère des malades, des éclopés, des béquilleux, qui aurait cru qu'il fallût commencer par grimper les marches d'un escalier un peu trop raide ? Personne pour m'aider. Le retard maintenant frise le drame. J'avise enfin deux flics, et leur demande nerveusement de me hisser. Stupéfaits, maladroits, ils s'exécutent sans un mot.
 L'huissier d'étage me jette un regard désapprobateur. Ils se croient tout permis, pense-t-il. S'il savait...
 Et j'avance en roulant mon petit fauteuil, intimidé par l'immensité du bureau moderne, sous l'œil coloré d'un coq de Lurçat lui aussi courroucé. Je m'avance en silence.
 Il n'y a plus qu'à attaquer :
 « Excusez-moi. Vous voyez, les choses ne sont pas faciles. Ça commence par les marches des ministères... »
 Et je vide mon sac. La « Société qui nous refuse » courbe le dos sous un déluge de coups que je crois bien assenés.
 Elle ne dit rien. Elle a même quitté son bureau pour venir s'asseoir à côté de moi. Mais le silence

qui règne est toujours aussi lourd. Je continue pendant une heure, je dis d'où je viens, je dis les progrès que j'ai faits en un an. Bientôt je crie que je n'accepte pas de laisser derrière moi ceux qui pourraient, eux aussi, progresser si... si... et si...

Au moins n'y aura-t-il pas d'équivoque. Elle est d'accord avec moi : on ne peut réintégrer les handicapés qu'en les sortant de leur ghetto. Mais il n'y a pas d'argent. L'heure est aux problèmes de la Sécurité sociale. De l'avortement... De la recherche sur le cancer... La solution officielle, pour le moment, est de continuer à former du personnel bénévole.

J'en ai les larmes aux yeux. Je sais d'expérience que c'est poursuivre la fausse route. Et qui mène à l'abîme. J'essaie encore. Je me souviens de la promesse faite à moi-même en quittant les murs sales de Fontainebleau : je les ai pris en charge, les joueurs de rami, les videurs de bouteilles, et vous aussi, les lutteurs de l'ombre...

« Acceptez-moi au moins comme conseiller ! » Si l'on ne peut pas ce que je propose, sans doute pourrait-on éviter d'autres catastrophes.

La partie semble perdue. On en reste aux encouragements : il faut persévérer dans mes idées, mais il vaut mieux aller voir ailleurs, du côté de l'aide privée...

Ainsi, quand le nerf de la guerre fait défaut, on a peut-être tendance à renoncer trop tôt. La porte s'est fermée un peu vite sur mon nez. Avec douceur et compréhension. Mais à double tour. Je ne serai pas même aiguillé sur les responsables des sous-sections ou des sous-machins. Quand le Bon Dieu ne peut pas entendre, ses saints n'aiment pas parler trop fort.

Je brûle mes dernières cartouches. La colère, la menace, le chantage : je serai obligé de dire la vérité ; un problème d'homme va devenir un problème politique...

Mes munitions sont mouillées. Brusquement j'ai honte. Je me bats pour eux, ils méritent mieux que ces armes d'impuissant, j'allais dire d'éclopé. Si l'on ne m'écoute pas, c'est que je ne suis pas encore crédible. Je devine ce qu'on pense : ce que j'ai fait, c'est peut-être pas mal, oui, mais c'est insuffisant. Je n'ai encore réalisé aucun travail effectif, tandis que déjà des gens pensent le problème... des gens compétents !

J'ai pris congé. J'ai tourné mon fauteuil. Digne et contenu, je pousse sèchement sur mes roues, et je quitte à grande vitesse madame le Ministre impuissante et triste, intelligente et désespérée...

Il y a les gens qui marchent et les gens qui piétinent. Je ne suis ni des uns ni des autres. Rien de tel qu'une déception pour nourrir un gigantesque pari. Je reviendrai, cette fois crédible. Je m'en suis sorti parce que je suis sorti du système. Il faut poursuivre ma route solitaire. Ne plus frapper aux portes des refus, ne plus se consoler des « oui, mais... » qu'on me jette comme un os où s'accrochent des lambeaux mêlés de pitié et d'envie. Finies les excuses et les indulgences avec moi-même.

Je n'ai plus les moyens d'être Coubertin. Si je me bats, ce n'est pas pour participer, c'est pour gagner. A quoi bon repartir pour un autre voyage en Chine et un autre encore, et un autre, qui ne prouveront rien ? Je ne vais tout de même pas continuer à chanter victoire parce que j'ai vendu dix malheureuses photos au journal *Parents* ou à d'autres bonnes feuilles des bonnes familles.

Terminé le temps de l'amateurisme. Sur tous les plans, il me faut des victoires. Donc des combats. Pour avoir le droit de parler, d'être entendu, et compris. Ce n'est pas parce que j'attends mon indemnité (je l'attendrai cinq ans) que j'ai le devoir de me taire. Mais ce n'est pas non plus parce que je n'ai plus mes jambes que j'ai le droit de dire n'importe quoi.

Ce n'est pas facile de repartir avec un échec dans la besace. D'autant que, cette fois, il ne s'agit pas seulement de reprendre son bâton de pèlerin et d'aller voir du pays. Pas seulement de connaître, mais de prouver. Pas seulement de raconter les belles aventures, mais de tuer les arguments qu'on affûte déjà contre moi.

Je pars parce qu'on ne veut pas de moi, l'affaire est entendue. Mais cette fois je ne prends pas la fuite, je me donnerai les armes voulues pour revenir la tête haute. Je bouclerai le tour du monde en me débrouillant seul.

Le pari paraît fou à tout le monde. Peut-être un peu à moi-même. Ce n'est pas la peine de me l'avouer. Mais ma méthode est simple. Afin de m'éviter la tentation de reculer, je dis tout haut ce que je vais faire, je le clame partout : ainsi ai-je pris vis-à-vis des autres comme un engagement d'honneur. Il devient impossible de ne pas faire les choses que j'ai dit que je ferai. Je coupe les ponts derrière moi, j'enlève les pitons. Sortie de secours condamnée, retraite impossible. Ma vie n'est plus que devant moi.

Elle commence par le tour du monde.

9

Avril 1972

CE matin, règne dans ma chambre une agitation nouvelle. On va me transférer dans un autre hôpital. Je vais quitter ma planche pivotante et les trous de mon plafond, les veines sinistres du linoléum des murs, pour un ailleurs qui ressemble peut-être à un lit. Ainsi, quand l'espoir fait demi-tour, se contente-t-on de petites attentes au jour le jour...

Malgré le doux nom plein de promesses de mon nouveau lieu de convalescence — « Hôpital Beauséjour » —, je ne crois pas beaucoup à la guérison prochaine. Le moindre mouvement me demande toujours un effort surhumain, je ne peux ni tousser, ni avaler, ni éternuer, ni manger, ni parler. Quelques mots dans un souffle, échangés à grand-peine avec ma mère, mon père, les chirurgiens. Mais rien n'est pire, quand on est d'un tempérament plutôt heureux, que l'impossibilité absolue du rire.

Il y a à peine plus de huit jours qu'on m'a opéré. Le transfert est dangereux, il s'agit de ne pas emmêler les tuyaux nourriciers. Trois cents ou quatre cents mètres seulement séparent les deux hôpitaux, qu'il faut franchir par un long tunnel. Je n'oublierai jamais les impressions de ce matin-là, premier matin qui promettait enfin quelque chose de nouveau, que chacun de mes sens surexcités attendait avec l'impatience d'une renaissance.

On ramasse mes vêtements, sans doute jetés sur une chaise, et mon maillot américain de l'université de Berkeley. Dans le dos, une large tache brune, comme une main vaguement dessinée que troue en son centre un tout petit point rond, me saute aux yeux. Je le saisis comme un suaire. La balle a pénétré au dix-septième parallèle de mes rayures. On croirait entendre un flash d'information sur la guerre du Viet-nam.

On prend soin de me couvrir chaudement avant le départ. Mon lit roulant parcourt les couloirs insonorisés, prend la pose devant l'ascenseur. Moi, je ne distingue que les trous de narines des infirmières qui passent près de moi, monstres blancs déformés, indifférents.

L'ascenseur me soulève le cœur dans sa chute, et cette attraction vers le cœur de l'hôpital m'est insupportable. Au sous-sol on accroche mon lit à un mini-tracteur qui commence à parcourir le tunnel surchauffé. La galerie est sillonnée de tuyauteries, comme les artères secrètes parcourues par le sang des malades. Le trajet n'en finit pas, l'angoisse me gagne : « Beauséjour » ne serait-il pas le réfrigérateur, le lieu d'expériences, le trou au cœur de la montagne, le souterrain atomique ? Mon chirurgien plein de crème dévale-t-il la neige au-dessus de moi ?

Les regards semblent se figer sur mon passage. Plus tard j'apprendrai que je rôdais innocemment du côté de la chambre de réanimation.

Mon nouveau lit. Et, comme panorama, un plafond identique dessiné par le même artiste, à faire rêver toute l'industrie du gruyère !

L'infirmière-chef se penche vers moi et me demande sèchement si je désire déjeuner. Je n'ai rien pu avaler depuis huit jours et sa question me laisse sans réponse.

« Décidez-vous », me lance-t-elle, avant de disparaître, me laissant à ma méditation culinaire.

Quelques minutes plus tard, elle me dépose un plat en contrebas du lit. Je n'arrive pas à le localiser, ma main erre désespérément le long du drap. Comme je fais part de mon embarras à mon chef lapin, je me fais traiter d'incapable et de bon à rien, et l'on me promet que ce genre de caprice ne marchera pas longtemps. Toutes mes forces rassemblées suffisent à peine à l'insulter selon mon cœur. Cette prise de contact si bien établie, je serai désormais le « petit Français », et le petit Français n'aura plus qu'à se louer de son infirmière-chef !

Ces déplacements ont réveillé ma douleur dorsale. L'air me manque, le plafond monte et descend, ma salive à nouveau charrie des monceaux de tôle rouillée. Je sonne, au bord du précipice. Il n'est plus question de nourriture ou de caprice, la situation est tout entière dans les mains de la femme en blanc. La sonde nasale m'arrache des pleurs au passage en venant racler le pharynx. Mais les ordres fusent, Nelson est aux commandes, le navire en folie se calme, gîte diminuant. Un bien-être de tisane se répand en moi. C'est la morphine. J'oublie que je suis dans ma cage. L'infirmière pose sa main sur mon front, comme pour sceller l'amitié des grands moments. Il me semble que, pour ce geste seul, il faut tenir le coup.

Yeux fendus, frange coupée au rasoir, l'infirmier chinois vient me tourner dans mon lit. Il s'agit désormais d'un lit électrique de nouveau style, se pliant par le milieu, dans le sens de la longueur. Mon infirmier m'installe en appui latéral, me cale avec les oreillers, vérifie les perfusions, remonte mes draps avant de disparaître comme il est venu, sans un bruit.

Mais cette position inhabituelle est trop inconfortable pour me permettre de trouver le sommeil. Mon épaule me fait mal, on dirait que l'os va me percer la peau, et je commence à perdre mon calme. Je m'affole. Il faut absolument que je me tourne pour me mettre à plat ventre, mais attention aux tuyaux.

Mon dos me brûle, ma main rampe le long de l'oreiller, tâtonne, rencontre la sonnette. La sonnette glisse, elle est par terre, avant que j'aie pu appeler. Je suis sans recours, obligé d'aller au bout de ma tentative. Aucun havre ne jalonne ma route maintenant. Du bout des doigts je réussis à attraper le montant du lit, je vais enfin pouvoir me retourner... mais Dieu, que c'est lourd un homme, quand il n'a plus ses muscles !

Je panique à l'idée que, si quelque chose se passe, personne ne saura, personne avant « l'équipe des tourneurs » qui passe toutes les trois heures. Mes épaules, lentement, basculent, ma poitrine se rapproche du drap, la sueur me coule dans la bouche, mes cheveux trop longs se collent à mon front. J'y suis presque, encore un effort, un tout petit immense effort.

J'avais oublié mes problèmes respiratoires. Maintenant, à demi tourné, ma cage thoracique semble s'être bloquée. Tous ces efforts pour rien ; il faut revenir à ma position initiale, je ne vais quand même pas mourir étouffé alors que mon infirmier asiatique au silence bienveillant est à deux pas, peut-être derrière la porte.

Mes bras ne répondent plus, j'ai envie de tout laisser tomber, je n'ai plus aucune force, je suis à bout. J'en pleure. De rage et d'impuissance. Mon oreiller est trempé. Personne ne m'en sortira. Je me parle à moi-même, je m'encourage, comme au temps d'avant, à l'entraînement, quand mes muscles criaient grâce sous mon kimono lui aussi trempé, et qu'il fallait continuer, en serrant les dents, seul. Comme un vrai samouraï. « Allez courage, mon vieux. Tout seul... *continuer... continuer...* »

Mon bras gauche empoigne le drap, et la traction recommence, lente, épuisante. Peu à peu l'épaule décolle du lit humide. Encore un effort et je serai libre. Mon corps est une prison, ce n'est plus lui qui me libérera jamais. Il faut trouver autre chose. Il doit bien y avoir un autre moyen...

C'est alors, deux jours plus tard, que le docteur Rossier s'est glissé en roulant jusqu'à mon lit pliant. Et que sa voix froide a prononcé les mots qui tuaient tout espoir : il n'y avait pas d'autre moyen.

C'est alors que j'ai décidé que je m'en sortirais.

Il y a eu, avant tout, avant tous, Bernard... Mais l'heure n'est pas venue d'en parler...

Il y a eu, au bout d'un mois, la première décision. La première révolte. La première volonté. Le signe sans nul doute que le ménage commençait à se faire dans ma tête.

J'avalais vingt-cinq pilules par jour, entre les calmants, les tonicardiaques, les euphorisants, sans parler de la morphine... Un jour donc, j'ai dit que je n'en voulais plus. La situation était ce qu'elle était, et les pilules n'y changeraient rien. C'était à moi de changer, si je pouvais.

J'ai tout jeté dans la poubelle. Je venais de retrouver un peu de ma violence d'antan, quand je n'aimais pas qu'on me marche sur les pieds. Du temps où il ne fallait pas me prier beaucoup pour la bagarre, certains ont dû en garder le souvenir. N'est-ce pas, petit boulanger de la vallée de Chevreuse qui avait voulu m'intimider ?

Il y a eu, aussi, la vie qui est venue me visiter dans ma chambre. Une vie qui glissait sur deux roues de caoutchouc et qui avait un large sourire planté dans une barbe de Viking, et qui s'appelait André Chevrolet et qui disait : « On va faire la fête... Avec ma copine Théa on passe du bon temps, on voudrait bien discuter avec toi... »

Avec leur bouteille et leur magnétophone — je me rappelle « Umma Gumma » des Pink Floyd — ils sont revenus tous deux, sans bruit, sur leurs fauteuils chromés. Elle est belle comme on les rêve certains soirs de l'été. Sur sa main fine qu'elle me tend, les muscles morts se sont évanouis, creusant des sillons bleus comme chez les vieilles, signe infaillible qui indique la tétraplégie. Pourtant ses yeux, sa bouche, son sourire : c'est la vie chargée de son poids de joie qui a violé mon sanctuaire.

Trois enfants fous, dans la pièce faiblement éclairée, écoutent une musique qui bouge en contemplant leurs trois corps inertes. Et ils rient l'un à l'autre, et rire ne me fait plus mal, je peux rire et j'ai envie de rire. Les premières gorgées de vin sont trop fortes, je suis heureux. Mieux, je ne suis plus seul, je crois que je suis sauvé.

Quand ils sont repartis sur leurs machines, je n'ai rien entendu, mais ils avaient versé ce soir-là quelques gouttes de vie dans mon cœur, rouges comme le sang, rondes comme les formes des statues, belles comme l'espoir.

Il y a eu, le lendemain même, l'adjoint du patron, venu me parler de réconfort et de sécurité. La quarantaine, cheveux finement plaqués en arrière, un regard bleu délavé au fond de deux yeux pâles comme une lueur télévisée.

Le pinot d'hier m'a laissé dans la bouche un goût de buvard. La boule est remontée dans ma gorge, je ne peux retenir mes larmes, des tâches plus foncées encadrent la trace de mon visage sur le drap empesé. C'est la sinistre pieuvre noire qui me serre dans ses tentacules, le cafard aux multiples bras. Je m'abandonne, je suis foutu, je n'ai plus la force de lutter contre l'injustice...

Mais quand, impénétrable et gentil, habillé d'indifférence, il a parlé à travers la lueur incolore de ses téléviseurs, et qu'il a dit que « ça passerait »... quand il a répété qu'il fallait « être patient »... tout un édifice d'apparence solide s'est brusquement effondré. La colère m'avait maintenu debout, la compassion faisait lâcher le ressort. Je n'ai eu que la force d'un dernier courage : il ne me verrait pas pleurer.

Il y a eu l'aumônier qu'on m'avait envoyé sans que je l'appelle et que j'ai reçu sèchement.
« Non ! et vous ? » a été ma réponse quand il m'a demandé si je croyais.
J'étais sûr d'avoir marqué un point. Alors lui, avec le calme des vieilles troupes habituées aux questions acides, a renvoyé une balle que je n'ai pu reprendre :
« Ne pas croire est aussi une croyance. »
Quand, enfin, me quittant, il m'a annoncé qu'il partait pour Bethléem et qu'il prierait pour moi, au nom de l'amitié, de l'amour, de la vie, si j'acceptais... je crois bien que, cette fois, j'avais perdu la partie.

Il y a eu cette femme blonde un peu forte, toute de douceur, que je ne connaissais pas et qui, avant même de parler, a su établir un contact de chaleur et de confiance inconnues.
« Je suis américaine... l'avocat de vos amis Lelarge. J'ai eu envie de vous connaître... »
Elle m'a pris la main, toute de douceur, m'écoutant parler, l'œil bleu-gris, suspendue à mes paroles hésitantes.
Elle a un long regard légèrement tombant, qui vous enveloppe et vous réchauffe. Jamais une femme ne m'a pénétré d'autant de tendresse.
Et voilà que j'ai envie de parler, de dire, pour la première fois, que ce n'est pas une lettre que

j'écrivais quand « c'est » arrivé. Non, moi qui n'avais jamais écrit une ligne de poésie, brusquement, ce matin-là, je m'étais mis à composer un poème. Sans raison. Et, tellement absorbé, je n'ai rien entendu.

Elle pouvait comprendre cette histoire fantastique, je savais qu'elle ne rirait pas.

« C'était quoi, Patrick, ce poème ? »

Et je lui ai raconté un rêve gigantesque où l'homme devenait animal, et les choses compliquées de mes rêves qui m'ont rendu sourd et aveugle... Quand je me suis réveillé, voilà, j'étais un pantin.

Ce fut un moment de ma vie d'hôpital. Cette femme forte aux yeux bleus sut devenir la première espérance concrète, le premier signe de vie, la petite lueur. Un point de ralliement personnel, une escapade avec moi-même.

L'heure des visites est terminée. Mon amie donc s'en est retournée auprès de ses enfants, quelque part dans sa grande maison qui domine le lac... et moi je sais qu'il faut que je sois un autre. Il y a, quelque part, un moyen.

Il y a eu encore celui que je ne voulais pas... Pourquoi, alors que je suis en train d'apprendre à vivre ma solitude, m'adjoindre un compagnon de misère ? Je n'ai plus rien à partager.

Mains fines et droites qui sortent d'un blouson de cuir, il essaie de se caler en s'accrochant à la potence du lit. Comme deux marionnettes sans forces, ses mains dessinent dans l'air stérilisé des figures inutiles.

Nous ne nous sommes pas parlé de la journée. Et voici la nuit à parcourir ensemble, peuplée de cauchemars, de cris, de souffrance. Je ne veux pas qu'on assiste à mon calvaire, j'ai assez de moi à supporter dans le silence des nuits.

Sa main esquissera une sorte de salut dans l'espace, puis de longues minutes, il planera au-dessus de sa couche, écrasant les oreillers de ses bras trop faibles. Au petit matin, nos regards se croiseront, et un sourire traversera sa face rongée de barbe.

Il a gagné.

Ainsi se sont camouflés les premiers jours, entrecoupés de prises de sang, de petites nouvelles qui font rêver, de grands efforts qui occupent les heures, et de ces curiosités d'hôpital que prennent plaisir à échanger les prisonniers des mêmes murs blancs.

Et puis, peu à peu sont revenues les longues nuits de veille, les longues luttes sans fin contre mon seul désir, toi, toi qui n'es pas là, qui ne viens pas me voir, mais qui sais si bien m'obséder.

Je suis toujours sans nouvelles de l'autre monde. Mais je ne veux rien dire. Mon amie médecin se fait plus pressante, sa voix douce, feutrée, cotonneuse, voudrait me bercer, me rendre transparent pour mieux m'arracher ce qu'elle pense être mon coin de bonheur. Mon dernier espoir de vie, Francine, ma secrète attente. Je ne veux pas qu'ils sachent, je t'appelle en silence, je sais que, si tu veux, tu sauras m'entendre.

Aucun des petits événements qui font la vie de ceux qui sont hors circuit ne peut plus rien pour moi. Maintenant seulement commence la vraie paralysie...

* *
*

Demain je serai seul en face de moi-même, c'est le grand jour. Je vais sortir de mon lit, descendre jusqu'au jardin dans mon fauteuil. Aussitôt il faudra commencer à apprendre d'autres gestes, entrer en rééducation.

Est-ce encore un leurre qu'on agite devant moi pour continuer à me berner ? Vais-je moi aussi m'arrêter au premier tour de roues, satisfait de quitter ma chambre quelques heures, ou y a-t-il une autre aventure ?

La lumière va s'éteindre, je n'ai plus qu'une heure. Il faut que j'écrive une lettre. M'évader de ma chambre, quitter ce royaume blanc où je ne règne même plus sur moi-même. Ma main frôle le papier à petits carreaux que ma mère m'a apporté et je retrouve, pour la première fois, le contact glacé du cahier d'écolier.

Les mots me viennent tout seuls, comme au jour de l'accident...

Je sais bien, oui... mais laissez-moi tranquille. Il sera toujours temps de me demander si je ne viens pas de prendre la fuite à toutes jambes avec le jeu des mots, si je n'ai pas bifurqué comme un automate au moment de suivre la voie difficile. Il me suffit, ce soir, de me raccrocher à l'impression que je peux encore faire et bien faire. Qu'importent mes armes, j'ai besoin de tordre le cou à mon angoisse, et je n'ai plus les mêmes moyens que vous. Si mes armes sont truquées, elles peuvent me tirer d'affaire...

Qu'on me laisse avoir peur, ce soir...

10

Octobre 1974

TOUT ce que je sais sur mon tour du monde, c'est qu'il passera par Tahiti. Une faveur qu'on m'a faite, une obligation aussi : Antoine Veil, directeur d'U.T.A., m'a offert un billet d'avion Tahiti-Los Angeles. Hors de question, donc, de ne pas atteindre d'une façon ou d'une autre cette étape au milieu de mon périple.

J'ai plié dans ma poche mon fanion de glorieux conquérant : un drapeau français qui a traversé l'Atlantique en solitaire aux côtés d'Anne Michaïloff et qu'un ami journaliste m'a confié.

J'ai repris mon vieux charter plein d'escales qui m'a déposé à Bangkok. J'ai retrouvé mon « petit numéro », son sourire, sa douceur... Mais je n'ai plus, cette fois, le temps de prendre mon temps. D'ailleurs la mousson est là, il pleut sans arrêt sur la ville inondée. Je grelotte. Je repars.

Hong-Kong a toujours la même fièvre... Vite, le même train de banlieue, les mêmes terres inondées, le même pont métallique, Mao toujours souriant qui fume la même cigarette... et Canton.

La vie reprend comme avant, presque la vie de

famille avec les mêmes visages. Je parcours la ville, des rives du fleuve à la colline des Cinq-Moutons, du palais du docteur Sun Yat-Sen à l'école où Mao prêcha la révolution. J'ai maintenant la technique photographique bien en main, il ne s'agit plus de faire sourire, je ne suis plus un amateur.

« Je fais la Foire » bien sûr, l'œil aux aguets de scènes naturelles ou du détail pittoresque.

La rue surtout me fascine. Il y a du monde, mais, contrairement à Pékin, ce n'est pas la foule grouillante. L'impression dominante, le choc, c'est cette espèce de lenteur douce qui imprègne tous les gestes de la vie quotidienne. On ne se presse pas, on ne « cavale » pas. Je n'ai pas, comme à Paris sur mon fauteuil, le sentiment d'être dépassé par les événements, et de vivre à un autre rythme. Ici je me sens adapté. C'est une satisfaction puissante que de sentir la vie couler à sa vitesse, comme si l'on commandait mystérieusement aux éléments, ou comme si, pour vous faire plaisir, les choses bien élevées s'inclinaient devant votre volonté et marchaient à votre pas.

Je ne me balade plus seulement de parc en parc ou le long de la rivière, mais j'entreprends la visite systématique de la ville. Je sais maintenant assez de chinois pour me débrouiller sans mon interprète — je sais dire j'aime et j'aime pas ! — et pouvoir acheter seul ce dont j'ai besoin. Pour quelques francs j'ai pu commander un stimulateur d'acupuncture et un jeu d'aiguilles.

Le plus dur pour moi, ce sont les heures chinoises. Les rues se vident de bonne heure car on se lève très tôt. Mieux vaut ne pas dire au bout de combien d'efforts j'ai pu participer au lever du jour à Canton.

Il fait encore sombre, le vent de la nuit tourmente les bambous, les ombres des bougainvilliers frissonnent encore. Dans la pénombre pourtant, des taches blanches s'agitent comme des Pierrots de lune. Un ballet imaginaire rassemble des milliers de figurants aux quatre coins de la ville. Ils sont partout, dans les parcs, au bord des lacs, aux carrefours, sous un arbre. Mais chacun officie pour soi.

C'est le Tai-Ji Chüan. L'heure de communier avec le passé, par ces gestes vieux de plusieurs millénaires. Une heure, quelquefois plus, ils tournent à pas lents, comme décomposés, pivotant sur eux-mêmes, arrondissant le mouvement. Avec un bonheur évident, comme pour arracher au temps quelques parcelles de vérité.

Interdit, hypnotisé par ces gestes de charmeur d'étoiles, remonte en moi l'époque où je participais moi aussi, en kimono et ceinture noire, à des exercices plus violents et plus obscurs mais qui venaient également du fond des âges. Mais la mort a voulu frapper par derrière pour m'enfermer à tout jamais dans un corps statufié... Un jour, le maître a su que je pouvais échapper à la pesanteur. J'ai remis mon kimono sur mes jambes inertes et mon torse noué, et, la ceinture bien serrée sur mon ventre, libéré d'un corps devenu inutile, j'ai dirigé devant les élèves muets et attentifs ma plus belle leçon de maîtrise.

Aujourd'hui, cette danse comme une figure d'équilibre, comme une subtile harmonie entre l'espace et la terre, comme une réconciliation de l'homme avec son corps oublié, fait à la fois crier quelque chose au fond de moi, et remuer aussi une formidable envie de vivre.

Inlassablement ils reprennent leurs gestes. Certains sont en pyjama de soie, tels ces pensionnaires de l'hôpital militaire, d'autres en chemises et chaussons de danseur, d'autres simplement revêtus du maillot de corps qui laisse jouer leurs muscles secs et noueux. Parfois, un homme se déplace et va demander conseil à son voisin, comme pour célébrer le culte avec plus de précision. A d'autres heures de la journée, ceux qui n'ont pu sacrifier aux gestes du matin commencent leurs exercices, indifférents à la foule qui ne les regarde pas.

Cette passion de l'équilibre se manifeste partout, aussi bien dans ces numéros soudains d'acrobatie auxquels se livre par exemple un cycliste — sans aucun souci du spectacle ou du qu'en dira-t-on —, que dans ces sports d'équipe constamment pratiqués sur les stades de la ville — volley-ball, basket... sans parler du jeu de badminton ou des nombreuses troupes d'équilibristes.

Le jeu sous toutes ses formes paraît donc une donnée éternelle du caractère chinois. En témoignent malgré eux les joueurs accroupis sur leurs talons qui, sur un coin de trottoir, jouent aux cartes des après-midi entiers.

Chaque matin, de grandes affiches placardées dans le hall proposent aux clients de l'hôtel un programme de tout ce qui peut se voir dans la journée et, plusieurs fois, les opérations sous anesthésie par acupuncture m'ont attiré.

Deux infirmières conduisent les spectateurs amateurs dans une pièce claire du premier étage de l'hôpital n° 1. On nous fait revêtir une blouse, un bonnet, un masque, et l'on nous conseille de nous déchausser pour enfiler les sandales en caoutchouc. Trois salles d'opération jouxtent la pièce principale. Nous sommes autorisés à aller librement de l'une à l'autre.

Les malades attendent déjà sur la table d'opération, pyjamas rayés, jambes croisées, air détendu. Piquées dans leurs chevilles et leurs poignets, les aiguilles sont reliées à un stimulateur électrique. Une dernière aiguille est fichée dans leur tempe droite.

Dans les deux premières salles, on va procéder à une opération de la cataracte.

Les fenêtres sont ouvertes. Un doux soleil d'automne est venu chasser toute angoisse. Le chirurgien s'installe sur un tabouret derrière la tête des patientes, badigeonne l'œil, demande si la position est confortable. Après avoir relevé un peu la tête de l'une des malades, il appose plusieurs champs stériles. Pendant la trentaine de minutes que durera l'opération, le contact avec le patient sera permanent, le dialogue tout à fait détendu.

Tout est terminé. On retire les champs ; les malades se lèvent en souriant pour s'installer sur les brancards roulants préparés à leur intention. L'opérée la plus âgée, une femme de soixante-dix ans environ, pratiquement aveugle depuis plusieurs années, affirme voir la lumière à travers son pansement ajouré.

Dans la troisième salle, un homme d'une quarantaine d'années attend qu'on lui fasse une greffe de cornée. L'opération durera plus d'une heure. Par instants, on ferme les rideaux pour vérifier sans doute « le fond de l'œil », puis on laisse à nouveau pénétrer le soleil qui inonde la pièce et éclaire les sourires satisfaits de l'équipe chirurgicale. L'homme, là encore, n'a pas cessé de parler ni de sourire avant d'être reconduit dans sa chambre.

Le chirurgien vient ensuite répondre à nos questions dans un anglais très correct. Il abrège assez vite la conversation : d'autres malades attendent, et il s'éloigne, faisant claquer au long du couloir dallé ses sandales de plastique. Une vingtaine de patients sont ainsi traités chaque jour.

Ces opérations de l'œil sont un peu trop techniques pour donner la mesure de la résistance à la douleur ainsi obtenue par acupuncture. Plus tard, une autre opération m'impressionnera davantage. Il s'agissait de l'extraction d'un kyste situé sur les cordes vocales.

Cette fois, on m'a installé à l'intérieur d'une coupole de verre, à la verticale de la table d'opération. L'œil collé à la plaque de verre, j'attends. Les bistouris sont prêts.

Une femme arrive, allongée sur son lit roulant, les aiguilles déjà en place. Vérification de la tension, brèves paroles échangées et puis, entre les berges du champ chirurgical, c'est le trait rouge et droit comme celui d'un élève appliqué. Compresses. Pinces.

A la verticale de la gorge ouverte, j'ouvre des yeux affolés. La malade me fixe, comme étonnée de voir cet ange blanc au-dessus d'elle. Je transpire, j'ai mal pour elle, mais elle a l'air de ne rien éprouver.

On clampe, on coupe, le sang coule un peu. Toujours aucune manifestation sur le visage : pas une larme, pas même une ride. Pourtant je ne rêve pas, le trou est bien là, béant, allongé sur dix centimètres, dans lequel plongent des doigts agiles. Au milieu d'une forêt métallique, au fond de la plaie large et nacrée, le kyste apparaît gros comme une mandarine. L'opérée crache un peu de salive, échange un clin d'œil complice avec l'infirmière. Tout va bien, le pouls est régulier, la tension normale. Voilà la mandarine extraite. Compresses, aiguilles recourbées, catgut... On suture, on panse, on enlève le champ. Visage détendu, l'opérée, visiblement en pleine possession de ses facultés, se met à applaudir.

On l'assoit, puis on la recouche pour enlever les aiguilles plantées sur le sommet du crâne. Le chariot arrive, elle me salue de la main et d'un large sourire.

Chaque fois qu'à mon récit répondent les mines sceptiques des médecins français, je repense à ce sourire. Les faits sont là, simples et massifs. Pourtant, au pays de Descartes, quelque chose ne va pas...

Une fois de plus, je n'entrerai pas dans ce débat médical. Cette médecine existe, je l'ai rencontrée. Quels en sont les mérites ? Je ne saurais le dire. Ce que je sais, et qui me paraît d'une importance fondamentale, c'est cette attitude tout à fait nouvelle par rapport à la maladie. Aucune peur apparente, et c'est déjà beaucoup. Le médecin parle avec simplicité de ce qu'il fait, à aucun moment ne transparaît cette espèce de crainte révérentielle envers l'homme de l'Art qui est la base des rapports occidentaux. L'opération devient un acte banal de l'existence quotidienne, dégagée de mises en scène et de pompes qui, trop facilement chez nous, entretiennent un mystère douteux. Je le confesse, c'est ce rapport de confiance et de simplicité entre médecin et patient qui m'a profondément marqué. Peut-être parce que, à moi, il m'avait profondément manqué, aux jours où j'attendais qu'une main me retienne aux bords du précipice.

Au théâtre Sun Yat-Sen où je vais souvent, j'essaierai de mieux comprendre comment se forge l'âme de cet « homme nouveau » que doit devenir tout fils de la Chine. L'argument est toujours d'une simplicité qui prête à sourire. Davantage encore que dans les westerns, les bons et les mauvais sont dessinés à gros traits caricaturaux. C'est presque comme à Guignol, avec des couleurs criardes, un décor champêtre, le sourire un peu forcé des petites danseuses fardées. Mais avec quelle naïveté, quel enthousiasme, les enfants vibrent aux aventures exemplaires des camarades pionniers.

Le ballet *Les Enfants de la steppe* témoigne de ce mélange de poésie et de réalisme dans l'illustration du combat qu'il faut mener contre les dangers permanents d'un féodalisme toujours prêt à renaître de ses cendres. J'imagine que nos ancêtres devaient réagir avec la même fougue aux soties et fabliaux qu'on montait sur les parvis des cathédrales.

Mais l'argument des « enfants de la steppe » parle à lui seul.

Scène 1 — C'est l'aube. Tout est calme sur la prairie. Timur et sa sœur Schin sortent prestement de leur yourte et se préparent à travailler. D'autres membres de la commune commencent aussi leur travail de la journée. La brigade de la production Chaoktu est l'image de la prospérité et de la vitalité.

L'ex-gardien du troupeau, Bahyen, un réactionnaire, n'est pas réconcilié avec la perte de son paradis. Il donne libre cours à sa colère en fouettant méchamment le troupeau de moutons de la brigade. Shin lui arrache son fouet d'un air indigné. Suho, le secrétaire de la Branche du Parti, blâme Bahyen de son geste et fait l'éloge de Shin devant les membres de la commune, leur rappelant de ne jamais oublier la lutte des classes. Alors, Suho acquiesce à la demande de Timur et de sa sœur et les autorise à faire paître les moutons. Brandissant leurs fouets, Timur et Schin conduisent le troupeau au pâturage sous le soleil printanier.

Scène 2 — Le soleil brille sur l'immense prairie. Dans la gaieté, Timur et Schin s'occupent du troupeau avec attention. Tout à coup, au-dessus de leurs têtes, des signes de tempête. Ils conduisent les moutons dans la bergerie. Cherchant à se venger, Bahyen les a suivis pour faire un sabotage. Il coupe la corde qui attache la porte de la bergerie et fait sortir les moutons dans la tempête. Dans sa hâte, le fourreau de son poignard tombe sur le sol. Quand Timur et Schin retrouvent l'étui, ils comprennent ce qui s'est passé. Tandis qu'ils recherchent le troupeau, ils repèrent d'autres indices laissés par l'ennemi. Luttant contre la bourrasque de neige et l'ennemi, Timur et sa sœur attachent une écharpe rouge de pionnier à un jeune saule pour indiquer la piste qu'ils ont prise.

Scène 3 — La prairie est ensevelie dans une tempête de neige. Les soldats et les gardiens de troupeau chevauchent côte à côte à la recherche de Timur et de sa sœur. Le secrétaire du Parti, Suho, découvre l'écharpe rouge et le groupe part au galop dans la direction indiquée.

Scène 4 — Dans le froid mordant de la nuit de neige, Timur et sa sœur vont s'effondrer, vaincus par l'épuisement. Cependant, par esprit de loyauté envers le Parti et par valeur morale, ils s'encouragent mutuellement à faire de leur mieux pour protéger le troupeau.

Cependant, pour détruire la preuve de son crime, Bahyen s'approche et tente de reprendre son étui. Timur et sa sœur combattent avec bravoure, mais ils sont grièvement blessés et tombent sans connaissance.

Le secrétaire du Parti, Suho, les hommes du P.L.A. et les gardiens viennent alors à leur secours. Indignés, Timur et sa sœur racontent le crime de Bahyen et indiquent la direction de sa fuite. Les soldats, les gardiens et les porteurs excités se lancent à la poursuite de Bahyen et l'arrêtent.

Épilogue. — C'est le milieu de l'été. Les fleurs sont en pleine floraison. Rétablis, Timur et sa sœur ont quitté l'hôpital et reviennent à la maison, accueillis joyeusement par leur mère, les autres gardiens et les jeunes pionniers. Avec une fierté de révolutionnaires, ils acceptent les jouets que leur secrétaire du Parti leur présente, sautent sur leurs chevaux et s'enfuient au galop vers l'immense prairie...

Au cours de ce troisième séjour à Canton, j'ai pu saisir la chance d'approcher les paysans chinois. Un car était à la disposition des gens de la Foire, et j'eus envie de visiter quelques villages des alentours.

Je fus tellement séduit par la campagne que je n'eus de cesse, depuis lors, de repartir le plus souvent possible. Ainsi j'eus l'occasion de visiter plusieurs communes populaires, situées parfois à plus de cent cinquante kilomètres de Canton, et je pense avoir pu me faire une meilleure idée de la vie du paysan chinois.

Le bus vert et blanc nous emmène au long des routes bordées de canaux, ou bien traverse des paysages de collines cultivées en damiers que cernent de petits murs. Tout a l'air d'une miniature, comme un travail méticuleux de point de tapisserie. On franchit des rivières larges comme des estuaires où glissent des sampans, on se perd au milieu de champs de canne à sucre, et puis, au détour de la route poussiéreuse, les premières maisons de la commune de Shachiao apparaissent à travers le feuillage épais des bananiers.

Les enfants agitent les mains sur notre passage. Au long des canaux, les pirogues un instant se sont arrêtées, les rameurs nous regardent. Savent-ils qui nous sommes ?

Sur la place du village, on nous invite à boire le verre de l'amitié, je veux dire un thé fumant où flottent des fleurs de jasmin. Notre arrivée est apparemment une fête pour les enfants qui ne cessent de rire ; les vieux gardent un air grave.

Nous avons demandé à visiter quelques fermes.

D'un côté, les exploitations. Potagers, basses-cours, porcheries en plein air, élevage de canards. Au milieu, la cour et le puits. De l'autre côté, les habitations, maisons de briques aux pièces hautes qui gardent la fraîcheur. Elles comportent généralement plusieurs chambres car la famille est nombreuse, composée des parents, des vieillards et de plusieurs enfants. Les lits sont en bambous clairs, recouverts de baldaquins — je veux dire de moustiquaires ! Dans la pièce centrale au sol de briques, quelques meubles en bambou, des bancs patinés, une machine à coudre, un portrait de Mao, des photos de famille, quelques affiches et, dans un coin, un vélo.

Un paysan explique, un paysan aux muscles secs, noué comme une racine. Il dit qu'il a reçu un prêt du gouvernement pour sa maison — sa maison, son bien, quelque chose qui sonne dans sa voix comme un trésor retrouvé —, il dit qu'il a deux cochons à lui, sa basse-cour et ses légumes. Pour le reste, le tiers de son travail lui revient, les deux autres tiers vont à la commune qui, en échange, lui fournit tout le matériel et se charge de tous les services sociaux : hôpitaux, foyers de vieux, activités culturelles et sportives. (Une commune populaire, précisons-le, regroupe plusieurs villages, de taille généralement petite, dans une unité qui atteint environ soixante mille personnes.)

De ces visites, j'ai composé comme un bouquet d'impressions légères et pleines de charme.

La première fleur est faite de lenteur. Une lenteur de gestes accordée à la terre et qui donne au travail des hommes l'apparence de la force et de la puissance naturelles. Une autre fleur est faite de calme et de sérénité. Une autre encore de gentillesse. Ces poissons qu'on va pêcher dans la rivière et qu'on nous apporte ; ces tasses de thé toujours remplies ; ces paysans qui, dans l'eau jusqu'aux genoux, me portent en riant au long des sentiers de bananiers et des marécages. Une autre fleur encore : le sentiment de la fête, chacun de nos repas est conçu comme un festin. Une autre encore de poésie : ces images d'enfants qui se baignent parmi les buffles, cette femme qui porte son bébé sur le dos et qui lave son linge au fil de l'onde, ce rayon de soleil attrapé au vol entre les feuilles des bananiers, ces oranges en rangs serrés comme des écolières sages, la tranquillité infinie des regards.

Et j'ai retrouvé les mêmes fleurs au cours de mes visites, au milieu des forêts de bananiers, des élevages de vers à soie, des filatures, des pêcheries installées au long des rivières ou au bord des lacs.

Plus surprenant encore à nos yeux d'Occidentaux, ces mêmes impressions de douceur, de calme, de simplicité se retrouvent jusque dans les hôpitaux de campagnes, les maternités, les écoles, et même dans les hospices de vieillards, assez rares cependant.

L'hôpital, c'est un ensemble de bâtisses aux murs clairs entrecoupées de vergers profonds. C'est rudimentaire et d'un confort relatif. Les lits sont toujours en bambou et les murs blancs, comme partout. Les infirmiers, comme partout, sont habillés de blanc, mais ici les blouses sont ornées d'un petit caractère chinois du plus bel effet. La plupart des malades vivent en salle commune, mais j'ai pu voir quelques chambres à deux lits, sans doute réservées aux cas graves.

On ne manque jamais de me saluer de la main, parfois même on applaudit, sans doute pour souligner quelque bel effet de roues.

Un jour, j'ai demandé s'il était possible de voir un centre pour handicapés. On m'a entraîné dans la banlieue de Canton pour visiter une école de sourds-muets.

En Chine, tout commence par les mots. Les responsables tiennent à expliquer d'abord le pourquoi et le comment du traitement, le nombre de malades et le pourcentage de réussites. Nous apprenons ainsi que ce centre vient de mettre au point un traitement relativement nouveau, à base d'acupuncture encore, et découvert récemment, par hasard, par un soldat de l'Armée Rouge. Il s'agit de combiner la piqûre d'un point de la main avec celle d'un point situé derrière l'oreille.

C'est en essayant de se planter une aiguille derrière l'oreille que le soldat (il étudiait l'acupuncture) remarqua que sa tête s'était mise à enfler comme un chou-fleur et qu'il ne pouvait plus parler, éléments apparemment peu satisfaisants. Il observa aussi de profondes modifications du sens de l'ouïe. A force d'essais, il réussit à prouver que ce point était libérateur de certaines énergies et pouvait conduire à une récupération plus ou moins grande chez les sourds-muets.

J'assiste donc au traitement d'enfants par un médecin qui, devant nous, se met à chercher ce point de son aiguille, avec une patience d'ange chinois. Un jour, peut-être, la flèche minuscule et brillante atteindra son but, libérant un cri, le premier, telle l'annonce d'une naissance.

On nous montre ensuite divers traitements orthophoniques et nous assistons aux classes où se répartissent, selon le stade de leur infirmité, quelque trois cents enfants de huit à dix-huit ans. C'est l'heure du cours, comme à la communale, avec les tables de multiplication, les mots fardés de craie qui s'étalent sur l'ardoise luisante. En changeant de salle, on passe du mot ébréché à la phrase essoufflée, puis, comme à la marée montante, on en vient à la description d'un paysage, puis un chant maintenant s'élève. Non, je ne rêve pas, mes oreilles ne sont pas troublées par le chant des sirènes : ce sont bien des mots gras et sonores, épais comme de la réglisse, qui sortent en chapelet de ces gorges dilatées par l'effort. Quand enfin, dans la dernière salle, les musiciens se mettent à jouer pour accompagner un spectacle de chants et de danses, c'est à notre tour d'être muets, interdits.

Au bout de deux ans, sept élèves ont pu revenir dans une école normale. Bien que cette méthode n'ait pas encore dix ans, les médecins — ils sont quatorze — estiment que les résultats sont bons à 75 p. 100. Treize autres écoles ont déjà ouvert à Pékin et à Shangai.

Un an plus tard à peine, j'eus confirmation du bien-fondé de cette méthode alors que je me trouvais au Venezuela. Une petite fille de douze ans, Magali, était sourde et muette de naissance. Les médecins anglais (fort réputés en ce domaine) étaient plus que sceptiques sur ses chances de guérison. Pourtant, un médecin coréen établi à Caracas avait déjà permis à Magali, grâce à l'acupuncture, de récupérer 40 p. 100 de son ouïe.

En sortant de là, un rossignol s'est mis à chanter. Mais était-ce un rossignol ? C'est si mystérieux, le royaume des enfants.

Des pirogues entre les troncs lisses des bananiers. Des rivières qui se perdent sous un ciel d'orage. Des enfants étonnés qui battent des mains en me voyant. D'autres, taches de jais dans l'océan ocre du fleuve, qui nagent avec les buffles. Au long des berges limoneuses, des femmes aux larges chapeaux de paille tressée qui transportent, dans des paniers suspendus à une latte de bambou, les gravats qui serviront à consolider le remblai sans cesse attaqué par les eaux. Une route qui se perd dans la brume de chaleur vers des maisons en briques adossées comme des vieilles. Sur un lac, des rides minuscules, comme un frisson, qui semblent envelopper et caresser des barques rêveuses... Tant d'images fixées en moi, vieilles de tant de siècles, qui composent un paysage intérieur souligné de tendresse et de mélancolie. J'ai pris sur mes photos ces visages de la Chine éternelle et nouvelle, mais je n'ai plus besoin aujourd'hui de les regarder pour continuer à y vivre.

Quelque part, peut-être pas loin d'ici, à Hong-Kong que je vais retrouver, un typhon renverse les digues et balaie le pont des bateaux en déroute. Ici le ciel est de plomb, impassible, à peine nervuré de blanc. C'est le calme épais, impénétrable de l'Asie, comme le silence des eaux tranquilles à peine troublées par les barques.

Pourtant, au sein de ces paysages d'harmonie, je sens bien que ce bonheur a quelque chose d'uniforme à nos yeux d'Occidentaux. Comme s'il s'était établi il y a vingt-cinq ans et pour dix mille ans encore, sans que nul y pût rien changer. Nulle part aussi, tout au long des spectacles de la vie, ne transparaît la personnalité de l'homme, comme oubliée, fondue dans les éléments.

La saveur pure et naturelle des gestes de la vie quotidienne ne manquerait-elle pas, à nos palais abîmés par trop d'épices modernes, d'un peu de piquant et de piment ? Les rêves des poètes, les coups de griffe des peintres, la musique qui jaillit du cœur des hommes comme le feu de la terre, où s'en sont-ils allés ? L'art, fils des passions, a-t-il revêtu son bleu de chauffe et sifflote-t-il un air militaire ? Quelque chose de faible et de fort à la fois, qui fait encore vivre ailleurs, a disparu, et pour combien d'années ?

Je n'aurai pas la réponse. Je sais seulement que je voudrais rester, continuer ce voyage qui remonte le temps dans ce pays épargné par le temps, partager encore le rire de ces enfants heureux, laisser battre mon cœur au rythme des mariniers conduisant leurs sampans sur le fleuve...

On m'accusera souvent d'avoir été le naïf aux quarante clichés, qui s'extasie sur des merveilles soigneusement présentées.

A Canton, j'ai pu aller partout. Ailleurs, j'ai pu visiter plus de dix communes populaires. Je ne crois pas qu'on nous ait montré la Chine des Lumières, je ne crois pas au trucage. La Chine ne rêve pas au tourisme, elle n'a pas le temps de se mettre en frais, de préparer nos impressions ou de repeindre pour nous ses murs. Elle travaille, elle est appliquée, sérieuse, lente et sereine. D'ailleurs tout n'est pas rose. J'ai aussi vu des communes pauvres, parfois sales, les tas de fumiers, les vêtements déchirés des gosses... mais j'ai entendu dix fois ces phrases humbles et modestes : « Nous avons nos faiblesses, il faut nous corriger... Il y a encore beaucoup de progrès à faire... », je n'ai jamais eu l'impression de clowns ou de singes savants fiers de leurs grimaces. Non, je crois avoir contemplé la Chine de tous les jours... si éloignée de l'idée que l'on s'en fait. Une fois qu'on a accepté la différence, une fois qu'on a compris qu'on ne poursuit pas les mêmes chimères, pourquoi ne pas s'abandonner à cet étrange pouvoir de séduction ?

Toutes les études sur les pratiques sexuelles, sur les défenses et interdits nés du problème démographique ont accrédité l'idée d'une Chine austère, pudique et rigoriste. Ce que mes yeux ont vu, c'est un romantisme forcené qui éclate à chaque coin de parc, au long des berges des rivières. Brassens n'arrêterait pas d'écrire et de chanter les bancs publics de Chine ! Et Mao n'a-t-il pas dit, qui pourrait se chanter : « La femme est la moitié du ciel » ?

Alors je n'explique pas. Je raconte ce que j'ai vu.

Une légère secousse, la tasse de porcelaine fine a tremblé tandis que le bourdonnement feutré du train berce ma nostalgie.

Entre les collines arrondies, la gigantesque chenille trace son chemin. Dans le matin gris-bleu d'automne, des paysannes nous regardent passer. Là-haut sur le toit des collines, des caravanes d'arbustes s'agitent sous le vent annonciateur de typhon, comme prêtes à prendre la fuite vers d'autres horizons.

Je ne me lasserai pas de contempler ce délicat paysage d'aquarelle, mais déjà j'entends le bruit de mandibules incessant des tiroirs-caisses et des machines à sous qui scande la vie de Hong-Kong.

En franchissant la passerelle métallique du pont de Shum-shum, je ne pleurerai pas cette fois. Je sais que je reviendrai...

11

Mai 1972

« Tu m'as dit hier que, lorsque pour la première fois depuis ton accident tu t'es mis debout, il t'a semblé que tu étais un géant. Ton impression était juste : tu es un géant, Patrick, et nous sommes tous, auprès de toi, de petits garçons. Grâce à toi, peut-être parviendrons-nous à grandir un peu... »

4 mai 72

... « Non tu n'es pas seul. Et le combat que tu mènes, nous le menons ensemble. Bien sûr, c'est toi qui es aux premières lignes, et c'est toi qui en baves le plus. Mais nous luttons avec toi, nous espérons avec toi, nous voulons avec toi. Et nous vaincrons tous ensemble... »

3 juin 72

Quand on reçoit, presque chaque jour, venant d'un homme qu'on estime au plus haut point, l'incarnation même de ce que je respecte, un homme à part entière, des lettres qui vous disent qu'on continue d'exister au fond de son lit et qu'on est un exemple, comment pourrait-on s'abandonner ?

Cet homme devait être en tête de ce livre.

Bernard Stasi. De tous ceux qui m'ont côtoyé depuis mon accident, il est celui qui m'a véritablement redonné l'occasion d'être un homme. Le premier, il m'a rendu responsable. Pas seulement de ceux que je connaissais, mais de ceux qui partout cherchent à avancer sans savoir comment. Il m'a juste indiqué la bonne route et, dût sa modestie en souffrir, il me faut dire comment.

Nous étions, avant mon accident, ce qu'on appelle de bons copains, pas encore des amis au sens que je donne à ce mot.

Nous avions déjà une souffrance en commun. Étudiant à Reims, j'ai déjà dit comment Éric, mon meilleur ami, était tombé dans le coma un jour de février 1969 pour n'en plus jamais sortir. Bernard était aussi un ami d'Éric. Cette épreuve nous avait rapprochés.

Le 7 avril 1972, au lendemain de mon accident, Bernard prenait l'avion pour Genève. Il est venu avant que je ne sois conscient, il est la première personne qui ait compris mon problème et trouvé les mots de mon langage.

Deux fois par semaine il a pris l'avion, pendant tout le temps de mon séjour à Genève. Il était alors député et quittait l'Assemblée nationale pour venir me parler deux heures et repartir. Et, presque chaque jour, j'avais une lettre.

Que me disait-il qui ait pu m'éviter de m'abandonner au désespoir et au renoncement ? Il ne me disait pas seulement ce que me disaient les autres, ceux qui voulaient me cacher la vérité et parlaient de guérison, ceux qui voulaient la vérité et me parlaient « d'homme à homme » ! Non, Bernard m'a tenu un autre langage. Désormais, me disait-il, c'est toi seul qui peux savoir, c'est toi qui mènes ta barque. On ne peut pas faire la route à ta place. On ne sait rien pour toi. On ne peut que suivre. Tu es plus que nous, tu avances pour nous.

Un homme me mettait devant une responsabilité d'homme. J'avais charge de confiance, j'étais investi de confiance. Je devais bouger pour eux tous. Par un paradoxe étonnant, c'était moi, immobile sur mes lits de souffrance, qui me mettais en tête que chacun de mes progrès serait un pas en avant pour ceux qui me regardaient. J'avancerais sur le chemin au nom de ceux qui croyaient ne plus marcher.

Par un paradoxe aussi étonnant, c'était Bernard qui, dans ses lettres, me remerciait, affirmant que mon exemple l'aidait à avoir du courage, jurant que grâce à moi lui aussi irait de l'avant. « Heureusement que Patrick est là pour remonter le moral de tout le monde... », avait-il dit les premiers jours. Le plus étonnant est que j'aie accepté cette situation, cette responsabilité, cette mission. Je me suis mis naturellement à penser selon ce schéma : « Merci de nous montrer, de nous donner ta force. Cela nous aide... » (12 avril). « Merci, merci du fond du cœur. Je serai plus fort, tout à l'heure, pour reprendre le fardeau que j'avais déposé sur le bord de la route, le temps de ce voyage jusqu'à toi. Jamais je n'ai aimé la vie autant qu'en ce moment. Vive la vie !... » Une autre fois, comme il me faisait part de soucis particulièrement lourds, il ajoutait : « Mais je pense à toi, Patrick, et je redresse la tête (...) Merci de m'aider, de me soutenir. Comme j'aimerais t'aider autant que tu m'aides... »

Ainsi venait-il, avec sa force, son élan vital, apportant les livres et les premiers rires, les discussions d'homme et la seule espérance. Tous ceux qui sont venus ensuite ou qui revenaient, je n'ai pu les accueillir que parce que désormais je pouvais être en attente, à l'écoute. Mes parents, chaque week-end, mon amie médecin, mon maître japonais, mon avocate américaine... tous, je pouvais leur donner quelque chose. Je n'attendais plus qu'ils me prennent par la main, qu'ils m'aident, qu'ils m'apportent le réconfort.

Et puis je me suis trouvé devant mon premier problème.

Je commençais à perdre complètement les pédales, ne sachant plus très bien ce qui m'attendait vraiment, puisque chacun m'apportait ses bobards réconfortants. Je me sentais perdu entre deux mondes, tenté par l'un et l'autre. D'un côté, l'incertitude au sujet de ma santé, l'espoir ou la condamnation totale. Ce qu'on pourrait appeler le regard des autres, la partie adverse : les docteurs, mes parents, Francine. De l'autre, j'entrevoyais une issue différente : la redécouverte de moi-même, et le chemin des hommes. Ce fut le mérite de Bernard que de m'engager sur cette voie, qui n'était ni d'évasion ni de fuite, seulement de solitude, et celui du maître japonais qui, par son silence, sut lui aussi me confirmer que je commençais d'exister à un autre niveau.

Comment se découvrir tout seul quand on est dans sa chambre d'hôpital, coincé entre deux carcans, qui, sans le savoir et sans le vouloir, ne peuvent que vous empêcher d'être vous-même ? La famille et les médecins sont là pour protéger. Quoi de plus naturel que d'obéir ? Que faire lorsqu'on a bien envie, aussi, d'écouter l'autre petite voix qui vous murmure que vous existez, quelque part, seul et sans appui, sans réconfort ; que la route est de ce côté-là plus dure, mais qu'elle va plus loin ?... Arrive alors quelqu'un qui, en deux gestes et trois mots, vous engage sur la bonne piste. Le problème était grave. Je pressentais les bonnes idées, et par ailleurs on faisait tout pour m'empêcher de les suivre...

Je me suis toujours méfié des grands mots. Cette prise de conscience, pourtant, il faut l'appeler par son nom : une seconde naissance. Ma vie en fut bouleversée. Devenu responsable d'autrui, il devenait impossible de ne pas réussir, de ne pas être ambitieux, puisque ce n'était plus pour moi. Comment ne pas vouloir aller de l'autre côté de la montagne, comment ne pas placer la barre un peu plus haut que je n'aurais voulu. Cette obsession de lutter chaque jour pour pousser la porte, ce n'était plus seulement pour marcher. Marcher ou ne pas marcher n'était pas la question. Je ne marchais plus à côté, ou avec, je marchais devant. Je faisais la route en éclaireur, et pas n'importe laquelle, la plus dure.

Voilà comment quelqu'un m'a remis sur les rails. Il y a toujours quelqu'un au départ de ce qui vous dépasse.

A quoi bon préciser que ce quelqu'un m'a suivi depuis, à chaque pas ? Qu'il fut là à Fontainebleau, à Chevreuse, à Paris... Lorsque je me suis échappé, il me prêta son appartement, en décembre 1972. (Absent le plus souvent, mais, quand il était là, il couchait par terre sur un matelas.) A quoi bon énumérer les grands services rendus, l'intervention auprès du président Pompidou pour m'autoriser à passer mon diplôme, le rendez-vous avec Simone Veil, la rencontre avec le directeur d'U.T.A. ?

Tout cela n'aurait que peu de valeur s'il ne s'agissait que de moi. Mais Bernard est un homme pour qui la vie n'a de saveur et de valeur que si elle est relation, communion, entraide. Catholique fervent, il souffre si quelque part un homme souffre, il est heureux du sourire des autres. Ce n'est peut-être pas un hasard s'il fut le premier parlementaire à se rendre en mission en Israël pour renouer les rapports diplomatiques interrompus sous de Gaulle.

Depuis, bien sûr, il est devenu mon complice, mon éminence grise, mon « père Joseph ». Il représente la stabilité, la référence. Je lui écris de partout et, à chaque tournant de ma vie, j'ai besoin de sa caution. Comment savoir autrement s'il n'est pas absurde de s'échapper la nuit d'un hôpital pour des escapades ridicules ? Comment savoir s'il n'est pas fou de partir sur les routes du tour du monde, un an jour pour jour après la balle ?

Une première fois j'ai craqué, quinze jours après l'accident. J'avais demandé à mes parents de repartir. Rossier m'avait lâché ses vérités. Francine ne venait pas. J'étais seul, dos au mur, et la vie semblait devoir dérouler devant moi une éternité immobile. Je l'ai appelé au téléphone. Il est venu, m'a répété que j'étais seul à faire la route mais que tous avaient les yeux fixés sur moi.

De Chine, un soir d'anniversaire solitaire et glacé, je lui écrivis ces mots d'abandon : « Je ne vois la lumière que parce que tes yeux la cherchent. Je ne sens la terre que parce que tes pieds la foulent... »

Bernard, mon complice, mon frère, pardonne-moi, je ne t'avais jamais remercié comme il fallait...

12

Novembre 1974

HONG-KONG encore. Sur l'île, les taudis s'accrochent aux sentes friables des collines, comme des plaques d'eczéma. J'ai gravi l'une des pentes jusqu'aux bidonvilles, assemblage fragile de planches et de tôles. Un chemin tortueux serpente entre les arbres au tronc tourmenté et les bambous plus majestueux, où flottent des odeurs un peu fortes. Des chiens au poil parsemé de taches de pelade n'apprécient pas mon étrange machine. Par l'entrebâillement des taudis, parfois se devine, ici aussi, un portrait de Mao. Les pauvres bougres qui ont fui Canton pour la lumière regardent maintenant en arrière vers le temps doux des souvenirs. On me sourit. A la fontaine, les femmes accroupies lavent leur linge, cheveux défaits, et me proposent un peu d'eau. La misère est partout, mais rien ne semble grave, les enfants jouent au long des sentiers abrupts, et une musique de transistor s'échappe d'un pan de mur ébréché.

Dans moins d'une heure, ce sera à nouveau Kowloon et ses enseignes lumineuses qui jettent leurs éclairs sur les vitrines. L'odeur des cochons aura cédé la place au parfum lourd des élégantes

Chinoises de soie vêtues. Déjà j'ai quitté mon blue-jean délavé pour un blazer et une cravate en jersey bleu marine, déjà le sommelier apporte la carte, quelque part s'égrène le rire d'une femme, quelque chose de sucré, de léger, d'artificiel flotte dans l'air. J'ai changé de monde et, ce soir, en pensant à ces corps gantés de soie qui ondulent comme un charme, je sais que je ne fermerai pas l'œil...

L'espace de quelques heures, petite escapade à Macao. J'ai pris l'hydrofoil, bateau ultra-rapide qui se propulse au-dessus de l'eau à 80 km/h, éclaboussant sur son passage les jonques qui se dandinent entre les vagues, respectant l'énorme porte-avions gris sale sur lequel dorment les grandes mouettes blanches au ventre chargé de mort.

Derrière la digue de fortune, Macao. A quelques encâblures de la Chine, le Portugal continue sa veille. Une cathédrale oubliée, des arcades au long de la rue principale accrochant encore des enseignes en portugais, des Chinois parlant avec leurs mains. Des femmes aux yeux bridés, aux nattes tressées, vêtues de noir, jouent au mah-jong sous le porche de l'église écrasée de soleil. Entre la pêche des pauvres et le jeu des riches — le casino flottant, énorme péniche en bois sculpté, est gardé par des dragons à gueules rougeoyantes — deux mondes se sont mêlés depuis des siècles et, comme deux vieux amants que plus rien ne relie, n'ont plus la force de se séparer.

A la frontière chinoise, un douanier trop zélé ou trop pressé a tamponné mon passeport d'un cachet rouge. Le cachet d'infamie des visiteurs de régimes maudits. J'avais bien pris mes précautions, m'étant muni d'un autre passeport pour pays communistes. Et voilà que mon « identité capitaliste » était elle aussi soulignée ! Entrer dans certains pays deviendrait dangereux, sinon impossible. Formose, le Sud-Viet-nam m'étaient théoriquement interdits. Où aller ? et comment faire ?

De Chine, j'avais écrit à toutes les compagnies maritimes pour essayer de trouver une place sur un bateau en route vers Tahiti — par n'importe quelle route —, proposant mes services d'infirmier, de kinésithérapeute, de gratte-papier... La mer de Chine, la mer de Java, la mer d'Arafura... Ces mots exotiques et troublants conservaient pour moi leur résonance magique. Je voulais aller partout où m'appelait le rêve. Mais les réponses furent toutes négatives. C'était la saison des typhons, et donc pour une compagnie pas le moment de prendre des risques en engageant le premier coureur d'aventures venu.

Je déployai sur mes genoux les cartes du monde. Quelle route prendre ? La voie la plus rapide passait par Tokyo. Et puis il y avait la route du sud, la plus longue, mais jalonnée de noms mythiques : Singapour, Djakarta, Surabaya... et puis il y avait le Viet-nam, le Viet-nam de Laurence, et j'avais envie de retrouver le rire de Laurence, et son cœur et son corps. Même à travers son souvenir, je veux dire son pays. L'Indochine, l'Indochine de Hougron et de Lartéguy, celle des journalistes, j'avais envie d'aller la voir. Ce qu'ils racontaient, était-ce encore vivant là-bas sous les bombes ? En Chine, personne n'avait vu d'amoureux, et j'avais contemplé partout tant de couples se tenant par la taille, ou la main. Qu'allais-je découvrir à Saigon ?

Je ne voulais pas de Tokyo. Je voulais le Vietnam, par curiosité et déjà par amour.

Je fis part de mes projets au consul de France, lui demandai son avis sur le « passeport rouge ». Il me déconseilla d'insister, évoquant les dangers, la guerre... Après plusieurs jours d'angoisse et de réflexion, je décidai de tenter quand même l'aventure. Une fois encore, désobéir à la logique, à la raison trop sage. Je voulais et je ne faisais pas. Voilà bien la première fois que les choses se seraient passées ainsi.

Quelques jours me restaient à passer à Hong-Kong. Avant de partir pour Canton, un mois plus tôt, j'étais entré en contact avec un médecin travaillant dans la « Cité Interdite ». On appelait ainsi une zone condamnée, située juste à côté de l'aéroport, gardée par des hommes en armes qui interdisaient l'entrée à quiconque ne montrait pas patte blanche. La police même, disait-on, ne s'aventurait pas dans ces lieux, où se traitait tout le trafic de l'opium, des armes et des filles. Mon médecin m'avait promis de m'ouvrir les portes de la « Cité Interdite ».

Je le cherchai une semaine, je fis tout pour le retrouver jusqu'au jour où j'appris qu'il venait d'être arrêté pour trafic d'opium. J'éprouvai mon premier regret de journaliste : je venais de rater un scoop formidable. Le métier entrait...

Dans l'avion pour Saigon, j'étais à la fois excité et nerveux.

Je fus le seul à faire escale. Deux stewards m'aidèrent hâtivement à descendre sur ce terrain de fin du monde. Des avions américains, des hélicoptères, des camions militaires avaient encore un air impressionnant malgré le désordre évident de leurs tenues ou de leurs emplacements. Mais les adolescents déguisés en parachutistes, équipés de colts trop lourds et de cartouchières trop larges, semblaient sortir de quelque opérette guerrière.

Le douanier m'auscultait d'un sale œil, me prenant sans doute pour un Américain, avec mes cheveux courts et mes blue-jeans. Il regarda attentivement mon passeport et je commençais à trouver les minutes un peu longues ; mais sans doute ne comprit-il pas la signification du tampon rouge puisqu'il n'insista pas. Je m'attendais au moins à une fouille minutieuse. Je me rappelais mon premier voyage aux U.S.A. où le douanier méfiant m'avait retenu des heures avant de me lancer un : « Levez-vous ! » auquel j'avais répondu par un glacial : « Vous voulez aussi que je danse ? » Il s'était excusé.

Je traverse l'aéroport en ruine. Les hangars sont délabrés, les voitures de pompiers ont leurs pneus crevés, leurs phares cassés. Je trouve un taxi : une 4 CV de l'époque coloniale (Lartéguy est bien au rendez-vous)... Je me fais conduire au consulat de France. A tout hasard, je demande au consul s'il connaît un médecin dont on m'a parlé deux ans auparavant à Hong-Kong et qui doit travailler à l'Office Mondial de la Santé. Il le connaît, mais ne sait ni son adresse ni son téléphone. Tout Saigon tient déjà dans cette réponse. Il me promet de me rappeler à mon hôtel — le Continental bien sûr ! — s'il parvient à le retrouver.

Et me voilà en route pour le Continental. La fameuse terrasse est déserte. Personne. Ni Bodard... ni Capa, ni Caron, pas même un correspondant de guerre anonyme, pas même un colon oublié sirotant son whisky. Il ne me reste qu'à prendre l'ascenseur. Qu'à essayer plutôt, au prix d'acrobaties sans nom.

Au deuxième étage, ma chambre. Des plafonds vertigineux, un ventilateur central à trois pales tournant mollement. Une armoire, une commode, une douche.

Je suis fatigué — il fait lourd et chaud —, mais je suis heureux. Moi, le minable, le légume, je suis à Saigon bientôt sous le feu des roquettes, à Saigon qui va tomber dans six mois et qui commence à être déserté. Il suffisait de vouloir... Étendu sur mon lit, je suis d'un regard distrait les lézards grimper au long des murs et attraper les mouches et les moustiques. Au long des grands murs blancs et lisses.

Avec le soir, je descends m'installer à la terrasse. Un Américain attablé devant son scotch achète aux petits Vietnamiens des livres par piles. Des petites filles me font de l'œil, au coin de la nuit. Et les petits cireurs tournent autour de mes jambes mortes, intrigués par ces chaussures qui ne marchent pas.

En guise d'apéritif, je commande un Coca-Cola — j'évite l'alcool —, cette boisson conquérante que je rencontrerai partout sur mes chemins du tour du monde, jusqu'au cœur de l'Amazonie, et qui donne la mesure du rêve américain.

Il ne se passera rien ce soir. Le Continental ressemble à ces hôtels encore ouverts sur les plages désertes des stations balnéaires, quand la saison est terminée. Je dîne seul, ou presque seul, parmi les palmiers du jardin, sous la tonnelle en toit de chaume, au milieu des lampions accrochés aux arbres. On attend les danses et le bal musette, mais la fête est finie, le 14 juillet a oublié ses militaires et ses javas. Comme à Pékin il y a un an, seul et en silence, j'avale ma soupe chinoise et mon porc au caramel. Un vieux serveur de la grande époque tourne autour de moi, multipliant sourires et application, visiblement heureux de cette visite de France, lui aussi parti à la recherche des jours perdus.

Fatigué, comme déçu par le silence épais — où sont les baroudeurs, les filles aux regards malicieux, les terrasses bourdonnantes ? — je regagne ma chambre. Le ventilateur, lui aussi épuisé par tant de guerres, tourne péniblement, en ronronnant comme un bombardier... Je tourne dans mon lit sans trouver le sommeil. Tout se mélange, Laurence et ces adolescents trop maigres pour les treillis des grands G.I., la guerre et les petites filles...

A minuit, le téléphone sonne. Qui peut savoir que je suis là ?

« Ici, le docteur Castet... »

C'est lui. Le rendez-vous miraculeux est fixé pour le lendemain, en fin de matinée.

De bonne heure, je partirai dans les rues de Saigon, malgré les conseils de prudence du portier d'hôtel. Il ne faut plus se promener seul, ni surtout prendre avec soi quelque objet de valeur. Les bandes de pillards sont partout...

J'aurai le temps de m'arrêter à l'ambassade d'Australie pour y demander un visa, au cas où ma prolongation de séjour ici me serait refusée. Et je suis à l'heure au Continental. Le docteur Castet m'attend au fond du jardin sous une paillote. Chemise kaki, main large et généreuse, petit ventre accusant la colonie, visage ouvert, voix chaleureuse. Quoique jeune encore, sa carte de visite est déjà remplie de belles missions au service de l'O.M.S. : Biafra, Bengla-desh, Viet-nam...

On parle. Je devine un vrai romantique de l'aventure, un missionnaire, un risque-tout, mais aussi un garçon qui n'était bien dans sa peau, ni à Paris ni en province. Mon semblable, mon frère peut-être, pour qui la vie doit sans cesse bouger. Je lui expose mon désir de me rendre utile, en mettant mes connaissances de kinésithérapeute et mon expérience de malade au service des blessés de la moelle épinière. Tout de suite, sans réfléchir, avec une spontanéité dont je n'ai plus l'habitude dès que j'évoque un travail possible, il s'enthousiasme pour mes projets, promet de me faire rencontrer qui il faut, et m'invite à venir habiter chez lui. J'y serai mieux, affirme-t-il, pour établir mes contacts, et de toute façon moins seul qu'au Continental.

On reboucle ma valise et mon sac, on plie mon fauteuil qu'on case tant bien que mal à l'arrière de sa Volkswagen, et nous partons à travers les rues de Saigon encombrées de motos et de vélomoteurs et de tous les engins à deux ou trois roues de la terre. « Ce sont les Honda qui ont gagné la guerre du Viet-nam », aurait dit je ne sais plus quel général américain. C'est un spectacle fascinant que cette pétarade généralisée, et, au milieu de ce bruit et de cette fumée, ces minces silhouettes blanches des filles en amazone qui se laissent emporter sur les modernes coursiers japonais. Elles sont toutes vêtues de leur Hao-Daï — blanches combinaisons de soie fendue sur le côté sur un pantalon noir ; elles portent toutes le chapeau de paille pointu, elles règnent visiblement sur les rues de Saigon par la seule grâce de leur féminité. L'Asie, malgré les apparences, est le pays des femmes, j'ai appris à le savoir...

La rue, très vite, donne le spectacle de l'abandon et du laisser-aller avant-coureur des grandes catastrophes. La ville, comme une place un lendemain de fête, accumule les vieilles voitures pourries, les boîtes de conserve en goguette, les prostituées en surnombre depuis le départ des Américains. Les filles blanches, au milieu de ces restes mal digérés du festin américain, sont comme des fleurs sur une poubelle.

Nous avons roulé longtemps avant d'atteindre la maison de Castet. Après le coup de sonnette, il faut attendre dans un bruit de chaînes et de barres qu'on soulève. L'insécurité règne. Les putains sont au chômage, de nombreuses familles ont perdu leurs ressources, et des bandes d'adolescents se sont lancées dans le pillage. Moi-même, dès le lendemain, je serai entouré de quelques énergumènes qui en veulent visiblement à mon fauteuil roulant, valeur marchande en ces temps de guerre. A force de ne pas avoir l'air de comprendre, à force de rires et de décontraction apparente, et peut-être aussi parce que je suis français, je réussirai à passer. Mais désormais j'ai compris qu'il valait mieux se méfier.

Dans la maison aux grands murs blancs, seuls les ventilateurs sont en mouvement. Les chats dorment sur le carrelage frais. C'est le grand calme des après-midi d'Asie. Dehors la guerre attend la nuit.

Un vaste salon aux meubles de rotin, deux chambres. Il faudra déloger pour moi un des deux enfants qui ira dormir par terre. Par la fenêtre ouverte, « la lettre à Élise » pénètre, s'achève et recommence aussitôt, infatigable.

Avec le soir, Castet m'entraîne jusqu'au premier pâté de maisons. Les rues sont lourdes de senteurs épaisses. A deux pas — à deux tours de roues —, une charrette offre le « feu », la soupe brûlante. Installés sur un coin de table bancal, nous dégustons notre bol fumant. Une mendiante passe, verse le thé dans nos verres, boit et s'éloigne sans un mot. Des vélos-pousses s'attardent, portant à l'avant, dans des corbeilles d'osier, des filles-fleurs enrobées de satin. Dans ce petit coin d'espace — telle une estrade de théâtre ambulant —, tout le monde joue le jeu de la paix, comme une saynète répétée depuis tant de jours qu'on finit par y croire. Et chaque soir nous aussi, nous viendrons tenir notre rôle, oublier le temps des menaces en avalant la grosse crevette en beignets, la menthe, la couenne de porc et le foie séché, dans une odeur de légumes et d'épices.

Les jours se traînent sur le même modèle. Castet part travailler le matin, puis retrouve ses amis au Club de tennis. Revient l'après-midi siroter le thé glacé dans la maison chaude, ressort pour l'intermède de la soupe vietnamienne, recule la nuit en jouant de la guitare et en prolongeant très tard de longues discussions à demi désespérées.

Cette ambiance incertaine me déprime. On attend la fin en feignant de n'y pas croire, le règne de la désillusion a commencé. J'espérais encore un dernier baroud, et qu'on allait remonter ses manches. Mais personne n'a l'air vraiment désireux de se cogner avec la misère, la grandeur et l'abandon.

Au bout de quelques jours cependant, j'ai eu le

temps de me reposer un peu, le temps d'étudier la carte, de griffonner quelques lignes sur mon cahier d'écolier, de préparer mes contacts. Le directeur du Centre de Rééducation de Saigon a accepté de me rencontrer.

L'hôpital est dans un état de délabrement qui dépasse encore ce à quoi je m'attendais. Des enfants se traînent maladroitement sur leurs béquilles, comme honteux, frôlant les murs. Dans un hangar noir qui sert de réfectoire, de petits aveugles essaient de manger ; on dirait des animaux malades. Le directeur, aimable et découragé, me remercie de mon offre. On a en effet besoin de moi, les bonnes volontés se font rares. Il me fait projeter des photos de l'hôpital de Vung-Tau, près du cap Saint-Jacques, dans le delta du Mékong, qui est le principal centre de rééducation du Sud. Il se propose de m'y envoyer. Mon expérience, mes conseils, mon aide seront les bienvenus.

J'accepte avec une joie inespérée. Pour la première fois depuis mon accident, les leçons de ma souffrance, les acquis de mon expérience, je vais pouvoir en faire bénéficier ceux qui se trouvent embarqués sur le même navire que moi.

Il se fait fort de me faire prolonger mon visa, et rendez-vous est pris dès le lendemain matin pour me conduire à Vung-Tau...

L'heure de l'action a peut-être sonné.

13

Mai 1972

Tout l'aréopage est réuni pour le lever du roi. Jambes bandées, tout comme le ventre — il faut éviter la chute de tension et l'inévitable syncope, — le moment est venu d'affronter la position assise.

Gouttes de tonicardiaque, lit mécanique qui remonte tout seul, ça ne devrait pas être trop dur.

Déjà la pièce bascule et mes yeux s'affolent, partent en quête de repaires fixes. La petite chaise chromée attend, au bord du lit, ridicule et bête, son grand corps sans vie. La nausée revient, plus forte, et je retombe dans un océan d'herbes en folie.

Nouvelle tentative, nouvelle dose de tonicardiaque, je suis prêt. Je rassemble mes forces, ferme les yeux, mon corps s'enfonce entre les bras du fauteuil roulant.

Quelle horreur! Mon corps n'est plus là, je ne ressens rien. Dans le lit, immobile, ce n'était pas pareil... Mes mains se raccrochent désespérément aux accoudoirs, il ne me reste plus qu'à suivre mon fauteuil que pousse l'infirmière. Au passage, un sourire complice de mon compagnon cherche à m'accrocher. Lui sait l'angoisse au fond de mes tripes, lui qui, voici sept ans, a dû faire les mêmes gestes. Quand il n'y a plus rien à dire, peut-être est-ce l'heure du sourire.

Attente devant l'ascenseur. Long couloir de silence, qui débouche sur la salle de rééducation. Tapis de mousse, appareils de musculation, et tous ces regards mouillés de pitié. A nouveau le goût de fer au fond de la gorge. A nouveau la tête qui danse la valse...

Non, j'en ai assez! je veux retrouver mon lit, m'enfermer dans les draps empesés, noyer mon grand corps dans un lac de chiffon repassé.

Je veux tout oublier, j'ai envie de mourir, et j'enfouis ma tête sous la couverture. Je ne veux plus de moi. Mon mouchoir est sûrement sur la table de nuit, derrière mon cahier, il faut sécher mes yeux. Ma main accroche le cahier, caresse la peau satinée et froide de ces pages déjà trop remplies de tristesse. Là est l'autre monde, la tentation...

C'est fini! Malgré vous tous, qui m'aviez donné courage par vos présences et vos silences, votre regard et votre tact, malgré toi qui n'es pas venue et que je voulais étonner, oh! oui, à en mourir... malgré moi qui me voyais déjà vainqueur, il n'y a plus rien à faire, je n'y arriverai jamais. J'ai perdu.

Une grosse larme roule sur ma poitrine et se heurte aux poils collés de sueur...

Quinze jours inutiles, à me répéter que cet abandon est indigne de moi, et d'elle, et de ceux qui sont venus parce qu'ils croyaient en moi. Les beaux sermons n'ont jamais rien pu contre ces envies de fin de soi qui vous submergent. Quand le ressort secret des volontés s'est détendu, il ne sert à rien de remonter les mécanismes.

Ce matin, pourtant, quelque chose me trotte dans la tête, comme une étrange allégresse. Ce n'est quand même pas le ciel qui a pris cette teinte rosée, comme un voile de printemps, ni ce soleil doré comme une vieille pierre...

Sans bruit, il s'est avancé jusqu'à moi. Ce fut comme si les oiseaux du monde entier saluaient son arrivée.

C'est lui que j'attendais, mon Maître, mon visiteur du pays du soleil levant.

Il me tient dans ses bras et je pleure de joie et nous nous regardons en silence de longues minutes. Alors, il s'écarte, toujours sans un mot, pour aller prendre dans son sac de voyage un long fourreau de soie blanche qu'il sort lentement.

« Patrick, je l'ai fait faire au Japon, dans le grand Dojo du Tenri[1]... »

Mes mains tremblent en ouvrant le fourreau de soie. Une ceinture noire dont les lettres forment sur un côté mon nom, et sur l'autre celui du Maître. Je la tiens, droite comme un glaive, et je vais pourfendre la vie, tel un samouraï. Je sais que le combat est engagé encore une fois, mais cette fois pour un triomphe certain.

Il m'entraîne là-bas dans des montagnes fleuries, dans un dojo de silence, près de cette cascade glacée où il a médité. Puis nous avons fait le grand « Kata San Chin[2] ».

1. Le temple des arts martiaux au Japon.
2. Danse figurative représentant un combat contre des adversaires fictifs.

Alors, le Maître s'en est allé, laissant derrière lui un homme nouveau qu'habitent sa force et son désir de vaincre.

Les oiseaux du monde ne s'étaient pas trompés, mais il faut comprendre :

Ce cadeau me hissait d'un degré, non pas dans une hiérarchie physique, mais dans un domaine différent, celui du spirituel. La philosophie du judo est celle du ballon : on le jette à terre, il s'écrase, il se ratatine, avant de reprendre sa forme. Tel du moins était-il conçu avant de devenir, les Européens s'en mêlant, un art de force, l'apanage des gros bras.

La philosophie du karaté doit conduire à la victoire totale de l'esprit. Le karaté est une recherche de ses propres limites. Dans la mesure où l'on ne se touche pas, où chaque mouvement se fait à distance, il faut une maîtrise totale du corps. Chaque mouvement peut tuer et, lorsqu'on frappe, il faut savoir rester en deçà de ses limites. On joue à la frontière de la vie et de la mort. Cet art martial est devenu un art d'équilibre, visant à donner confiance, en même temps qu'à dominer son corps et à atteindre l'au-delà.

Cette ceinture noire en coton renforcé, brodée aux deux bouts, lettres rouges d'un côté pour mon nom, lettres dorées pour le sien, cette distinction qu'on met sur le kimono signifiait aussi autre chose : timide et doux derrière son beau sourire, monstre d'efficacité, de précision, de vitesse, sur un tapis, le Maître, sans un mot, faisait de moi son élève favori.

Quelques jours plus tard, je recevais une lettre : « ... Tu es un de mes samouraïs et, même si j'étais aveugle et sourd, je t'entendrais quand même... »

Il justifiait son silence, il voulait dire que c'est au-delà des mots que se font les vraies adhésions.

La ceinture noire était un signe sur ma route, une consécration. Mentalement, je devenais capable de déplacer les montagnes.

A quoi bon être fier de ce trophée que j'ai suspendu à la potence de mon lit et que, l'un après l'autre, mes compagnons viennent contempler, un sourire aux lèvres ? Il faut passer aux actes. Ma belle prestance de samouraï, je suis bien décidé à ne pas la laisser s'effilocher comme de la ouate, au premier exercice venu.

J'attends de pied ferme mon gymnaste aux biceps gonflés sous la blouse quand s'approche de moi une amazone, longs cheveux bruns enchâssant un regard mauve. Elle s'appelle Eve, elle est belle comme la tentation. Dans le long couloir, j'entends qu'elle me parle, mais je n'écoute pas. Je laisse son souffle caresser ma nuque endolorie par l'immobilité des jours et des jours.

Sur le tapis, deux malheureux font des efforts désespérés pour tenir en équilibre. Je souris. Ce n'est quand même pas la mer à boire, je n'ai pas fait dix ans de sports de combat pour rien.

A mon tour. Capacité respiratoire : trois litres ! L'aiguille du spiromètre a eu du mal à enregistrer ce chiffre. Premier coup dur : je dépassais les six litres, avant. Aux haltères, alors que l'on m'a mis sur une table et que je dois essayer d'élever la barre au-dessus de ma poitrine, j'arrive, à bout de forces, à soulever dix kilos de chaque côté. Mon dos me fait atrocement mal. Eve me sourit.

Exercices d'équilibre, assis sur le tapis. « Tu

prends ta jambe et tu la mets sur le matelas »,
avait demandé Eve. Et j'ai mis plusieurs jours ! Ma
jambe pèse une tonne et, malgré toute ma volonté,
je ne peux la soulever.

Eve veut m'aider à m'asseoir sur le tapis en
mousse. Tout à l'heure, j'avais souri à voir la peine
des autres. Maintenant c'est moi qui tangue à
droite et à gauche, avant de m'aplatir sur le sol !
Eve se place derrière mon dos, et m'aide à me
relever. Ma tête repose sur sa poitrine ronde tandis
que j'essaie de reprendre ma respiration. C'est
frustrant, gênant, mais il faut continuer... La sueur
me coule sur la figure, la pièce bouge. A peine ai-je
lâché les mains que mon dos semble se casser en
deux. Je jette un regard oblique sur le grand miroir
en face du tapis : une loque aux yeux cernés me
contemple, les traits tirés, les bras maigres...

L'un après l'autre, les tests soulignent ma
déchéance.

Continuer...

Le lendemain, trop épuisé, je demande à faire les
exercices allongé sur mon lit. Je serre les dents
pour ne pas crier, tant chaque mouvement m'arrache
une douleur horrible au milieu du dos. Je ne
peux toujours pas m'asseoir.

Continuer... Continuer, quand même...

Eve essuie mon front moite. Ses vingt ans me
font mal. Quelqu'un me manque. Francine, ô ma
lointaine, je ne sais plus maintenant si je te reverrai...
et peut-être même n'est-ce plus pour toi que je
continue.

L'infirmier est venu dans ma chambre. Il caresse
sa barbe en collier en récitant, comme un étudiant

appliqué, les points énumérés par le médecin chef au cours de leur entrevue du matin. Les phrases sont rondes, hésitantes et chantantes. Je le vois tourner autour de son message, mais je finis par le déchiffrer : dans ce genre d'accident, les dégâts sont toujours plus importants qu'il n'y paraît, il ne faudrait pas se leurrer sur les chances de récupération.

Mes oreilles sont écarlates, le sang bat contre mes tempes, mes mains tremblent.

« Arrêtez ! vous n'avez pas le droit, vous êtes en train de m'assassiner... »

Il veut maintenant tenter de se reprendre, mais il n'est plus temps d'entendre et je lui ordonne de sortir.

J'ai froid. Pourtant, je n'ai plus besoin de leurs paroles ; la voix de leur bonne conscience inconsciente qui voulait empêcher les dernières illusions n'arrive plus à m'atteindre. Tout est mensonge et les « bons papas chocolats » sont aussi criminels que les autres. Hier encore, mon amie médecin prétendait avoir vu bouger mes jambes. Mais je ne crois plus en personne. J'irai seul jusqu'où je dois aller, personne n'en sait les limites et personne ne me fera plus peur...

Ce soir, simplement je prendrai ma plume et ouvrirai mon cahier de misère. Pour dire le vrai malheur, et ce n'est plus le mien. Cet après-midi, j'ai partagé les larmes de mon compagnon de chambre. Sa femme est venue lui rendre visite, avec leur petite fille. Et lui, l'ancien parachutiste, le baroudeur, le conquérant qui ne serrera plus personne contre sa poitrine inutilement puissante, je l'ai vu désarmé comme un enfant devant son jouet cassé.

Le fruit de ses étreintes passées me regardait, petite fille intriguée par les larges traces bleuâtres qu'avaient laissées sur mes bras les prises de sang quotidiennes. Et moi qui regardais monter les larmes dans ses yeux de père qu'il cherchait gauchement à détourner, je me suis brusquement senti fort et privilégié de mes deux mains qui bougent...

Demain, je reprendrai l'entraînement...

A bout de fatigue, je viens de remonter mon corps de flanelle jusqu'à ma chambre, la séance de rééducation terminée. L'infirmière d'étage m'annonce que mon repas est servi dans la salle à manger commune. Mais je refuse les murs blanchâtres tapissés de photos de pensionnaires dans leurs fauteuils. Je refuse de déjeuner sous ces regards d'infirmes posés sur moi. Je veux qu'on me laisse tranquille. Je n'en peux plus. Je ne veux plus qu'on me dise : « Patrick, faites attention. Patrick, encore un effort... Non, Patrick vous n'avez pas le droit de téléphoner ! Non, vous ne pouvez pas sortir... Il est dix-huit heures trente, éteignez les lumières... » Je suis seul à lutter, alors qu'on me laisse organiser seul ma lutte. De quel droit nous traiter comme des prisonniers, alors que nous n'avons rien fait qu'avoir un peu moins de chance que les autres ?

Je tremble de colère. La vue du plateau qu'on apporte dans ma chambre me calme un peu. Je crois que j'ai triomphé.

J'apprendrai le lendemain, en remontant des exercices, qu'on vient de me transférer dans le dortoir. Malgré mes protestations, le grand retour à l'ordre est commencé. Ici on obéit sans discuter, il « leur » est trop facile de commander. Un malade est un coupable qui s'ignore.

Je continue à vociférer. On avance les bonnes raisons : les malades ne doivent pas s'habituer les uns aux autres, il faut les séparer quand ils commencent à se connaître... On a déplacé mes affaires, et mon compagnon, au bout du couloir, me regarde, immobile, l'air de celui qui sait qu'il n'y a rien à faire. Je viens de perdre le second round, c'est net. Il faut reconnaître qu'on me tient à l'œil, car c'est moi qui ai engagé le combat. Quand le « patron » a voulu pratiquer une sphincterotomie (entaille du sphincter vésical), j'ai refusé tout net. Je savais risquer l'incontinence permanente contre une amélioration aléatoire. J'ai refusé de servir de cobaye. Le premier round avait été pour moi...

Qui dira les fureurs et la gêne quand il faut prendre possession de son nouveau lit sous les regards narquois de toute une chambrée ? On se fait des serments, on se jure qu'un jour on sera seul dans un nouveau royaume rebâti de ses mains. « C'est idiot d'être roi. Il faut bâtir son royaume... »

Par chance, mon Viking, mon premier rire d'hôpital, André Chevrolet, mon premier visiteur, est à côté de moi.

La chambre est mixte. On tire les rideaux pour donner les soins, mais les bruits et les odeurs se moquent des rideaux. Ici d'ailleurs règne la participation : gémissements, rêves à haute voix, voisins qui ronflent tandis que d'autres sifflent pour les faire taire. La méditation personnelle risque d'être difficile.

André a disparu ; il ne reviendra que vers les six

heures du soir, pour me tendre une orange et une plaque de chocolat, avant de s'enfoncer dans les oreilles son casque d'écoute relié au magnétophone : « Pink Floyd, Umma Gumma », m'annonce-t-il de son accent traînant... et je le verrai, la tête bien calée dans les oreillers, se balancer pour battre la mesure, une longue partie de la nuit...

Est venu le temps des premières cavales.

Mon amie médecin est repartie pour Paris avec ma mère. J'ai voulu tenter l'expérience, savoir qui je suis. Seul désormais, sans intermédiaires, comment vais-je réagir ?

J'ai remarqué depuis longtemps qu'André s'éclipse silencieusement pendant des heures, la nuit. J'attends la fin du jour, il m'a promis de m'expliquer, et pour une fois « l'extinction des feux » à six heures trente me semble ne jamais venir.

Les ronflements se sont faits plus forts. Déjà le concerto pour soupirs et gémissements commence en sourdine. André, après un regard sur sa montre, écarte ses draps et s'habille. Il me fait signe de l'imiter. Je suis maladroit et traîne, ma chaussure tombe sur le sol en faisant un bruit à réveiller un régiment d'infirmiers. André a ouvert la porte, la lumière bleue des veilleuses recouvre son visage comme un châle d'Orient. Il se cale au fond de l'ascenseur où je le suis. Longue descente jusqu'au sous-sol. André allume sa torche électrique, la fixe le long de sa jambe et s'engage dans un long couloir. Il bouge son fauteuil avec une dextérité de virtuose, et je ne peux pas suivre. Il m'attend sans impatience, à l'entrée d'un énorme boyau, le tunnel qui nous sépare de l'hôpital cantonal, et qui descend en pente douce sur plusieurs centaines de mètres. Nos ombres déformées s'agitent sur les canalisations qui longent les murs. La trajectoire d'André est parfaite et rapide, je suis tant bien que mal en louvoyant. Le boyau se resserre, devient couloir que termine une barrière. Derrière, un poste de garde ; à l'intérieur un veilleur de nuit. La difficulté est de bien choisir le moment. L'homme finira bien par relâcher son attention, absorbé par sa lecture ou gagné par le sommeil.

Buste plié sur ses genoux, André s'élance pour franchir les dix mètres qui le séparent du poste. Voilà le dossier de sa chaise juste au-dessous du carreau éclairé. André semble hésiter, écoutant peut-être, puis il glisse à nouveau et atteint la zone d'ombre qui marque la liberté.

Mon cœur bat la chamade, la sueur coule dans mon dos. J'ai peur de faire trop de bruit et j'ai du mal à tourner les roues. Je plie le buste, les cheveux me tombent dans les yeux. Je crains d'accrocher quelque chose avec les poignées de mon dossier...

Je suis au côté d'André. Nous gravissons ensemble une petite rampe qui débouche sur un parking, et des paquets de vent frais nous frappent au visage. J'enfile mon pull de marin, je suis heureux, ce soir la nuit est si belle...

La dernière cour déserte est franchie dans les rires. L'angle d'une rue, un trottoir. De l'autre côté, les lumières d'un café clignent de l'œil.

André bascule son fauteuil sur les roues arrière et, d'un mouvement sec d'acrobate, franchit le trottoir en sautant. Je suis incapable d'en faire autant. Je ne vais quand même pas attendre là, après tout ce chemin défendu. Je me jette à mon tour, rate mon coup et m'étale de tout mon long, tandis que les roues du fauteuil tournent bêtement dans la nuit. Déjà André est de retour avec la patronne qui m'aide à me réinstaller. On rit tous les trois comme des gosses, attablés sous une lampe jaune devant une bouteille de blanc...

Retour sans problème. La pente du tunnel est rude à remonter, je dois m'arrêter une bonne dizaine de fois, à bout de souffle. Juste comme nous atteignons nos lits, la porte s'ouvre sur l'infirmière de nuit qui vient faire sa ronde. J'ai eu le temps de tirer les draps sur moi, André a replacé son casque sur ses oreilles comme si les Pink Floyd étaient au rendez-vous...

Il y aura encore d'autres tunnels, d'autres rires au bout... Pauvres aventures nocturnes ! Grâce à vous, combien de journées mornes ont pu couler légères, combien de réflexions amères et jalouses des pensionnaires exclus ont glissé sans m'atteindre. Sans ces premiers pas hors du cercle, où serais-je aujourd'hui, dans quel hôpital morne à traîner mes tristes roues ?

La lutte avec mon corps a repris, quotidienne, dirigée par Eve aux yeux fauves. Ce matin, dans le jardin où elle vient de me descendre, le printemps pousse les petites fleurs blanches à crever la surface de la terre. J'ai le cœur serré. Je n'ai pas envie de ce soleil, ni du printemps ni du rire des filles. Je veux repartir vers la salle de culture physique, je veux me battre pour réveiller ma vie endormie dans le fond de mon corps.

La barre est là, chargée de fonte. Il fait chaud

derrière les baies vitrées, et mon maillot trempé colle à la peau. *Continuer, continuer...* Un jour peut-être, mes bras soulèveront mon corps.

Des rêves de cavale me trottent dans la tête. Mes échappées nocturnes ont aiguisé mon appétit. Mais la ville est pleine de pièges, de voitures, de trottoirs...

Je demande à Eve de m'emmener faire un tour. Elle hésite, avant de me pousser jusqu'à la porte de sa voiture japonaise. D'un bras, j'attrape le dossier, de l'autre le montant de la porte et, d'un mouvement balancé, comme si je n'avais fait que ça toute ma vie, je me propulse avec facilité sur le siège. Ce qu'on veut vraiment devient facile.

Étonné de ma force et de mon adresse, j'éclate de rire. Oui, j'aime le printemps, et des portes s'ouvrent, et des routes coulent sous moi. Je vais bouffer les montagnes qui me séparent de toi, et je saurai pourquoi tu gardes toujours le silence.

14

Juin 1972

MON avocate américaine a hurlé de joie en apprenant mes prouesses. Ses enfants, trop jeunes pour venir à l'hôpital, pourront enfin faire ma connaissance, et rendez-vous a été pris avec les champs, la nature, la vie comme elle coulait autrefois.

C'est dimanche, je suis venu à bout d'une autre semaine d'efforts. La cafétéria vient d'accueillir le service religieux. Ali, le barman bronzé, reprend sa place cédée pour une heure au vicaire. L'office terminé, j'attends près de la porte l'arrivée de la famille qui doit débarquer par le premier avion. André me tient compagnie, noyé dans son océan de désespoir depuis que sa femme et sa fille l'ont abandonné.

Le break de l'avocate arrive le premier. Toute la semaine, j'ai répété la manœuvre : jeter dans la voiture le sac habituellement accroché au dossier de mon fauteuil et, d'un bond bien calculé, sauter sur le siège avant droit.

A peine en route, mes parents installés derrière, j'ai senti, au lieu de la joie attendue devant mes premiers progrès visibles, comme un reproche muet. Je découvre, pour la première fois, que chacune de mes initiatives risque de déplaire. On n'ouvre pas seul les portes de la liberté, il ne faut pas forcer les barrages sociaux ou familiaux sans en avoir reçu permission. Rien ne se fait sans risques ni périls. Si on ne le sait pas, on peut y laisser son assurance et sa joie de vivre.

Dans la ville, il y a du printemps sous les robes légères, des fleurs qui se penchent sur les ruisseaux des jardins publics et, sur les lacs, des voiliers qui dansent au rythme lent de l'été qui vient.

Une dernière allée privée bordée d'aubépines avant la table dressée dans le jardin pour la fête. Je ne me souvenais plus de ce que pouvait être un repas en plein air. C'est si loin, derrière ces montagnes, dans une autre vie... La tête me tourne un peu, un enfant tape du poing dans son assiette, mêle ses cris aux conversations et aux rires. Un instant, j'ai oublié, la vie est venue me reprendre chaudement dans ses bras d'autrefois.

Derrière la maison, des champs de blés encore verts où aller se noyer. Mes parents conseillent la sieste, « comme à l'hôpital ». L'hôpital, ange gardien terrible qui ne dort jamais que d'un œil, seconde mère abusive qui ne me lâche plus.

Au long des champs bordés d'aubépines, au long des vignes très hautes ils ont marché, j'ai roulé. Trois chevaux au pré, par-dessus la clôture, ont tendu leurs museaux doux et chauds à caresser.

Francine, tu m'es revenue au cœur en même temps que ce coup de bonheur... juste avant que l'idée ne s'impose dans ma tête : un jour je remonterai, je partirai à nouveau pour d'autres courses folles au long des allées de sable et des sous-bois de bruyères, et toi, Francine, tu seras fière de moi et peut-être jalouse. Heure douce-amère des serments secrets, quand la vie est trop dure à vivre, et qu'il faut bien que, quelque part, le soleil promette qu'il fera chaud...

Lentement nous avons roulé dans le flot des voitures du dimanche soir, tandis que les montagnes auréolées de rose et de pourpre se baignaient une dernière fois dans le lac tranquille.

Je suis en retard, je n'en finissais pas de manger pour prolonger la fête... Les couloirs sont vides. Seuls dans un renfoncement, deux malades se serrent l'un contre l'autre pour oublier leur solitude. La vie leur a donné le regard vide des insomniaques qui hantent ces nuits éternellement blafardes... Dans le dortoir où flottent les ronflements et les premiers rêves de la nuit, j'essaie de me déshabiller en silence, après avoir protégé ma lampe de chevet avec un linge mouillé. Tant pis si ma chaise roulante, ce soir, ne va pas rejoindre devant la porte ses consœurs sagement alignées pour la revue des invalides, demain matin.

Toute la nuit, des plaintes me tiendront éveillé, provenant du lit situé face au mien. Un nouveau venu qui n'a pas encore fait son nid au royaume de souffrance. Au petit matin, je distinguerai l'étrier métallique que fixent deux axes, de chaque côté de son crâne rasé. Des mois à fixer le plafond. Il continue sa plainte, les mots se font plus distincts : « Détachez-moi, détachez-moi ! » Son cri résonne douloureusement dans ma tête. Il ne sait pas qu'il est paralysé.

On nous apprendra : cervicales brisées dans un accident de voiture... Il restera tout le jour sous l'effet de la drogue. Avec le soir, sa tête s'anime de hoquets, avant qu'un flot de sang ne jaillisse soudain de ses lèvres et ne vienne inonder sa poitrine sans poils. Il veut parler, mais le liquide emplit sa bouche et son nez. Frénétiquement j'actionne la sonnette. Je suis le seul à pouvoir le faire, les autres sont trop loin, trop immobiles pour tendre un bras.

L'infirmière obèse surgit pour demander d'une voix d'adjudant la raison de ce vacarme. La gorge nouée, je lui indique du doigt le lit du condamné. Déjà, les yeux fixes, vidé de son sang comme un lapin — hémorragie gastrique sans doute —, il a atteint la frontière qu'on ne repasse pas. O si jeune frère de misère, tu ne connaîtras pas le dur apprentissage de la survie, ni le long chemin des humiliations. Repose en paix, nous ferons la route sans toi, nous sommes assez nombreux !

Ce premier disparu de notre petit monde hantera mon sommeil pendant des nuits. Pourquoi, comme des morts-vivants, sommes-nous ainsi abandonnés entre mort et vie ?

Anna, la nouvelle infirmière, est danoise, timide et jolie. Son regard auréolé de taches de rousseur a quelque chose de doux et de réconfortant à la fois. Elle me conduit aux toilettes et m'aide à m'installer sur la cuvette. La tête me tourne. Anna s'absente un court instant, puis revient, des gants de caoutchouc aux mains. Je ne comprends pas ce qui se passe, quand, le plus naturellement du monde, elle met sa main entre mes cuisses et entreprend d'enfoncer son doigt dans mon orifice anal afin de faciliter la défécation. Son visage est presque contre mes cuisses. Sa main fouille mes entrailles en une recherche qui me paraît sans fin. J'ai envie de vomir. Mes yeux se posent sur ses lèvres couvertes de perles de transpiration. J'ai honte, je voudrais disparaître, me fondre dans la cuvette d'émail. J'ai envie de lui crier d'arrêter...

Je ne savais pas encore qu'au bout d'un moment les fonctions « normales » ne se font plus toutes seules et qu'il faut remédier à la paralysie des mouvements péristaltiques. Je ne savais pas que ce serait une des périodes les plus pénibles de ma nouvelle vie que cette dépendance totale — et pour un bout de temps encore avant de me débrouiller seul — jusque dans mon intimité la plus secrète. Et j'étais là, dénudé devant cette fille superbe, timide et délicate, que rien n'aurait pu m'empêcher, il y a deux mois, d'incliner doucement dans mes bras.

Je me retrouve au lit la bouche pâteuse, sans doute me suis-je trouvé mal. Je me dégoûte, je sens que je sombre. Qui a décidé d'ajouter cette halte d'humiliation sur le chemin de croix déjà entamé ?

André qui ne sourit plus vient de revenir de week-end. Un petit motel au bord du lac, une bande de copains qui essaie de lui redonner du cœur à la vie, maintenant que les deux femmes qui l'accompagnaient et qui faisaient sa force et son rire ont elles aussi flanché et l'ont quitté. Alors, il se laisse faire. « Même que parfois, m'avoue-t-il, il y a une fille qui veut bien dormir avec moi. Il manque juste un petit quelque chose pour que je la pénètre. Si elle veut, tu peux lui donner son plaisir ; alors, toi, tu oublies qu'il ne se passe rien. Tu comprends, chez nous c'est tout dans la tête, alors il faut imaginer... »

Et voilà qu'André, hier si plein de bonne volonté et de rire clair, aujourd'hui habité de tranquille désespérance, voilà qu'il faut qu'il fasse sa valise et définitivement. Il était venu en observation pour quatre semaines, on ne lui a rien trouvé ni rien ordonné. Il va regagner sa roulotte de Gitan dans son camping désert, son grand seau percé qui lui sert de douche, et, l'hiver, il s'enlisera à nouveau dans son terrain enneigé...

Je sais me déplacer presque avec autant d'adresse que l'André des soirs de cavale. Le concierge compréhensif me laisse parfois commander un taxi pour quelques heures au bord du lac, ou bien pour aller me perdre dans les ruelles étroites de la vieille ville. Eve parfois m'attend devant le musée, dans sa robe moulante. Eve qui me sourit. Mes yeux s'attardent sur son corsage et j'ai envie de l'embrasser...

Il y a bien eu quelques catastrophes au bord des trottoirs. Il y a eu cette chute au beau milieu des rails du tramway, les cris des passants, les roues du tram qui s'approchaient, qui grandissaient, mais je n'en garde que l'image de ce solide gaillard, ce Noir d'Afrique ou d'ailleurs, qui se précipita et me prit sans un mot dans ses bras musclés pour me déposer en douceur sur ma chaise, avant de disparaître dans la foule sans attendre mes remerciements...

Il y aura encore Pierre, mon ami des jours de conquête là-haut dans la neige, près du glacier, qui débarquera un soir de sa longue voiture de sport...

pour me sortir dîner dans une auberge loin de la ville. Sur l'autoroute, il a bloqué les compteurs. Un homme me traitait en homme, comme auparavant, ignorant le malade et l'infirme. Je renouais avec le risque, donc avec la vie, et je pressentis ce soir-là que c'était la seule façon de vivre. Un homme nouveau ne peut naître en moi que si j'arrive à oublier mes jambes. Et je ne peux oublier mes jambes que si je prends les risques de la vie d'un homme. Je saurai m'en souvenir.

La vie continue, toujours la même avec les mêmes portes qui s'ouvrent et qui se ferment, et toujours la soumission, la routine, l'entraînement, les longues nuits blanches à l'écoute d'un nouveau bruit...

Deux mois déjà. On vient de m'annoncer qu'il me faudrait bientôt quitter les montagnes du soleil pour un centre de rééducation en Ile-de-France... Chez moi. Chez elle. Je vais peut-être la revoir...

Ma sœur vient d'arriver avec un vieux copain, afin de m'aider à prendre l'avion. Le moment est venu. Ces jours sans fin ont eu une fin.

Au moment de quitter Genève et son univers glacé d'hôpital, à l'heure du premier bilan, il ne faudrait pas être injuste. Genève m'a offert tout ce que les progrès de la science peuvent offrir en fait de techniques de pointe. L'équipement ne prêtait en rien le flanc à la critique. La salle Richard Burton, par exemple, don de l'acteur, était un modèle en ce qui concerne la radiographie des organes internes. Le personnel était compétent et plus que suffisant, chaque malade disposant d'un infirmier et d'un kinésithérapeute. Et, bien évidemment, les progrès que je fis furent très rapides, puisque, au bout d'un mois, la technique du maniement du fauteuil n'avait plus de secrets pour moi. Sans doute ma force physique m'a-t-elle aidé dans ces premiers exercices puisque très vite tous les kinésithérapeutes de l'hôpital, médusés, venaient me voir au gymnase soulever les haltères ou travailler aux barres parallèles.

Mais tout cela, qui est nécessaire, n'est pas suffisant. Il manquait à Genève un état d'esprit, une façon de considérer l'homme qui est, j'en suis sûr, au cœur de la guérison. Si l'homme ne vit pas seulement de pain, le malade ne guérit pas seulement de soins. Sur les services les plus modernes planait en permanence l'ombre métallique d'un « aigle noir »...

Eve, avant mon départ, a souhaité déjeuner avec moi. Pub aux lumières tamisées, ambiance étrange, eaux mêlées de la joie des retrouvailles avec la France et de la tristesse de quitter mes amis suisses patiemment retenus au long des jours de solitude...

Au moment de prendre mes bagages, sur le bord du trottoir, devant le taxi qui attend, Eve penche vers moi un regard qui n'est plus le même. Jamais je ne l'avais vue aussi belle. Sa bouche effleure la mienne, ses mains s'enfoncent dans ma nuque, ses cheveux me caressent. Seules nos mains pour dire ce que nous avions envie de dire, qui se referment l'une sur l'autre.

A l'aéroport, numéro de haute voltige avec le fauteuil roulant, sous les yeux étonnés de l'hôtesse. Porte qui ne ferme plus, capsules de bière belge qui traînent sur le sol, téléphone qui pend à un fil. L'appareil revient des heures chaudes d'Afrique... et je songe que, là-bas, la guerre a déjà dû lui fournir son lot de jeunes mercenaires aux jambes mortes...

15

Décembre 1974

Le vent de la nuit agite encore les grands arbres de la cour de l'hôpital. La jeep blanche marquée du macaron de l'U.N.I.C.E.F. s'immobilise devant moi dans un nuage de poussière.

Nous sommes trois, le chauffeur, un interprète physiothérapeute et moi. L'air froid s'engouffre dans la cabine, mais très vite aussi les fumées épaisses des camions et des vélomoteurs qui encombrent la route. Les autobus sont pris en chasse, au pas de course, par des enfants qui vendent du pain, des ananas coupés en tranches et couverts de poussière. Longtemps après la sortie de la ville, des marchands ambulants occupent les bas côtés, proposant vieux pneus, ferrailles, fils de fer barbelés. Tout au long de l'artère qui mène jusqu'à Hoa-Bin — la ville paradoxe dont le nom veut dire « paix » — d'énormes camions de vingt tonnes roulent à tombeau ouvert. La route est plate au milieu des rizières, et les enfants ont charge de répandre les grains sur le bord de la chaussée pour les faire sécher. Les camions aveugles et sans pitié font voler les tas, mais sans doute l'Asie est-elle pour l'éternité la terre des éternels recommencements...

A chaque pont qui enjambe un marigot, des soldats, l'arme à la main, attendent l'ennemi invisible, à qui suffit un peu de nuit.

Enfin, au bout de cent cinquante kilomètres environ, après les dernières plantations d'hévéas, c'est Vung-Tau. La ville étale ses grands murs blancs, ses boutiques misérables. Aux ruines des maisons coloniales on devine une cité autrefois élégante. Une grande croix rouge sur un mur décrépi, une sentinelle à moitié endormie sur ses sacs de sable — la guerre a souvent des allures de parodie —, c'est l'ancien hôpital de l'armée française. Un mât où ne flottent plus les trois couleurs, où ne flotte plus rien, des murs autrefois rouges et maintenant délavés, une cour encore ombragée, c'est le premier centre pour paralysés victimes de la guerre.

Un grand jeune homme m'accueille, tandis que, cachés derrière un perron sombre, je sens peser sur moi les yeux des enfants silencieux.

Une grande tristesse plane entre les murs. Jadis ici les hommes parlaient de Paris, des fortifs et des rues à filles, en tirant sur leur Gauloise papier maïs. De quels rêves morts peuvent maintenant s'entretenir ces gamins sans passé ?

Ma chambre a été aménagée dans la salle d'opération — délicate attention, c'est la seule pièce disposant d'un système d'air conditionné. Mais le bouton, trop haut pour moi, m'empêchera de l'utiliser ! Un lit métallique, une table en bois peint, et toujours ce sourire discret du grand jeune homme qui dirige l'hôpital et qui m'accompagne. Je griffonne quelques lettres — il est temps de prévenir mes parents — quand deux infirmières apportent mon repas. O divine surprise : un festin de roi : un steack-frites. Vingt ans de présence française ne se laissent pas si facilement effacer. Dans le delta du Mékong en guerre, ces premières frites depuis mon départ de France ont un goût de bonheur oublié, un goût de nappe à carreaux.

L'après-midi, commence la visite de l'hôpital. Tout manque, le matériel comme les compétences. La salle de rééducation n'est qu'un grand hangar vide, où se perdent deux barres parallèles ridicules et deux boîtes de conserves emplies de ciment solidifié accrochées à un câble et une poulie, qui voudraient imiter ces instruments qu'on appelle abaisseurs et qui ne servent à rien. En tout cas pour les paraplégiques.

Comme je franchis quelques marches d'un saut de fauteuil bien calculé, je me rends compte que cet exercice des plus faciles les étonne au plus haut point : personne n'a pu ou su leur apprendre le maniement correct du seul instrument utile ici, leur fauteuil. Par ailleurs, il n'y en a pas assez, bien sûr, pour tout le monde.

Deux bâtiments allongés composent l'hôpital. Les malades occupent une longue pièce mal éclairée que des rideaux séparent parfois en coins individuels. Une odeur forte prend à la gorge, une odeur de sueur aigre. Le spectacle est inouï, atroce. Au pied d'un lit, c'est un chien galeux qui grogne. Plus loin, un enfant apeuré se réfugie dans les bras de sa mère, laquelle est en train de faire chauffer une espèce de soupe. D'énormes mouches vertes bourdonnent, il y a même une poule égarée nullement affolée. La misère dégouline des murs.

Je devine les escarres et les infections. Un sentiment d'angoisse me prend à la gorge. Que faire, comment les aider ? C'est demain que je dois leur parler. Donner ma « conférence » ! Comment mes mots ne deviendraient-ils pas inutiles, alors que manque l'hygiène élémentaire ? Il faudrait tout reprendre à zéro.

« Le grand jeune homme » qui dirige l'hôpital me suit partout. Je le devine préoccupé, désespéré par l'absence de matériel, de médicaments, de compétences. Son sérieux, sa discrétion, son côté réservé et austère m'intriguent et, quand il me parle d'acupuncture, ma conviction est faite. Il fait déjà sûrement partie des maîtres de demain, tout en lui me rappelle trop les médecins de Pékin et de Canton...

On a réuni tout le monde dans la salle du réfectoire pour écouter l'envoyé de France. Médecins, infirmières, personnel et malades. On a disposé les micros et les haut-parleurs, l'interprète est à mon côté pour les rares enfants qui ne parlent pas français.

A l'instant de commencer, je me trouve tout à coup en face d'un autre problème. Je me dis que tous ces enfants ne sont peut-être pas partis dans leur vie de misère avec tous mes atouts dans leurs mains. Que je risque, moi aussi, d'apparaître comme un provocateur. Si, demain, ils n'arrivaient pas à faire ce que je vais leur présenter comme si facile, ne les aurais-je pas poussés vers encore plus de désespoir ? A jouer les anti-Rossier, ne suis-je pas, moi aussi, un autre tentateur de renoncement ?

Je sais que je manie de la dynamite. Pour parler à ceux qui souffrent, il faut savoir changer de langage, entrer sur la pointe des pieds. C'est si fragile, le royaume des larmes. Par bonheur, je le sais. Et je ferai attention de ne pas les défoncer plus qu'ils ne le sont. Si je dois déranger quelqu'un, c'est plutôt ces bien-portants apparents, à qui il arrive, derrière leur carapace tranquille, de se sentir si mal dans leur peau. Pour ceux-là, ma vue devient provocation. Comment, moi, la loque humaine, le taudis roulant, j'ai l'air de mener une vie pleine, j'ai l'air épanoui, alors qu'eux, malgré leurs deux guiboles et leur sexe qui fonctionnent, ça ne tourne pas rond dans leur tête ? Combien de fois ai-je ressenti cette agressivité des mal-heureux, comme si j'étais un reproche de la nature, un témoin pitoyable et cruel de leur manque de goût de vivre !

Mais l'heure n'est plus à ces considérations. Il faut se jeter à l'eau, au risque de faire quelques vagues. Mao vient à la rescousse : « La révolution n'est pas un dîner de gala... » !

Je décide de ranger mes notes, ce n'est plus de mise. Je leur parlerai des problèmes que j'ai à surmonter et qui sont ceux de tout paraplégique : ceux de la position assise, ceux de l'incontinence, ceux de la sexualité. Et je leur montrerai quelles sont, en chacun de ces domaines, les diverses possibilités. Avant tout, leur dire que rien n'est acquis, pas même dans le mal. Leur redonner espoir, à travers un exemple vivant.

En ce qui concerne les escarres — cette inflammation des chairs due aux frottements — ils ne savent même pas l'essentiel. Comment par exemple, même dans les cas de paralysie totale, on peut toujours arriver à soulager la peau par une position un tant soit peu différente. Quant aux soins, personne n'a entendu parler ici du massage à la glace, qui, par l'alternance de vaso-constriction et de vaso-dilatation, permet au sang de mieux irriguer les plaies et donc de mieux les cicatriser.

Mais le problème clef, je le sais, ce sont les infections urinaires. Il faudrait boire beaucoup, ce qui multiplie l'incontinence. Or, l'absence de contrôle est à la fois désagréable, salissante et humiliante, et grand facteur d'infections. Aussi les malades ont-ils peur de boire. C'est le cercle vicieux parfait. Beaucoup meurent d'infection au bout de quelques années.

Le seul remède est de trouver un système d'évacuation qui évite, si je puis dire, « l'inondation ». A travers mes voyages, j'ai pu en essayer plusieurs, et c'est d'Amérique que j'ai ramené celui qui me semble le plus simple et le plus efficace. Il s'agit d'un préservatif, terminé à son extrémité par un petit tuyau qui court le long de la jambe et lui-même relié à une petite poche qu'on fixe sur la cuisse. A l'aide de sparadraps et d'élastiques tout ce système tient facilement en place...

Ils ouvrent des yeux d'envie larges comme des soucoupes. J'entreprends de leur prouver que rien n'est plus simple à composer. Hélas ! impossible de trouver des préservatifs ! Mais qu'importe ! Des chambres à air de vélo stérilisées feront parfaitement l'affaire, à condition de les nettoyer tous les jours afin d'éviter les infections.

Enfin, en ce qui concerne la rééducation elle-même, le plus important me paraît être de leur apprendre l'indépendance en fauteuil roulant. Je leur énumère les difficultés de transfert et les remèdes, me réservant la démonstration pour plus tard.

Il y a des heures que je parle. Une pluie de

questions me tombe dessus. La passion, la joie, l'espoir se lisent dans les yeux, je suis bouleversé de voir cette faim d'espérance que personne ne pouvait combler. Lorsque j'enlèverai ma chemise pour leur montrer le bien-fondé de certains exercices, ils verront mes muscles et ma cage thoracique. Ce sera, là encore, une porte ouverte sur ce qu'il est encore possible de faire de leurs corps.

Je resterai plusieurs jours, préparant et commentant les « expérimentations de caoutchouc ». Ils sont heureux « comme des poissons dans l'eau », pour employer une image chinoise. Désormais, ils pourront boire, sans avoir peur des conséquences. Et moi, je suis heureux parce que, par le simple fait d'avoir parlé de ce que je connaissais, j'ai pu leur donner l'espoir.

Un soir, je m'en irai sur mon fauteuil du côté de la plage. Dans le creux de la baie, les barques allument leurs lanternes. Des pêcheurs tendent leurs filets en demi-cercle face au soleil rouge, comme pour une pêche au soleil. Un mendiant, petit cireur de chaussures, hésite un instant, puis, comme pour s'excuser, part en courant sur le sable mouillé. La mer insensible continue ses gestes d'éternité, hausse les épaules : les hommes et leurs guerres n'existent pas.

Pourtant, il y a les jonques éventrées, les barques échouées. Et ces deux filles qui passent devant moi, incertaines, l'œil immense noyé de tristesse. Les géants américains sont partis, ne laissant que leur musique de blues et leurs boîtes de conserves. Un monde en poussière se défait.

Il y aura ce dîner au huitième étage du Palace Hôtel, dans un salon désert aux lourdes tentures écarlates. Cette robe fendue plus haut que le désir.

Ce rose sur les pommettes tirées des jeunes serveuses. Tous les médecins de l'hôpital et de la ville sont là pour m'entendre parler de la médecine de la volonté. Moi, comme le grand jeune homme silencieux, je n'ai pas envie de parler de moi. Dans ce décor étrange comme un film de Marguerite Duras, je pense à ces visages d'enfants à quelques pas de nous, et à leurs regards noyés de reconnaissance. Dans ce delta du Mékong, où la guerre s'avance revêtue de son masque de nuit, que vont-ils devenir, et par quelle ombre l'angoisse qui s'avance aussi va-t-elle remplacer au fond des yeux la petite lueur allumée ?

La nuit, dans le silence épais de tant de menaces, malgré le chant des cigales comme une incongruité, je ne peux dormir. Est-ce cette odeur d'hôpital ? Ce bruit de respiration forte sous la moustiquaire, à côté ? Ou le souvenir des mois de prison sans barreaux, quand personne ne m'avait encore dit qu'un jour il faudrait s'échapper ?

Le dernier soir, le docteur m'entraîne à la fête de Bouddha. Les enfants sont là, et tout l'hôpital. Les bonzes au crâne rasé défilent en robe safran, d'énormes gongs retentissent, et montent les fumées d'encens. La paix des croyants passe sur les visages des hommes en route.

A l'ombre des arbres, on a dressé des tables. Petits gâteaux, rires d'enfants, et le vol gai des hirondelles, et la ville qui se profile dans une lumière bleutée découpée au fil des barbelés. Je suis le chemin des songes, celui qui nous fait roi ou mendiant. Mais, derrière les bruits de la fête, j'entends monter le grondement des chars. Il est des soirs où les rires font mal.

Et c'est le retour à Saigon. Au matin du premier

jour le téléphone me réveille. Le directeur du Centre de Rééducation de Saigon vient de recevoir un rapport de Vung-Tau et veut me remercier de mon action là-bas. Il me demande d'accepter d'aller à Da-Nang pour quelques jours afin d'y apporter mon aide. J'accepte évidemment.

L'avion vert et blanc passe en rasant les rizières au reflet d'argent, puis c'est Da-Nang au milieu des collines. Des insectes géants pointent leurs canons comme des antennes, entourés de petits hommes de troupe en uniformes rutilants. Un autobus délabré fraie son chemin à travers les avions de chasse et les hélicoptères, les barrages gardés et les rideaux de barbelés de la ville en loque, éventrée.

Personne ne m'attendait à l'hôpital, les communications avec Saigon sont coupées. Le directeur m'accueille avec un triste sourire et m'accompagne aussitôt pour une première visite. L'hôpital est propre et moderne, mais, dans ces locaux surchauffés en ce début d'après-midi, je vois pour la première fois des enfants squelettiques, des grands brûlés qui hurlent à travers leurs compresses de gaze, et tant d'autres, aveugles, mutilés, estropiés par les mines sur lesquelles ils ont sauté.

Ma « conférence » rend un son dérisoire. Cette fois-ci, je me sens spectateur inutile et grotesque et mes conseils, pour un peu, deviendraient comiques si je ne savais pas que, pour ces vies d'hommes qui commencent si mal, l'espoir en fait a déserté.

Le soir, je me laisserai entraîner à « dîner » sur un ponton flottant, sur la mer de Chine. Pas une ride sur l'eau, pas un souffle sur les grands palmiers au bord de la plage, à l'heure où les collines semblent se pencher pour boire. On se bat ici depuis trente ans, sans même avoir reconnu les portes du paradis.

Le lendemain, je quitte la ville pour aller porter la bonne parole à d'autres enfants d'autres hôpitaux. La route longe un énorme bouddha d'au moins vingt mètres de hauteur que protègent d'étranges barrières de barbelés. Les dieux, aussi, seraient-ils en danger ?

A la mission catholique américaine, même spectacle d'horreur. Mêmes enfants du malheur encore à l'hôpital de la Croix de Malte, association allemande dont le directeur a des sanglots dans la voix en me faisant visiter ses équipements ultra-modernes servis par un personnel allemand : ils vont devoir partir et aucun personnel local n'a pu être formé pour prendre la relève...

Dans l'avion qui me ramène à Saigon, je suis pris de violentes douleurs au ventre. C'est la crise de dysenterie. Il m'est impossible d'empêcher une « inondation » générale humiliante. Une heure plus tard, l'avion survole la baie de Nha Trang. Mon ventre continuant à chahuter diablement, je préfère me faire débarquer. Le pilote accepte et les petites maisons noyées dans la rizière se rapprochent en paquets colorés.

Dans l'hôtel aux allures de maison de passe, j'ai enfin obtenu une chambre crasseuse. L'air est visqueux comme au-dessus d'un marécage, il m'a fallu deux heures d'efforts à la limite de la nausée pour me nettoyer tant bien que mal. A bout de forces, j'essaie de trouver le sommeil, mais une armée de moustiques m'a pris pour cible et ne me lâchera pas de la nuit.

La baie de Nha Trang s'étale large et ronde comme un dos de femme endormie. Je roule à grand-peine sur la plage de sable blanc où je resterai jusqu'au soir, buvant des jus de coco, fasciné par la beauté de la mer, l'innocente beauté des enfants qui courent sur le sable, ignorant les barbelés. Des gens passent nonchalamment à bicyclette, les hirondelles ont envahi le ciel, vite la lune se lève pour fêter cette nuit de paix avant que les chenilles des bulldozers n'effacent les traces de pas des enfants qui voulaient jouer. Pourquoi la guerre a-t-elle choisi un pays si beau, un peuple si gentil, pour installer ses sinistres campements ?

Le temps du départ est venu. Plus d'essence dans la ville. Un vélo-pousse me conduit à l'aéroport, mon fauteuil imprudemment confié à un deuxième vélo-taxi.

Dans le bureau d'Air Viet-nam où j'attends l'avion pour Saigon, un mendiant pas plus haut qu'un enfant de six ans se traîne sur ses moignons. Il réussit un saut de côté pour éviter un petit caporal en treillis impeccable qui fait claquer ses bottes cirées sur le carrelage. Le mendiant aux cheveux gris regarde partir le guerrier puis, comme une larve, vient ramper jusqu'à mes pieds.

Je retrouve Saigon en équilibre entre la peur et la corruption, le racket et la débauche. Je me laisse entraîner dans un restaurant où des filles à moitié nues servent les clients et s'offrent à qui paie bien. Saigon en attente et en désespoir.

Un soir, c'est le 2 décembre et j'ai vingt-sept ans. Castet a réuni ses amis. La soirée s'étire comme un chat heureux. La tête me tourne, j'ai trop bu d'alcool de riz. Des voix entrecoupées de rires de femmes me parviennent à travers la fumée qui danse. Qui sont ces hommes venus d'Europe pour se perdre au milieu de ce pays en larmes ? Il y a ceux du Congo, ceux de l'Algérie de la haine et de la douleur qui regrettent l'Aletti, Bab-el-Oued, le temps des copains et le temps du plastic... Je me prends de bec avec eux... Heureusement, il y a aussi ceux de Terre des Hommes, ceux de l'Office Mondial de la Santé. Un couple prendra ma défense jusqu'à l'heure du cessez-le-feu où tout le monde se retire.

Il y a un an, quelque part en Chine du Sud, dans un hôtel traversé de courants d'air, un homme rongé par les moustiques, et qui me ressemblait comme un frère, comptait les heures de sa solitude devant une bougie cassée, quelques poésies, et une boîte d'ananas ouverte.

Le lendemain, le couple d'hier soir est revenu me voir. Ils sont médecins coopérants français, en travail de mission, et vont partir dans le delta du Mékong soigner des orphelins. Je supplie qu'ils m'emmènent loin de l'ambiance malsaine de Saigon, ils acceptent sans difficulté. Rendez-vous est pris pour le départ dans trois jours.

La ville dort encore. L'averse de la nuit a laissé de grosses flaques brunes au pied des jujubiers. Le bus VW à grande croix rouge s'immobilise devant le portail lourdement cadenassé. Dans la cabine bourrée jusqu'au toit de médicaments et de boîtes de lait concentré, il reste à caser mon fauteuil et mon sac.

Cap sur le delta, vers cette région où l'eau absorbe la terre comme pour mieux effacer le travail des hommes. Cap sur cette zone d'accrochages quand vient le soir, quand tout se fond, quand la terre se noie et que le paysan redevient vietcong.

Tout va bien pour l'instant dans la cabine, il faut seulement retenir les caisses avec le pied quand on passe sur un nid de poule. On parle de Paris, du Quartier latin, du café en face de la fac de médecine, de tout ce qu'on a laissé, comme de vulgaires chromos au fond d'un tiroir.

Les petits soldats gardent toujours les arroyos. Le fleuve maintenant vient à notre rencontre, il reste encore à passer plusieurs bacs avant ce dernier bras large et puissant qui nous sépare encore de la ville de My-Tho. Une foule s'agite sur l'embarcadère, parmi les cris des vendeurs de billets de loterie, de cacahuètes, de feuilles garnies de riz et de viande mélangés, de fruits tropicaux. Un cercueil drapé de jaune et rouge, les couleurs du pays, dépasse du plateau trop petit d'une camionnette. Une femme accoudée semble garder son mort et pleure parmi la fumée des bâtons d'encens. Une brume légère se lève à mesure qu'on s'éloigne des berges et des maisons montées sur pilotis. Les eaux limoneuses poussent des embarcations conduites par des femmes au chapeau pointu dont beaucoup vont saluer « l'île du moine de Coco » — un homme y vit qui a juré de ne se nourrir que de jus de coco tant que la guerre durera.

La route se rétrécit de plus en plus et nous oblige à plonger dans les bas-côtés lorsqu'il nous faut croiser ces bus cabossés débordants de femmes et enfants. Tout au long de la piste bordée de bananiers, des gosses s'amusent — à la guerre ? — au milieu des carcasses des camions militaires.

Enfin c'est Truc Giang, premier orphelinat catholique. Les enfants qui jouaient dans la cour ont reconnu le minibus à croix rouge. Ils dansent et chantent comme pour une fête, nous accompagnent de salle en salle, ou plutôt de huttes en cases blanches qui composent l'orphelinat.

Une cloche a retenti, appelant au déjeuner. On récite la prière, puis les nez plongent dans les bols et, parmi toutes ces têtes aux cheveux courts et luisants, il en est une qui se balance régulièrement, comme bercée par une musique intérieure. Les yeux d'un bleu opaque ont oublié le jour. Quel chant de l'âme vient encore bercer ce corps fragile ?

Chacun a regagné son petit lit de fer. C'est l'heure des consultations. Les otites succèdent aux abcès, les regards étonnés aux hurlements de peur et de douleur. Dans son lit, la petite fille aux yeux de pierre continue son balancement. On distribue les boîtes de lait condensé, les médicaments, un lot d'habits neufs pour Noël, dans un mois... mais c'est quoi, un mois, dans la tête d'une petite fille qui ne sait plus voir ?

La route a cédé le pas à une piste caillouteuse, couleur brique, l'eau a envahi les rizières vert tendre. Les ponts de plus en plus rudimentaires sont toujours gardés par des sentinelles harassées, harcelées par les mouches. Avant le village de Bac Van au milieu des rizières, un groupe d'enfants mystérieusement avertis nous attend près d'un bouddha de plâtre. Nous allons passer la nuit dans cet orphelinat bouddhiste, parmi le chant des cigales et des crapauds-buffles. Les enfants m'entourent, touchent mes mains, tirent les poils de mes bras, regardent à travers l'objectif de l'appareil photo, veulent monter sur mon fauteuil roulant. Mystérieuse innocence de l'enfance...

C'est à nouveau les consultations, les stéthoscopes, les lampes à col étroit pour regarder dans les oreilles, la distribution de médicaments et de vivres ! La routine pour mes amis, dans cette chaleur lourde chargée d'odeurs d'urine et de sueur.

Tout est terminé une heure avant le dîner. Sous mes yeux les sentiers rouge brique serpentent au milieu des rizières comme un appel.

« Soyez revenus avant sept heures, nous dit la directrice. Après, ce n'est plus sûr. Avec la nuit, les armes sortent de leurs cachettes, les ponts sautent... »

Une nuit sans lune, apparemment calme et sereine. Sous la moustiquaire, la natte est trop dure. Les lits n'ont ni sommiers ni draps, mais sont composés d'une sorte de treillis de bambous. Je me sens ce soir l'âme peu spartiate, encore moins monacale. Je vais quand même m'endormir, harassé de fatigue, quand, sourdement, comme un râle profond de bête, le canon retentit. Aussitôt, à quelques centaines de mètres, une fusée éclairante monte dans le ciel, déclenchant la fusillade d'armes automatiques. Entre les rafales et le grondement du canon, je distingue les échos de voix d'un groupe qui discute au balcon du premier étage. On vient me chercher, on m'aide à rejoindre le colloque. La directrice parle de Bouddha, du passage de l'homme sur la terre... étrange méditation sereine ponctuée d'éclats de guerre. Le bruit du canon semble se rapprocher, les roquettes explosent, éclaboussant la nuit, les voix se sont faites chuchotantes, comme pour se rassurer. A quelques centaines de mètres, les combattants se cherchent, enfoncés jusqu'à la ceinture dans l'eau des rizières.

J'avais vu la guerre. Je l'entends maintenant qui tue par-ci, par-là, qui arrache les bras et les jambes comme des branches inutiles. A l'étage au-dessous, les enfants habitués doivent dormir, mais quelque part une petite fille aux yeux de nuit se balance sûrement pour chercher le sommeil.

Les « terroristes » de la nuit se sont réveillés paysans. Ils reprennent le travail des rizières et les enfants leurs jeux, comme si de rien n'était. Seuls les soldats maculés de boue qui patrouillent encore sur la piste, le regard ivre de fatigue, la cartouchière sans doute vide, témoignent à contrecœur de ces nuits de feu et de sang. Avec l'eau souillée qu'on ne voit pas.

Un autre orphelinat. D'autres soins, d'autres colis, d'autres joies. Une petite fille aux cheveux blonds, vilain petit canard des rizières au milieu des poules noires, est la risée des gosses qui la montrent du doigt. Elle ne sait pas encore qu'elle est différente, elle s'amuse, innocente, sans comprendre qu'elle amuse. Pourquoi une couleur de cheveux ferait-elle rire ses camarades ?

Cette fois, les sœurs catholiques ont eu recours au « système D ». Afin de mieux parer à l'absence d'effectifs, elles ont inventé le système des « mères ». Une « mère » — une des innombrables veuves — doit s'occuper de ses propres enfants et d'un groupe d'orphelins, chacune prenant en charge une nichée de douze petits, en échange du gîte et du couvert.

Les gosses me suivent encore en riant. Je suis Merlin, ou mon fauteuil est la flûte enchantée. Ou peut-être suis-je le père Noël à roulettes. Un père

Noël qui est un jouet à lui tout seul. On l'attend par la cheminée, il arrive par la porte. On peut le traîner, le pousser, le toucher, on peut lui monter sur les genoux. On peut le tirer, comme un ours à roulettes... Un père Noël insolite qui n'a pas sa hotte sur le dos mais qui s'assied dessus.

Dans la cour l'interprète me rattrape et me demande en riant si je suis marié.

« C'est la sœur infirmière qui m'a posé la question... Ce serait bien si vous pouviez rester ici, pour les enfants, et aussi pour les « mères »... »

Qu'est-ce à dire ?

On reposera la question au réfectoire. Malgré la bonne humeur générale, la sœur infirmière rougit et s'enfuit en courant.

Ne vous sentez pas coupable, ma sœur. Je sais qu'il faudrait un homme ici pour que ces enfants aient un père. Ce serait un vrai père Noël de chaque jour, un vrai cadeau.

Mais je pars, le cœur serré, comme si je m'enfuyais lâchement devant ces mains tendues et ces regards trop brillants.

Quelque part, au fond de moi, des yeux de pierre me regardent. Petite fille qui aviez tendu le bras à travers les barreaux de votre lit de fer pour rencontrer cet étrange bruit de glissade qui venait vers vous... petite aveugle qui, mystérieusement, aviez su vous retrouver près de moi tout au long de ma visite et qui, au repas de midi, tendiez vers moi votre bouche ouverte comme un oiseau qui attend la becquée... petite fille aveugle du Mékong, vous n'avez pas fini de me bouleverser. Où êtes-vous, êtes-vous encore de cette terre, vous qui ne cessez de venir hanter les nuits de votre père Noël en fuite ?

Tard le soir, nous atteignons Saigon. Castet m'annonce que la situation devient grave. Les soldats de Thieu rançonnent les populations, la situation économique est catastrophique, la ville est aux mains des chômeurs. La situation militaire se dégrade de jour en jour. Il ne peut plus être question pour nous de quitter Saigon pour d'autres visites d'hôpital. Deux Français ont disparu, et Paul Léandri, Michel Laurent vont bientôt payer de leur vie leur amour de la vérité et la passion de leur métier.

Pourtant Castet ne croit pas à la fin du Viet-nam. Je lui objecte que, pour moi, la question ne saurait faire de doute. Il continue à faire repeindre sa maison de fond en comble. Comme tout le monde depuis trente ans il ne veut pas croire à la force du Vietcong.

Je passe des journées d'angoisse, n'arrivant pas à décider de la conduite à tenir. Rester, c'est faire des rapports, traîner dans des bureaux. Partir, c'est abandonner ces enfants qui savent encore rire...

Mais l'heure tourne. Les tambours de bronze résonnent dans les rizières.

> *Au cours de la nuit, vers la douzième heure*
> *Le tambour abandonne sa tombe*
> *Et marche de long en large...*

a écrit, il y a bien longtemps, le poète Sham Boi Chau.

Encore une fois, je veux courir les risques. Je pars la nuit me promener dans Cholon, errant dans les ruelles étroites, passant devant les entrepôts louches et les bordels d'enfants, à la lisière de cette vie dangereuse et interdite qui me révulse et me fascine en même temps.

Il faut quitter cette vie qui n'en finit plus de finir

et que plus personne n'a pouvoir d'arrêter. Ce qui va commencer, qui peut dire sur quels sols éventrés et pourris il faudra jeter les graines et pour quelles moissons ? Qui peut dire combien de mois de froid et de silence pour laisser reposer cette terre abreuvée de sang ?

Pour moi, je n'ai ni la force ni le désir de contempler la mort qui approche. Je ne peux qu'avancer, il m'est interdit de patiner sous peine de ne jamais redémarrer.

Le Viet-nam, ce fut une expérience forte, à la fois passionnante et tragique. J'ai vu la guerre pour la première fois de ma vie et connu au plus près la vraie misère, celle qui frappe dans la chair innocente des enfants. Mais, dans cette page noire et rouge que je tourne, j'ai lu aussi, j'ai presque honte de l'écrire, les premières lignes d'une autre histoire. Preuve me fut donnée que je pouvais être autre chose qu'un assisté plus ou moins vagabond. Désormais j'avais des comptes à rendre à la souffrance des autres. Je pouvais enfin m'engager dans une vie où m'attendait l'attente d'un monde que personne n'écoutait, mais que, mieux qu'un autre, je savais affamé puisqu'il avait été, était, serait encore le mien.

Ces conférences gratuites, cette aide minuscule à l'échelon des besoins, mais immense parce qu'elle répondait à une soif désespérée, devenait pour moi le plus passionnant travail. Un travail qui prenait le beau nom de passion. Mon rêve d'être « utile » a pris racine dans la boue sanglante des rizières. Pour cela seul, je reviendrai. Envoyé par l'O.M.S., en journaliste, ou en traîne-savates, qu'importe. Pour chacun, il n'est qu'un coin du monde, un seul, où son espoir secret a fait ses premiers pas.

Je n'aurai pas le ridicule de prétendre tirer gloire de mon action. Je n'ai jamais ignoré que, pour cinquante enfants à qui l'on tendait la main, d'autres par milliers recevaient les bombes ou sautaient sur les mines. La solution ne pouvait être que politique, il fallait être dur, assez, disaient les marxistes, pour ne pas céder à la tentation du sentimental et de la bonne conscience. Tant pis, je suis trop las des mauvaises raisons de ne rien faire et de ruminer ces bonnes inactions. Je n'ai peut-être posé qu'une goutte de mercurochrome sur un océan de plaies, mais le regard d'un seul enfant qui se chargeait de rire, s'il ne suffisait pas à mon bonheur, suffisait peut-être au sien.

16

Juillet 1972

Aussitôt après le panneau qui claironne avec un air de parade : « Fontainebleau, cité du cheval », une autre indication, couleur de nuit : « Hôpital. » On aperçoit de loin un immeuble moderne plein de soleil, c'est beau... C'était beau, car ce n'est pas là. Un peu plus loin, une vieille bâtisse d'allure napoléonienne, qualifiée de « Centre de Rééducation Motrice », annonce derrière ses briques noirâtres un nouveau temple de misère.

Dans leurs fauteuils ou sur leurs lits roulants, une rangée de regards vides et tristes attend sans méchanceté le nouveau. La chambre sent le renfermé, l'urine et le vin rouge. On range mes affaires dans un placard, si haut que, malgré mes grands bras, il m'est impossible de l'atteindre. Au fond de la cour, le long de l'hospice de vieillards, une fenêtre donne sur une cheminée qui rejette ses déchets noirs et sinistres, comme un crématoire.

Un malaise a couru sur les visages de ma famille. L'angoisse à nouveau visible a noué les tripes de chacun. Moi je reste sur mon lit, plongé dans *Les chocolats de l'entracte*...

Avec une désinvolture et une ignorance médicale

à faire frémir, un gros infirmier, cigare froid au bec, commence le cérémonial des prises de sang. Un ascenseur à trois places prend son temps pour me descendre, tandis qu'aux étages les pensionnaires qui dévisagent le nouveau se lancent de douteuses plaisanteries.

Au réfectoire, la nourriture rappelle le collège. On s'interpelle d'une table à l'autre, échangeant des tuyaux sur le tiercé. Le repas terminé, tous se précipitent vers « le salon » pour commencer une partie de rami.

Dans la chambrée, des yeux vitreux me fixent d'un air morne. Des bouteilles de vin rouge vides expliquent le silence dense. Je refuse le verre pour reprendre ma lecture : entre Phnom Penh et Hanoi, l'air chaud et la mousson ont donné à mes « chocolats » un léger goût de moisi.

On hurle à l'étage :

« C'est pour toi, le nouveau.

— Qui ? Qu'est-ce que c'est ?

— Le biniou, bon dieu ! le téléphone, quoi ! »

L'ascenseur reste bloqué à l'étage en dessous, puis n'en finit pas de descendre. Quand j'atteins la cabine téléphonique, mon interlocuteur a raccroché. Au bout de ce fragile et mystérieux fil d'Ariane, qui m'appelait ?

Si c'était elle ?

La salle de rééducation est une grande pièce fraîchement repeinte. Tables de skaï, moniteurs qui attendent vaguement. Une heure de traitement par jour, volée aux chevaux du tiercé ou à la bouteille, et chacun est content et chacun s'en contente.

Je ne parle à personne. D'ailleurs que pourrais-je

dire ? J'aime les chevaux mais pas les jeux de hasard, et le rami m'est inconnu. Je n'ai qu'un allié involontaire, mon voisin de table édenté qui louchait ce soir sur ma bouteille de vin tout en s'empiffrant de lentilles, et à qui, d'un geste royal, j'ai tendu mon quart. Son regard soudain illuminé a pris, l'espace d'un instant, une lueur humaine. Il occupe aussi le lit à côté de moi. Des biceps de lutteur roulent à chacun de ses mouvements, dépassant d'un maillot de corps douteux qui sent la sueur et le copeau.

Le ciel rose s'étire vers la nuit. Mes compagnons ont terminé leur partie de cartes, chacun s'est préparé au cérémonial du pistolet en verre, sexe enrubanné dans des collecteurs en caoutchouc...

Je n'arrive pas à trouver le sommeil, quand une main vient me toucher le bras. C'est mon voisin édenté qui se penche vers moi. Tant bien que mal, je me rapproche :

« Écoute-moi. Tu es nouveau, tu n'as pas l'habitude. Ici, tu sais, on est tous embarqués dans la même galère. Alors, il faut jouer le jeu. Si tu ne participes pas à tout, ça finira par aller mal pour toi.

— Que veux-tu dire ? Je ne comprends rien... Je viens d'arriver.

— Si tu fais un effort, tu verras, la vie est très supportable.

— Laisse-moi le temps de m'habituer. Ça ne fait que quelques mois, alors...

— T'es tout neuf, il faut t'expliquer les habitudes de la maison. Ne perds pas de vue qu'y a une seule chose qui compte, c'est ta queue.

« Tu comprends, tes pattes c'est foutu. Mais ta queue, si tu t'y prends tout de suite, tu peux peut-être la sauver. Moi, ça fait quinze ans que je suis comme ça, mais j'arrive à bander. J'ai mis des années avant d'arriver à la dresser...

« Je vais même te dire. Ici, de temps en temps, j'arrive même à tirer un coup avec les bonnes femmes qui travaillent dans la maison. Mais, si tu l'entretiens pas, c'est foutu. N'oublie pas : les bonnes femmes elles s'en foutent de tes guibolles, y a que ta queue qui les intéresse. Au lit, que tu puisses pas marcher, elles s'en foutent... Si tu veux que je t'aide... moi, au début, un type m'a appris... »

J'ai décliné ses services. J'ai cru perdre alors mon allié d'un instant...

Sous la barre d'acier, il faut se concentrer et respirer lentement. On charge légèrement pour le premier soulevé. Les yeux fixés sur une lézarde du plafond — c'est le souffle qui fait monter la barre — mes mains serrent fortement. La charge décolle avec lenteur, puis, aux deux tiers de son ascension, s'élève plus rapidement : quarante-deux kilos. L'entraînement se poursuit avec des charges moins lourdes soulevées à plusieurs reprises. Un jeune gars solidement charpenté vient de réussir quatre-vingt-dix kilos, dans un soufflement bestial. Les autres ont abandonné l'effort depuis longtemps.

Dehors, des pensionnaires font circuler maladroitement un ballon de basket avant d'essayer un « panier ». Le jeu a l'air d'une caricature. Mais nous, que sommes-nous ?

Ce soir, tout le réfectoire se tordra de rire : l'édenté a barbouillé de moutarde la roue métallique d'un fauteuil, et le copain s'en est tartiné la main au moment du départ. A quel retour d'enfance et de pensionnat la maladie nous a-t-elle conduits ? Peut-être est-ce une grâce pourtant que cette faculté de rire de ces petits riens. Comment passeraient les jours sans les rires ? Et sans la musique des vieilles rengaines, des nostalgies, que chacun s'est apportée ? Voilà des heures que le même disque de Georgette Plana repasse sur l'électrophone à piles. C'est Jojo, le Noir superbe tombé d'un échafaudage, qui essaie de bercer sa solitude. Personne ne dit rien. Pourquoi as-tu quitté tes palmiers et ton soleil, beau Jojo, pour venir rompre tes membres chez les Blancs ? Au moins la voix de Georgette couvrira-t-elle les rires de l'édenté et des autres, ce soir.

L'accordéon des bals de campagne m'entraîne sous les tonnelles, à l'heure où on se demande si on va lui prendre la main ou la taille, à l'heure des gestes maladroits...

Sanglier — coupe en brosse et moustache balai — barre la porte des lavabos de son fauteuil. Le frottement des draps râpeux sur son grand corps trop maigre a formé des cals osseux aux coudes et aux genoux, comme aux chevaux que l'on a trop fait sauter et qui « font de l'os ». Sanglier se venge involontairement sur la compagnie...

La salle d'haltérophilie est déserte depuis que le costaud est parti, séparé de nous à cause d'une crise de coliques néphrétiques. Les autres n'offrent qu'une présence épisodique et découragée. Jusqu'où, jusqu'à quand tiendrai-je maintenant que je suis seul ? Mes mains se sont habituées au métal froid et lisse. Inlassablement, de jour en jour la barre s'élève, progresse, kilo après kilo. Derrière ces efforts de fonte éternellement recommencés, peut-être est-ce la porte du grand large qui s'entrouvre peu à peu.

Tout de suite après le dîner, je me suis dirigé lentement vers la porte de sortie de l'hôpital, poussé par une envie soudaine. La porte à cette heure n'est pas surveillée. Je veux retrouver cette ville que j'avais élue au temps de mes sorties de collège, pour y abriter mes amours de jeunesse. Elle arrivait par le train de Paris et m'attendait sur la place du Château, serrée dans sa robe bleu marine. Je veux revoir le petit hôtel face à la poste, où la patronne, grosse bonne femme compréhensive, nous laissait monter pour l'après-midi...

A l'étude du soir, mon regard survolait les mots sans s'y accrocher, s'en allant errer quelque part parmi les fleurs délavées du papier de notre chambre d'amour. Les copains, eux, avaient passé l'après-midi à jouer au flipper dans les cafés de la ville... Je me croyais fort à tout jamais.

Je glisse lentement entre les murs gris baignés par le soleil couchant et emprunte la rue principale. Une force inconnue me pousse. Les gens me regardent, étonnés ; ils ont l'air gênés mais cela m'est égal. Je double les voitures en stationnement, je me coule entre les allées du château, vers le bassin des carpes... Je suis en pèlerinage avec mon amour.

Le surveillant général a attendu longtemps mon retour, bouillonnant de colère :

« Les sorties, môssieur, sont interdites pendant la semaine, à plus forte raison quand on est seul. Imaginez le spectacle si tout le monde en faisait autant. Je ne sais pas où vous vous croyez, mais ici il y a une discipline. Pour cette fois, je passe, mais je ne vous le redirai pas deux fois. »

Si tu savais, surveillant, comme je m'en fous...

Deux par deux, les pensionnaires se rangent sagement sur l'élévateur électrique placé à l'arrière du car qui doit nous emmener disputer une rencontre de basket. A l'intérieur, on fixe au sol les cadres de nos fauteuils roulants, on nous passe la ceinture de sécurité.

Un parc immense gardé par une double allée de sapins armés d'épines, une pelouse impeccable où attendent en ordre savant des rangées de fauteuils venus des quatre coins de la région parisienne, c'est là. Dans une aile d'un château démoli, de l'autre côté du terre-plein, une grande table est dressée, où affluent les victuailles et les boissons. Quelque chose d'indéfinissable flotte sur ces lieux et ces êtres délabrés, comme le souffle de Satan.

Le match a débuté. Nous sommes maladroits dans nos vieux fauteuils, affrontant de redoutables adversaires. Certains reviennent des derniers jeux olympiques pour handicapés et, sur leurs fauteuils ultra-légers, ils filent comme des flèches à la moindre pression sur les cercles chromés des roues. Impossible de percer la défense adverse.

De plus de huit mètres, je tente un tir. Un hurlement s'élève de l'assistance avant que je ne réalise avoir marqué. Le commentateur félicite, soulignant que c'est mon premier match. L'assemblée redouble d'applaudissements. Ce sera l'unique panier de l'équipe !

Chansons paillardes, interpellation des filles par la vitre dans la traversée des villages composent l'ambiance classique des retours de match. Nous en oublions les regards étonnés peut-être désapprobateurs, des villageois désarçonnés par cet étrange spectacle, et qui nous contemplent comme des animaux venus d'ailleurs.

Il faut rendre à César ce qui est à César. Tout était conçu à Fontainebleau pour nous faire faire le plus d'exercices possibles. Le sport était la seule panacée reconnue. Rien à dire sur ce plan.

Était-ce une raison suffisante pour imposer une discipline aveugle ?

Qui peut justifier qu'on m'ait interdit d'afficher dans ma chambre un poster représentant un cheval, sous le prétexte que ce serait ouvrir la porte à l'affichage généralisé des femmes nues ?

Qui peut expliquer pourquoi on répondit à mes parents, qui évoquaient la possibilité de consulter un spécialiste de l'extérieur, que, dans ce cas, on ne me garderait pas au centre ?

Qui peut pardonner qu'on m'ait répondu « Pour quoi faire ? » quand j'ai demandé mes attelles pour marcher ?

Est-il si difficile de faire effacer la saleté des murs, n'y a-t-il rien à tenter pour remédier à l'absence de matériel ?

Et qui me convaincra qu'il est bon d'interdire toute sortie sous prétexte que tout le monde en ferait autant, et que le spectacle en ville serait trop déprimant ?

Une dernière fois, la barre s'est élevée. Je me sens en forme aujourd'hui : j'ai porté mon record à soixante-quinze kilos. Chaque jour, reprend ainsi la lutte contre le record de la veille. Désormais on vient me voir pousser la fonte.

Comme je glisse en dessous de la barre pour

m'en aller, je tombe sur un solide gaillard au nez cassé qui tend une main puissante :

« Il faut que j'essaie ce truc-là. »

Il place sous la barre son torse de lutteur aux muscles fantastiques. Ses bras courts, nervurés de bleu, poussent lentement la fonte : soixante-quinze kilos du premier coup.

Le soir au dîner, j'apprendrai qu'il faisait partie de l'équipe de France de lutte et qu'il vient de perdre l'usage de ses jambes à la suite d'une hernie discale mal opérée.

Il est mieux adapté que moi à l'haltérophilie, je suis trop longiligne. Mais je décide de relever le défi.

Les jours s'écouleront désormais au rythme de la barre à fonte et de notre combat. Ma carrure augmente considérablement et bientôt mes bras éclatent dans ma chemise d'été.

... Il vient d'atteindre quatre-vingt-six kilos. Je suis dans la foulée à quatre-vingt-cinq. Je n'ai pas dit mon dernier mot, la course poursuite commence. Ce ne peut être le hasard qui m'envoie ce compagnon de lutte.

Autre exercice, autre échelon franchi : les barres parallèles. Je m'y exerce, les jambes tenues dans des gouttières de plâtre ficelées grâce à des bandes molletières. Bientôt, peut-être, je pourrai marcher. Ce sera la fin de cette existence à ras de terre, pire, à hauteur des braguettes et des paires de fesses ! Ne plus lever sans cesse les yeux vers autrui comme s'il fallait vivre à genoux dans une permanente humiliation, regarder enfin les choses d'un peu plus haut, avoir l'impression de toiser les femmes, se sentir aussi grand que le monde ! Peut-être n'enfoncerai-je plus mes pieds dans le sable froid des plages balayées par le vent, mais je veux marcher... marcher à hauteur d'homme.

Dans son maillot gris sale toujours saupoudré de copeaux, voilà l'édenté qui passe près de moi. Lui qui fait d'habitude éclater sa joie entre ses dents restantes, comme une langue de dragon, il promène une mine triste et renfermée. Que se passe-t-il ? Est-ce ce temps si lourd, ce ciel si gris ce soir ?

Au moment où l'orage éclate, et comme je regagne ma chambre un peu plus tôt que d'habitude, je surprends mon costaud qui pleure, de grosses larmes accrochées à sa barbe un peu rêche.

« Personne ne peut rien pour moi. Ça vous tombe dessus comme ça. Le noir...

— On n'a pas le droit de dire des choses pareilles. Que s'est-il passé... toi qui éclates de vie ?

— Ils ne veulent pas me refaire d'appareils de marche, les miens sont cassés. J'ai pas le fric, et ils veulent pas me l'avancer. Pourtant, avec mon travail à l'atelier, je pourrais les rembourser en un an ou deux...

— Si tu veux, je te les offre... à une condition : que tu ne me remercies jamais. Quand je suis arrivé ici, tu as voulu m'apprendre tes trucs pour que la vie recommence comme avant avec les filles. Tu es le seul à avoir essayé quelque chose. Alors, je ne l'oublierai pas. Si tu penses pouvoir remonter sur tes jambes et arpenter à nouveau la vie, fais-le ! Fais-le pour moi qui ne pourrai peut-être plus jamais... »

17

Décembre 1974

Quelques jours avant Noël, un petit avion m'emporte vers Singapour. Première escale magique de mon tour du monde, mot qui traîne dans son sillage des accents de piraterie et de tripot, qui mélange le sordide et le rêve, qui donne comme le goût de passer de l'autre côté du miroir.

Par le hublot, le Mékong étend encore ses bras innombrables sur plus de cent kilomètres ; on dirait que la mer s'est amusée à découper des îles sans nombre dans un papier vert et bleu. On dirait que d'un coup de pouce on va pouvoir pousser les bateaux sur l'eau... Pourtant là, quelque part sous le ventre même de l'avion qui s'enfuit, la petite fille balance sa tête au rythme de son désespoir. Me revient tout à coup l'image surprenante de cette vache dans un cimetière, de cette vache tranquille qui broutait l'herbe au milieu des tombes, au matin de la nuit de fusillade. Dernière image tragique et comique d'un Viet-nam lui aussi au bord de sa tombe.

La piste de l'aéroport trace son ruban au milieu

d'une pelouse rasée comme un terrain de golf. Les bâtiments ultra-modernes, les gratte-ciel qui se dressent comme un pain de sucre glacé, les boutiques de luxe, tout annonce déjà ce que sera la ville : un Genève peuplé de Chinois, avec des rues d'une propreté étonnante, des trottoirs bordés de gazon qui n'ont jamais dû voir un papier gras. Même les cantines ambulantes des cuisinières chinoises brillent comme du nickel, et même le port ne cache aucun marin ivre sortant d'un tripot ou rêvant de mauvais coups. Peut-être la soif de l'or — la ville est une place financière unique entre Tokyo et les grandes banques d'Europe — a-t-elle réussi à tarir la soif de plaisirs et de voluptés plus raffinées.

Singapour, c'est un piège. Singapour la mystérieuse respire un air de province et s'est rangée comme un employé de banque, ou alors cache trop bien ses filles et son trafic d'opium. A peine, dans le port, quelques Australiens en short, quelques marins scandinaves aux visages encore enfantins évoquent-ils un instant d'autres mondes un peu moins sages.

Je cherche à oublier au plus vite ma déception en partant pour l'Indonésie. Un Breton rencontré au hasard des flâneries m'apprend qu'un autre Breton navigue vers Djakarta sur une goélette rouge, en route pour un tour du monde. Joan de Katz, ce marin hippie qui aime le risque et le silence — et que beaucoup, pour cela même, ne portent pas trop dans leur cœur —, acceptera peut-être de m'embarquer à son bord. L'aventure à la voile, au long de la mer de Java, de la mer de Timor, de la mer d'Arafura, est-ce une promesse du ciel ou un rêve triste ?

A Djakarta, que j'atteins en avion, s'est réveillée l'Asie perdue à Singapour. C'est la crasse, la vie qui grouille, les couleurs tranchées de la misère et de l'opulence, le règne du vol et de la débrouillardise. On m'a prévenu de bien cacher mes appareils photo et de ne pas quitter des yeux ma valise.

Dans le taxi que je prends pour gagner la ville, un morceau de carton masque le compteur. Le chauffeur me prévient que son appareil est cassé, mais, m'assure-t-il, ça n'a aucune importance. En cours de route j'avancerai brusquement le bras pour soulever le masque et m'apercevoir que les chiffres défilent. Mon chauffeur, au lieu de se troubler, choisit d'éclater de rire. Il est pris en flagrant délit, il vient de perdre, il ne reste qu'à être bon joueur. J'apprends un des traits de l'Indonésie : rien n'y est grave, tout est jeu, le travail et l'amour, la vie, la mort aussi. Plutôt que de pousser une colère, ou de le dénoncer à la police, je préfère moi aussi partager son rire.

Je passerai une semaine à l'hôtel, épluchant le bottin mondain en quête d'adresses intéressantes. L'ambassade m'enverra sur les roses (pour la seule et unique fois de mon tour du monde). Je téléphone à droite et à gauche, à l'O.M.S., aux Français repérés, au ministère de la Santé où j'obtiens un rendez-vous avec le ministre. Je lui expose mon expérience vietnamienne et lui propose de faire la même chose ici, en échange du vivre et du couvert. Il semble très intéressé et me promet de régler la question au plus vite.

En attendant, j'attaque le musée de la ville. Vieilles porcelaines chinoises, batiks anciens, extraordinaires poupées et bateaux miniatures, marionnettes de Java et masques en bois sculpté, trésors d'archéologie indonésienne, galerie de bouddhas... Je salue au passage notre ancêtre à tous, le pithécanthrope de Java au sourcil proéminent. Il faut payer pour avoir le droit de prendre des photos, et j'aurai toutes les peines du monde à faire diviser par trois le prix demandé pour les trois étages, car il m'est impossible de visiter les deux autres faute d'ascenseur. Ce calcul semble dépasser les capacités de mon interlocuteur...

Enfin, je ferai par hasard la connaissance d'un couple de Français installé à Djakarta et qui organisera pour moi une réception où sont conviés tous les enfants de la colonie française. Je me fais, comme on dit, des relations. Pourtant, le jour de Noël, je suis seul. Passer Noël seul, c'est un peu tourner le dos à l'enfance, un peu tuer la part du rêve qui nous habite. Cafardeux, je m'installe dans un coin de la cafétéria pour déjeuner. Un homme quitte sa table et ses convives et se dirige vers moi. Sa fille, une invitée de la réception, m'a reconnu. Ils m'invitent à partager leur repas, puis m'entraînent passer l'après-midi chez eux, insistant pour me garder au réveillon malgré mes protestations. Il est difficile de se glisser dans l'intimité d'une famille un soir de fête, mais ils finissent par me convaincre. Et ce Noël nous ramène en France, avec sa dinde et son champagne, son arbre de Noël, son caniche joyeux qui saute sur mes genoux. Il y aura même un cadeau pour moi : une jolie théière en terre rouge cerclée de cuivre.

Le lendemain, je pars pour Djokdjakarta, au cœur de l'île. Là se trouvent l'hôpital et le centre de rééducation, où j'ai rendez-vous. Personne à l'aéroport. L'hôpital est encore à soixante kilomètres. Plutôt que d'attendre qu'on vienne me cueillir, je préfère tenter le coup en taxi. Mais, rendu prudent par ma première expérience, je fais préciser le prix du voyage. La somme est beaucoup trop élevée et je refuse. Le chauffeur me répond que c'est ça ou rien, et que de toute façon il passera la consigne aux autres pour qu'on ne me prenne pas.

Et c'est ainsi que je me retrouve seul à l'intérieur de l'aéroport, au milieu du hall désert. Depuis trois heures de l'après-midi, tout le monde est parti. La nuit tombe. Le ciel a beau se farder de rose, d'ocre et de mauve, je ne me sens pas d'humeur poétique à la perspective de devoir passer la nuit assis sur mon fauteuil, sans autre compagnie que celle d'un rat énorme qui vient de temps en temps montrer son museau, attendant son heure !

Mais un homme passe dans la cour. J'appelle à grands cris. Il vient, mais ne comprend pas un traître mot d'anglais ou d'un quelconque dialecte. Par signes, j'essaie de lui faire comprendre que je veux aller à l'hôtel, que je veux dormir. Il demeure longtemps silencieux, plein de bonne volonté et de muette incompréhension. Puis il me quitte... pour revenir une demi-heure plus tard au volant d'une ambulance — celle de l'aéroport — qu'il a probablement volée. Il me conduit à l'hôtel... si proche... distant d'à peine plus d'un kilomètre ! et me demande une somme exorbitante. Excédé, fatigué, énervé par tant de discussions, je n'ai même pas la pensée de refuser et lui jette ses billets sur la banquette. Personne n'y changera rien. L'étranger est la vache à lait qu'on exploite par tous les moyens. De toute façon, il reviendra.

L'hôtel, bien sûr, continue sur une aussi belle lancée et me réclame encore le fond de ma bourse (c'est, dit-on, le piège habituel de la compagnie d'aviation locale, que de louer plus de billets que de places d'avions et d'obliger ainsi les clients à laisser un peu plus d'argent : l'hôtel lui appartient).

Enfin on est venu me chercher. Je quitte mon palace dans une autre ambulance, conduit par un chauffeur coiffé de velours noir et qui fait des embardées pour éviter les cyclistes et les carrioles traînées par de tout petits chevaux. Les soixante kilomètres me consolent amplement de mes dernières mésaventures. Le paysage est une féerie, mêlant les rizières et les cocotiers. Les gens se baignant au bord des rizières, les femmes portant le sarong[1], les buffles traînant les charrettes, toute une suite d'images miraculeuses qui effacent Djakarta.

« L'hôpital du docteur Soarso », immense et délabré, aux armoires à pharmacie vides, est néanmoins fier de son atelier de mécanique où travaillent les handicapés. C'est à peu près la seule thérapeutique qu'ait pu trouver le rééducateur belge envoyé par l'O.M.S. J'habite chez lui, à la périphérie de Surakarta, au bord d'une rivière où, à l'heure du bain, des femmes au long corps de liane viennent innocemment se plonger dans l'eau, voluptueusement nues. Je suis malade encore, la dysenterie a repris, et il y a de quoi se sentir frustré quand on est là, condamné à transpirer au soleil dans son fauteuil idiot. Mais il y a de quoi, aussi, rendre grâces aux dieux indonésiens de tant de beauté offerte.

Le lendemain, on m'emmènera jusqu'au village aménagé pour les paraplégiques. Je visite toutes les

---

1. Costume local rappelant le paréo tahitien.

boutiques tenues par des handicapés, serrant des mains comme si je revenais au pays. Il y a là des cordonniers, des coiffeurs, divers artisans, tous logés dans de petites maisons, et je suis heureusement surpris de cette organisation. La cause principale d'accidents dans ce pays est la cueillette des noix de coco : on tombe des arbres et la plupart du temps on se rompt la colonne vertébrale.

On a réuni tout le monde dans une grande salle de l'hôpital central pour écouter ma « conférence ». Je suis intimidé à nouveau par le recueillement presque religieux de ces rangées de malades qui m'écoutent comme un apôtre. L'hôpital, en revanche, vieux et sale, n'est nullement aménagé pour les malades qu'il accueille. On sent la bonne volonté employée à mauvais escient, ainsi dans les toilettes où les lavabos sont trop hauts et les sièges des waters trop bas.

Les médecins intéressés m'écoutent cependant avec une ironie quelque peu sceptique. Je comprends ce qu'ils pensent : tout ça c'est bien beau, mais on n'a pas d'argent. Ce fric sauveur, c'est une obsession ici, un leitmotiv qui revient chez chacun, chez ce kinésithérapeute de retour d'Australie qui me cite à tout bout de champ ce pays comme un paradis médical. Il a laissé là-bas une vision mirifique et répète comme un enfant buté : impossible de soigner, pas d'argent. Une fois encore, je reprends patiemment mes démonstrations, ma « leçon de choses » à propos des problèmes de tous les jours que personne n'évoque jamais.

Les infirmières qui me raccompagnent ensuite me font visiter la ville et son palais en ruine, tout en me harcelant de questions sur Paris, ma vie là-bas, les robes et les vernis à ongles, d'autres choses encore. Il y a du rêve dans les yeux des filles de la terre entière dès qu'on parle de Paris.

Il y a aussi les balades à travers une nature dont chaque image vous empoigne le cœur comme un souvenir de paradis perdu. Ici, c'est une route ombragée coupée de rivières où les femmes, toujours nues, sourient au ciel de bonheur. Plus loin, ce sont des attelages qui se reposent au milieu des marchés ambulants. Là, à Solo, c'est une fabrique de tissus, d'où sortent les merveilleuses toiles de batik. Mais j'ai voulu visiter les splendides temples de Borobudur et de Pranbanan. Et c'est un autre spectacle, hélas ! Les hordes de touristes se jettent sur les pierres de lave arrachées au cœur de la terre. Les peaux blanches et les mollets poilus, les poitrines flasques sous les corsages criards, les filles épaisses nourries au fromage de Hollande paraissent surgir, entre les pierres finement sculptées, comme de vilains points noirs sur la peau. Les gargouilles, certains soirs, deviennent figures d'anges...

De retour à Surakarta, j'éprouve le besoin d'aller me purifier au bord du torrent. Des femmes entourées d'enfants continuent leur offrande de corps nus. Il flotte un parfum d'épices et de fruits mûrs, j'ai envie de me lever et de courir me jeter dans les flots comme un enfant sauvage...

La prochaine escale est Bali. Il faut d'abord pouvoir prendre l'avion, car dans l'aéroport de Djokdjakarta règne une confusion qui tourne à l'émeute. L'employé de la compagnie vient d'annoncer que les places réservées ne pouvaient être données dans le prochain avion. Une cinquantaine de touristes lèvent le poing, bavent de colère, éructent de rage, avant que chacun ne songe à sortir son petit billet pour soudoyer l'hôtesse. En fin de compte, les trois seules places disponibles seront données aux trois plus calmes, deux filles et moi, à la fureur des autres dont les combinaisons se révèlent inutiles. En fait, on nous a donné droit de passage parce que nous avons été repérés comme éléments non solvables, incapables de payer l'hôtel ! La pauvreté, certains jours, a du bon...

Le spectacle dans l'avion est plus terrifiant encore. Un charter d'Allemands s'apprête à attaquer Bali. Tous aux hublots, d'un seul côté de l'appareil, ils hurlent comme des chiens de meute. Personne n'y peut rien, Bali sera germanique pour quinze jours. J'ai honte d'être blanc quand je croise l'œil effaré de l'hôtesse, fine et délicate, visiblement pressée d'abandonner cette horde de fauves, et je songe au miracle d'une Chine encore préservée du cancer touristique.

Aussi ai-je décidé de me rendre tout de suite à Ubud, village perdu dans la montagne et qui sert de refuge aux artistes locaux, et miraculeusement épargné par l'invasion touristique qui préfère se répandre sur le sable des plages.

J'habite chez le prince Agong, devenu pauvre — relativement — à la suite de je ne sais quels déboires, et qui a dû se résoudre à louer une partie de son palais divisée en cases à toit de chaume. Pour ma part, je loge dans l'aile réservée aux invités, et chaque matin le prince vient me saluer à la manière des grands qui jadis traînaient en ces lieux. Ma maison, en raison des inondations, est bâtie sur pilotis et une immense moustiquaire installée au cœur de la pièce me protège des attaques nocturnes. Les murs sont recouverts de bas-reliefs anciens et l'éclairage est lui aussi d'époque... composé de lampes à pétrole.

Chaque soir à dix-huit heures, la mousson déverse ses trombes d'eau sur la ville, et moi, blotti sous mon chaume, je suis un Balinais heureux qui écoute l'eau qui tombe.

Dehors, il y a bien quelques shorts et quelques appareils photos en vadrouille. Ce n'est pas grave. Dehors, il y a aussi le volcan qui s'est fâché jadis, laissant sur sa robe de jungle sa langue cendrée et hideuse, comme celle des barongs[1] chevelus. Plus bas, sur la mer, des pirogues à balanciers tracent leurs flèches d'argent au fil de l'eau.

Ce n'est pas grave. Car ce soir, dans l'enceinte du palais, sous un chapiteau de paille tressée, les petites danseuses au fin maquillage feront onduler leurs corps graciles au son des gamlans[2], des flûtes et des tambourins, mimant le conte où le prince malheureux lutte seul contre les démons qui ont ravi celle qu'il aime.

Ce n'est pas grave, car j'ai finalement trouvé la solution pour apprécier sans fard les charmes secrets de l'île. Je vais errer dans les temples la nuit, pour un tête-à-tête superbe avec les dieux, et alors la paix de Bali descend vraiment sur moi.

J'ai prolongé mon séjour pour assister à une cérémonie qu'on dit étrangement prenante et belle. Une crémation.

---

1. Masques.
2. Orchestres balinais.

Dans la rue principale du village, un échafaudage décoré de masques et de tentures de toutes couleurs se dresse vers le ciel, phare dominant une foule colorée et ondoyante comme la mer. Cette gigantesque tour de Babel de vingt mètres de hauteur abritera, le temps de la fête, les corps appelés à être brûlés.

Depuis une journée, ils sont venus de partout, apportant leurs offrandes que les morts emporteront dans l'autre monde au milieu des flammes. Un orage, un instant, disperse la foule à demi nue sous de sommaires abris. Mais déjà s'avance un plan incliné que porte une chenille humaine ployant sous le poids des bambous entrelacés. Un cercueil de bois ocre passe de main en main et grimpe ainsi le long de la pente jusqu'au faîte de la pyramide. Une corbeille ornée de tentures et de présents l'accueille alors. Deux ombrelles en papier huilé sont posées devant le cercueil comme pour protéger du soleil l'âme du mort.

Tout est prêt pour le dernier voyage, qui doit conduire la tour au-delà du village, jusqu'au cimetière encadré de rizières, sous les grands arbres au tronc lisse. Les porteurs bandent leurs muscles. La tour oscille comme une marquise sur sa chaise à porteurs et commence son lent cheminement rythmé par la musique lancinante des gamlans, accompagnée par tout le village qui chante et danse. Je suis, sur mon fauteuil.

Tout est en place. On vient d'allumer la pyramide, la fumée s'élève, et bientôt les flammes font éclater le bois des cercueils. Les corps semblent se dresser et se tordre de douleur en se consumant. On les repousse avec une espèce de perche fourchue, tandis qu'une odeur de chair brûlée envahit l'air. Le feu sera alimenté pendant vingt-quatre heures et, demain, il ne restera plus que quelques cendres que les chiens viendront renifler.

Au bout de trois heures, je décroche. Sur le chemin du retour, de petits singes gris assaillent le seul autocar de touristes. Je me demande qui va donner la banane à l'autre. Heureusement une symphonie en rouge et or éclate dans le ciel d'équateur, transformant les visages en masques de cuivre.

La route longe les plages où les hippies du monde entier sont venus se dorer au soleil, et fumer tranquillement leurs drogues. Traverser le monde pour ça, et refuser toute tentative de communication, quel gâchis ! Qui plus est, ils ont loué des scooters et des mobylettes dont les pétarades et les fumées polluent l'air et le silence miraculeusement préservés. Décidément, tout ce qui vient d'Occident souille tout, les grandes invasions ont changé de sens.

A Djakarta, j'habite chez mes amis français du soir de Noël. N'ayant plus à passer mes journées en frénétiques coups de téléphone ou en attente d'hypothétiques rendez-vous, je peux enfin errer dans la ville à la découverte des surprises cachées : « le marché aux filles », cette petite place obscure où des centaines de filles attendent, avec patience, devant leur lampe à pétrole ; les immenses places où stationnent les « betchaki », ces tricycles que des propriétaires chinois louent à de malheureux conducteurs « pousse-pousseurs » qui s'endettent à vouloir rentabiliser leurs maigres jambes courageuses ; enfin, dernière surprise, à force de guetter l'arrivée de Joan de Katz aux quatre coins des ports, ces quais du bout de la ville, les quais de Sunda Kelapa où se sont donné rendez-vous les derniers pirates de la terre. Là se sont réunis les plus beaux voiliers que j'aie jamais vus, ces « sambouks » aux formes vieilles de cinq cents ans qu'une vingtaine d'hommes parviennent à manœuvrer : hautes voiles triangulaires, gouvernails remplacés par de simples safrans capelés arrimés sur une grosse traverse. Quand un homme tombe à la mer, il ne saurait être question de faire demi-tour. A l'arrière, une petite caisse de bois abrite une cantine dont le feu est en permanence entretenu par un enfant. Alignés magnifiquement par centaines, ces derniers grands coursiers des mers abritent des hommes aux longs cheveux, aux longs sarongs sombres qui s'affairent en silence à réparer le navire ou à décharger bois et poissons séchés dont ils font le trafic depuis Makasar. Des femmes inquiètes vont et viennent sur les quais, un enfant accroché à la hanche.

Malgré leur allure de pirates, les marins ont dans l'œil quelque chose de joyeux et d'enfantin qui me rassure. Très vite nous deviendrons les meilleurs amis du monde, échangeant quelques mots en anglais, tandis que fascinés ils tâtent mes muscles à travers ma chemise. Un rêve puissant me secoue : partir avec eux sur les derniers bateaux barbaresques, me forger des images de flibuste inoubliables...

Chaque soir, l'heure de la mousson chasse tout le monde des rues. Seuls les enfants en profitent pour envahir les pelouses des hôtels et disputer des matches de football épiques au milieu des éclaboussures et des gerbes d'eau.

Les restes d'un taxi m'emmènent encore jusqu'à Pasar Minggu, le grand parc naturel perdu dans la jungle. Les animaux en liberté, les oiseaux par milliers, et surtout, unique au monde, le komodo, ce lézard géant sorti de la préhistoire. Il fait là sieste, mais soudain son immense langue fourchue s'étire comme une lame de couteau à cran d'arrêt et son corps énorme, surmonté de crêtes, ondule sous la poussée des pattes puissantes. Il se nourrit de cadavres de gros animaux dont il mange les intérieurs en creusant un trou dans la paroi abdominale...

Mais je tombe malade à nouveau. Je me sens fatigué, quelque chose ne tourne pas rond, une petite escarre se développe sous la région sacrée et je suis la proie d'une nouvelle crise de dysenterie. Je gis sur le flanc. Mieux vaut quitter au plus vite l'Indonésie, vu l'état des hôpitaux que j'ai visités. Je me suis laissé dire qu'à Perth, sur la côte occidentale de l'Australie, se trouvait le premier centre de rééducation d'Océanie.

Ma décision est prise. Cap au sud. Avant le départ, deux incidents me conforteront dans l'opinion que j'ai déjà des habitants de ces îles, qui confondent volontiers touriste et pigeon voyageur.

On refusera d'abord mes travellers-chèques en francs suisses (les seuls qui ne se dévaluent pas) et l'on ira jusqu'à me menacer de prison si je ne paie pas en monnaie locale. Mes amis français accepteront de me tirer d'affaire en faisant pour moi office de banquier privé.

Par ailleurs, on me réclamera cinq cents francs pour obtenir mon visa de sortie. Mes finances se trouvant à plat, j'obtiendrai, à force de négociations et de patience, une transaction : trois cent cinquante francs pour avoir le droit de quitter un pays qui vous a déjà tout pris de votre argent, c'est beaucoup. Je me jure de ne jamais revenir en Indonésie autrement que de nuit, caché au milieu des grands troncs de bois, au fond d'une cale d'un sambouk de mes amis pirates. Et je quitte Djakarta, comme un cœur malade au cœur d'un corps magnifique, fragile et menacé. Faudra-t-il que cette terre de conte et d'histoire prenne, elle aussi, le chemin des pays en voie de tristesse ?

18

Juillet 1972

LA fin de la semaine approche. Ceux qui ont droit de sortie préparent fébrilement leur balluchon, ceux qui restent accrochent un sourire triste. Comme au temps du collège, toujours ces retours en enfance ! Parce qu'on est sorti du cadre on vous punit de prison, au lieu de vous permettre une vie enfin adulte.

C'est le début de l'été. Personne ne passera, mes copains ont leurs examens. Parfois le vent amène jusqu'ici l'odeur des foins coupés, l'odeur de juin, et maintenant celle des moissons. Aucune nouvelle d'elle. Patrick, elle ne viendra plus, regarde les choses en face. Elle qui est la vie, pourquoi te supporterait-elle ainsi ? Il faut... *ne pas continuer, ne pas continuer... !* il faut l'oublier, et vivre pour personne.

Mon nouveau voisin de lit, la soixantaine, retrouve les gestes du potache pour plier soigneusement ses affaires avant la permission. Comme à l'âge où l'on rêve qu'on va épouser sa belle cousine blonde...

Je remonte le dessus-de-lit troué pour me protéger de l'angoisse du soir qui tombe. Dans une demi-heure, le tête-à-tête avec la soupe tiède aux vermicelles, et je n'ai plus qu'un rêve avec qui me battre.

Je n'ai pas tourné la tête sur la porte qui vient de s'ouvrir, mais tout un champ de blé gorgé de soleil est entré avec elle. Elle me tient les mains :

« Patrick !... Tu n'as pas changé.

— Que tu es belle ! »

La voiture se coule dans les virages, les mots restent accrochés dans nos gorges. Les phares lancent des reflets roux doré sur sa chevelure...

Le dîner est servi sur une table basse, en face de la cheminée. Virgule, le teckel, a retrouvé sa place au creux de mes bras. Rien n'a changé, ni les meubles rustiques ni le gros édredon de ma chambre où Virgule s'est lové, comme toujours. Comment croire à cette nuit si douce ? Tout est arrivé si vite quand l'espoir s'en allait.

Francine me rejoint. Le passé imprégné dans ces murs me saute au cœur. Elle parle, elle m'explique son silence : mon message ne lui est pas parvenu ; mon amie médecin ne lui a téléphoné qu'il y a une semaine. Alors, elle a douté, attendu... avant de venir...

A mon tour, je lui raconte. L'accident d'abord, parce qu'elle refuse de croire au hasard venu me chercher un matin d'avril.

Je venais de descendre dans la pièce principale pour rallumer le feu dans la cheminée. Il était tôt, la maison dormait. J'ai pris un bouquin de poésie qui traînait, et j'ai lu, des heures. Plus tard, face à la fenêtre, sur un coin de table, les mots d'un texte ancien me sont lentement revenus. C'était comme un rêve où l'homme n'était plus l'homme, mais un animal pourchassé par une femme qui en voulait à sa tendresse. Quand on l'a pris, lui et son sang, c'est de la tendresse qui coulait de sa blessure... C'est alors que la terre a basculé, que mon corps a été projeté en l'air et que la foudre a couru dans mon sang. Au-dessus de moi, je voyais la fille qui tenait l'arme, les yeux grands ouverts, incapable de faire un geste, avant de s'effondrer en hurlant.

Il y a, paraît-il, des gestes qui nous viennent d'ailleurs. Personne ne saura jamais pourquoi. Je ne cherche plus, que m'importent les explications...

La nuit s'est étirée, longue et douce, nos corps enlacés pour des siècles. Au bout de la nuit, au milieu de la pelouse, sur une table blanche, le petit déjeuner nous attendait. Le café fumant, les grosses tartines... Est-ce que la vie peut recommencer ?

Le silence est épais dans le gymnase, où seul mon compagnon de lutte est sous la barre.

Sa bouche happe l'air comme un poisson, son œil fixé quelque part au plafond. Un brusque hurlement de fauve sort de sa poitrine, les disques de fonte s'élèvent avec lenteur, dans quelques centimètres il pourra dérouiller ses coudes.

Il rit tout seul tandis que de grosses gouttes roulent sur son cou puissant.

Je fais retirer vingt kilos pour m'échauffer, et je travaille longuement pendant qu'il me surveille. Enfin je suis à son niveau de charge. Je me sens bien, je demande qu'on rajoute deux kilos.

Les souffles sont bloqués dans les poitrines. Je calcule l'écartèlement, tâte mes poignets solidement serrés dans les bracelets de force en cuir.

L'acier est chaud de tant d'empoignades furieuses.

Mon regard accroche un repère du plafond, mon souffle se fait plus rapide, le sang me bat aux tempes. La barre commence son ascension incertaine, mes veines dessinent des rubans bleus. Je suis à mi-course, la poitrine me brûle. C'est le grand moment, il faut tendre les bras. La barre est à un mètre de moi, vaincue. Une fois de plus.

Je me relève tandis que mon adversaire, comme dans les concours, vient me serrer la main.

Demain il prendra sa revanche...

Léon traîne toujours de vieilles savates usées, une polynévrite vieille de vingt ans et une bonne humeur qui ne le quitte jamais. Souvent, le bruit de ses pas dans le couloir résonne comme un bon souvenir qui revient. C'est un peu notre père, Léon. C'est lui qui prend la parole à la distribution des pilules, lui qui se lève pour aller chercher une bouteille, lui qui rit pour ceux qui ne savent plus.

Tous sont partis vers le salon recommencer la rituelle partie de rami. Je reste seul avec Petit Claude et Léon. C'est un artiste aussi, toujours entre deux croquis, et le voilà qui prépare ses crayons comme un écolier appliqué.

« T'as une gueule de brochet, ou de requin prêt à foncer sur la vie. Quand tu ris, on voit que tes dents... Tu l'aimes, cette putain de vie... »

Il m'a fait le nez un peu grand, mais le regard en dit long sur l'appétit du brochet.

« Je t'aime bien mon grand. Et puis tout ça, tu le rangeras un jour dans un coin d'armoire pour ne plus y penser. Tu vas encore en trousser, des filles. C'est pas comme le vieux con que je suis, au bord de sa fosse. Toi t'es tout neuf et, si la vie t'a fait une vacherie, t'as pas dit ton dernier mot. »

Des larmes idiotes me sont montées aux yeux. J'étais heureux, et voilà Léon qui rit toujours et qui m'a mis le noir dans l'œil.

« Pleure pas, mon grand, dit-il simplement, me prenant aux épaules.

— Tu peux pas comprendre, Léon. Je n'ai pas vingt-cinq ans, et je ne peux plus me supporter dans le petit fauteuil. Je suis foutu.

— T'as pas le droit de dire ça. Personne ne sait jamais. Et puis, si toi qui aimes tant la vie tu dis ça, qu'est-ce qu'ils vont devenir ? Ils croient tous en toi, les copains. Viens, on va aller faire un tour dans la cour.

— Non, Léon. Dans la cour, ils sont tous comme moi. Au fond de la colline, il y a le cimetière. On n'en sortira jamais, ni d'ici ni d'ailleurs. Vous n'avez pas compris que la porte s'est refermée sur nous pour toujours ? »

Mes bras sont devenus assez forts pour me permettre d'espérer bientôt marcher avec des attelles et un corset. Pourtant, personne n'a encore pris mes mesures, alors que je suis là depuis deux mois.

Je décide d'aller sur-le-champ demander au médecin chef des nouvelles de ce matériel fantôme. Surpris de mon audace, il veut protester, mais j'ai déjà pris les devants :

« Ma question est simple. Pourquoi, alors qu'il n'y a pas de travail à l'atelier d'orthopédie, ne m'a-t-on pas encore fait un appareillage de marche ? »

Son regard de métal cherche une faille, mais je reste de marbre. Il se défend :

« D'ailleurs, qu'attendez-vous de la marche ? »

C'est à mon tour d'être sidéré :

« Eh bien, j'aimerais changer de position pour ne plus voir les trous de nez de vos sbires... et ne plus me sentir dominé par vos athlètes à bon compte... »

J'ai marqué un coup, le souffle lui manque. Je repars vers ma chambre sans lui laisser le temps de récupérer...

Le lendemain, il s'inquiétera des raisons de mon absence régulière à l'atelier de menuiserie où l'on doit faire ses copeaux, ses petits bateaux, comme les autres...

Les jours se poussent un à un, comme un ruban de cerf-volant qui grimpe en secousses dans le ciel.

Automate aux bras de bateleur, je me sens glisser inexorablement dans la monotonie. C'est mon corps privé de ses joies qui cherche à vivre, qui crie pour une prairie en pente, quand le vert se marie avec le bleu de l'onde. Je voudrais être cet enfant qui court et fait ses galipettes pour voir le monde sens dessus dessous, ce marcheur qui suit le sentier recouvert d'aiguilles de pin ployant sous le pied, ce couple qui se donne la main à travers les chemins de Bretagne bordés de genêts...

Des amis viennent ce soir me sortir. Impossible de mettre mon cœur en joie. Peut-être ai-je honte de laisser chaque fois mes compagnons de misère derrière moi, que je traîne comme un boulet dans mon cœur.

L'idée s'est imposée comme elle m'effleurait. Et si, ce soir, je les emmenais, comme ça, pour une fête, une fête en l'honneur de rien ? Parce que la vie, c'est aussi quand les choses sont gratuites et sans raison parfois, quand c'est l'heure d'aimer et de rire sans demander l'autorisation ; c'est aussi quand on n'est pas surveillé par une compagnie de fantômes en blouse blanche... Vous nous avez enfermés parce que notre image n'est pas belle à montrer, parce que vous avez peur que nous fassions peur aux petits enfants de la rue. O avaleurs d'oubli, pourquoi continuez-vous à ignorer qu'il y a en nous des champs de fleurs et des soleils à nous en faire éclater le cœur ?

Petit Claude est à table, le regard perdu dans ses lentilles. Pierre compose de petits dessins avec ses pilules roses et jaunes. Je leur glisse à l'oreille, comme un conspirateur, qu'une jonque fleurie de jeunes filles les attend pour aller manger du requin sur les côtes du Pacifique. Petit Claude déglutit aussitôt un carré de requin avec ses trois lentilles. Son œil est devenu luisant, la vie revient. Il est déjà quelque part sous les cocotiers, accroché au temps des poissons rutilants, au temps de l'aventure.

Pierre range ses pilules et me sourit : « On embarque, patron. »

Des nuées de moustiques viennent s'écraser sur les vitres de nos carrosses. Les rires emplissent la voiture. C'est bien ça qu'il leur fallait, foutre le camp, tout plaquer, l'hosto, les infirmiers ivres morts, les rééducateurs avares de réconfort, les pilules inutiles... Repartir tout neufs, l'espace d'un instant...

Les pieds de Pierre, entre deux bouchées de langouste, rythment un invisible tempo ; Claude trempe amoureusement son pain dans la mayonnaise, et les filles sont belles autour, et trois garçons de vingt ans qui rient sont beaux comme des dieux. L'aventure a rejoint le rêve.

Quelque part au fond d'un lit, derrière les pierres grises de l'hôpital, des hommes ont vingt ans aussi et ne croient plus aux étoiles.

La nuit s'est avancée lentement, trois ombres glissent dans les couloirs sombres et pisseux. Mais l'échappée a été découverte et le surveillant général me lance un œil noir : « On reparlera de votre sortie... »

La résistance s'organise. Un groupe s'est formé pour discuter et proposer à l'administration de maigres améliorations des conditions de vie. Un tract se retrouve placardé sur les parois de la cabine de l'ascenseur :

— De la nourriture, pas de déchets.

— Un encadrement féminin pour remonter le moral.

— Un ascenseur pour quatre-vingts pensionnaires. Et s'il y avait le feu ?

Mais la salle du gymnase où doit bouillonner la colère est cadenassée, interdisant la réunion. Le terrain de sport nous accueille, encadrés par les infirmiers qui ricanent : « Et quoi encore ! Encore heureux qu'on s'occupe de vous ! »...

L'édenté lève son poing pour prendre la parole. Il gonfle sa poitrine tandis que sa langue fourrage entre ses dents cassées. Des mots noirs et gris sortent de sa gueule piquée de barbe. Il parle comme un fleuve qui briserait ses digues, il dit les choses du dedans qui sentent l'urine et le vin, peut-être l'espoir.

Il veut savoir, l'édenté, pourquoi ceux qu'il appelle les « toubibs » ne lui disent jamais rien sur ce qui l'obsède et qui dort tranquille entre ses cuisses maigres, et comment on peut rien savoir parce que « merde alors, dit-il, on est quand même des mecs et il y a bien encore des femmes pour nous... ».

« Même si on ne sent pas ce qu'on a dans la culotte, on sait qu'on les a quand même. »

Quand retentit la sonnerie de dix heures et qu'il faut regagner nos chambres, les mots écorchés de l'édenté nous martèlent les oreilles et creusent de grands trous noirs dans nos cœurs...

19

Janvier 1975

CINQ heures du matin. Ce n'est pas une heure pour se poser sur un aéroport ! Dans l'avion, les Australiens en short, verre de bière à la main, sympathiques et débridés, à moitié soûls, à moitié scouts, ont suffisamment pimenté le voyage pour faire accepter ces fantaisies. On ne veut pas croire — et on n'a pas tort ! — que j'ai rendez-vous à l'hôpital. (Or, il est impossible de débarquer en Australie sans justifier d'une adresse et d'un billet de retour). On réveille au téléphone l'infirmière de nuit qui n'y comprend rien. On me retient prisonnier...

En fin de compte, à force de coups de téléphone au domicile privé de divers médecins, à force de persuasion, j'obtiens un rendez-vous avec le patron de l'hôpital, le docteur Griffith.

Petit homme rondouillard armé de moustaches à la Major Thompson, il est tout ahuri de me voir débarquer dans l'état où je suis et décide de m'hospitaliser au plus vite. Mais, pris d'un scrupule de gentillesse, il tient à m'emmener dans sa voiture pour un tour de la ville et des alentours. Perth aligne ses maisons blanches, sagement abritées derrière les magnifiques eucalyptus. Les jardins pullulent et la Swan River, paisible, glisse lentement au milieu d'une végétation à la fois sauvage et disciplinée. Le docteur m'emmène jusqu'en haut des collines qui ceinturent Perth. L'océan Indien me saute à la gueule, violent, puissant, secouant d'énormes vagues qui roulent leur bruit de tonnerre.

L'hôpital enfin. Des bungalows ultra-modernes parsèment des pelouses impeccables, séparés par de grands arbres. Je n'ai guère le loisir de goûter à ces charmes, car on me couche immédiatement. Je pense être là pour deux ou trois jours, je resterai alité trois semaines. Voilà donc à nouveau cette atmosphère abhorrée, mais cette fois c'est différent. Je pense ne faire là qu'un petit séjour et des plus détendus. Chaque malade a droit à son infirmière, aussi les rapports entre patients et médecins prennent-ils un ton de bonne compagnie.

Mon escarre évolue mal, la dysenterie a repris. Au bout de quelques jours, je suis la proie de frissons et de tremblements, je grelotte, je délire, la fièvre atteint 41°. Je crains un instant la poliomyélite. Bientôt je ne peux plus ni parler ni manger. Le navire est en détresse. Les médecins sont inquiets, ici personne ne connaît vraiment les maladies tropicales et il faut faire appel au spécialiste qui vit à Darwin. Il arrive enfin. Petit, sec et bronzé, de grands yeux clairs rassurants, il diagnostique aussitôt la malaria. Pendant quinze jours, à chaque poussée de fièvre, on me prendra du sang afin d'isoler le virus et de mieux régler l'attaque. Attaque en règle en effet, perfusions et grand jeu... Le plus pénible étant de rester isolé sous la moustiquaire où j'étouffe.

Enfin je suis tiré d'affaire. Quelques jours de

convalescence avant de pouvoir regarder, dans le vague encore, la télévision. Denys Lelee, le héros national, donne à son équipe la victoire sur les Anglais, sous les yeux de leur reine. Le pays est en fête. Il faut dire qu'il s'agit d'un match de cricket, une des grandes passions de l'Australien moyen. Avec la tonte des pelouses, la chasse au kangourou, l'essayage du dernier short et la comparaison des différentes marques de whisky !

Maintenant l'hôpital est comme un second chez moi. Je connais tous les malades auxquels je rends visite chaque soir, échangeant avec eux recettes et encouragements. Il y a là de grands gaillards costauds paralysés par une mauvaise chute de surf, un accident de chasse ou de voiture, et dont il faut souvent remonter le moral. Dans ce pays où seule la vie physique a de l'importance, c'est plus dur encore qu'ailleurs.

C'est aussi ce qu'on disait de moi. Qu'avec ma gueule de sportif et ma tête vide, ma vie était finie ; je ne supporterais jamais l'immobilité perpétuelle !

Je me lie d'amitié avec un marin danois qui s'est brisé la colonne vertébrale en plongeant comme il ne fallait pas. Il s'est laissé pousser une immense barbe rousse qui remonte à angle droit sur sa mentonnière de plâtre, pour un effet comique assuré.

Je m'essaierai encore aux tests de rééducation. Avec peine maintenant je soulève la barre à cent kilos. Mon record (140 kg) est loin. Il serait temps de réagir.

A tout prendre, je suis presque heureux de ce séjour forcé. J'ai enfin trouvé le centre pour paraplégiques qui correspond à peu près à ce que j'en attends. Je n'irai pas jusqu'à dire que tout y est parfait, mais sa philosophie est la bonne. Il y a quelque chose de plus que la rééducation, c'est cette fraternité, cet esprit de famille, cette confiance accordée au malade. Dans ce village, on respecte l'intimité du patient ; il a sa voiture, sa chambre, sa télévision, son atelier s'il le veut. Pour la première fois, je découvre qu'un malade est accepté comme un homme. Ailleurs, et c'est monstrueux, criminel, scandaleux, ailleurs, sous le prétexte qu'il ne vous reste qu'une moitié de vie, on vous rend moins que rien. Sans liberté, sans autonomie, sans responsabilité.

Et ce sont les Australiens qui ont découvert ça ! Le respect de l'homme sous le malade. Ce n'est pas par hasard non plus que l'hôpital a été bâti à proximité de l'université ou des instituts de technologie. Ainsi l'osmose est-elle toujours possible. On a compris que le travail pouvait sauver, et il y a tellement de métiers possibles, depuis les carrières intellectuelles jusqu'à l'informatique en passant par... à peu près tout.

C'est bien la confirmation de ce que je sens depuis le début. Le jour où l'on échappera à la conception carcérale du « une-deux, une-deux ! » ou à la notion du biceps sauveur (même s'il faut passer par là), on aura fait un grand pas dans la réintégration des infirmes. Et là, dans ce centre pour paraplégiques dont je partageais le sort commun, il m'était permis de pouvoir sortir sans demander rien à personne, pour aller au cinéma ou accepter l'invitation d'un kinésithérapeute fraternel. Ça n'a l'air de rien, parce que c'est une telle évidence. Alors pourquoi est-ce si difficile chez nous ?

Un des médecins qui travaillent à l'hôpital,

Mme Kerr, première femme d'Australie à qui l'on ait réussi à remplacer une vertèbre par une vertèbre en plastique, partage les mêmes soucis et comprend pleinement mes démarches. Son mari Freddy, gros joufflu jovial très apprécié car il est cuisinier et bon cuisinier, se prend aussi d'affection pour moi. Ils m'invitent chez eux, suivant en cela une tradition d'hospitalité fréquente en Australie.

Freddy, le premier soir où j'emménage, me demande quel plat me ferait plaisir. Une choucroute ! Il me la prépare en peu de temps !

Grâce à eux, je suis aussi devenu un personnage célèbre. La télévision, qui ici n'a pas grand-chose à se mettre sous la dent, a été heureuse de l'aubaine : pouvoir interviewer « le petit Français retour de Chine », et la correspondance qui a suivi l'émission devait prouver que le petit Français — je veux dire la Chine — suscitait les passions australiennes.

Plusieurs journaux ont voulu ne pas être en reste. J'ai exposé enfin à loisir mes conceptions de la rééducation, essayant de mettre l'accent sur la note de piquant nécessaire à l'entreprise : la rééducation par l'équitation, le « trotting » comme activité sportive, me semblait ici mieux adaptée à l'ensemble des goûts du pays.

Avec Freddy mon ami, mon Orson Welles, j'ai parcouru toutes les artères de Perth et la campagne alentour, sauvage et violente. Tous les jours aussi, je m'échappais seul pour un exercice assez dur : gravir les pentes des collines à la force des bras poussant sur mes roues. Arrivé au sommet, je m'adossais aux eucalyptus pour contempler l'océan déchaîné, saluant de temps en temps les coureurs de cross en short qui ahanaient.

Mais il fallait regarnir ma bourse. J'avais beau prendre photo sur photo, je ne vendais rien pour l'instant. J'appris alors que les Australiens, fous de moto comme tant d'autres, avaient l'avantage de recevoir six mois avant le monde entier les derniers modèles japonais. Aussi je décidai de faire un reportage technique sur ces modèles inconnus, dont j'envoyai les dossiers analytiques et photographiques complets à un journal spécialisé français. Le type qui reçut mon envoi n'a pas dû en croire ses yeux. Sans doute de peur de se singulariser, il a préféré enfouir les précieux documents au fond d'un tiroir secret !

Au bout de trois semaines, j'avais fait le tour de Perth. J'avais écrit à Melbourne où vivaient des amis d'amis français, des gens d'Épernay, qui m'attendaient. Je souhaitais les rejoindre en stop, mais Freddy et sa femme s'y opposèrent et firent intervenir le médecin chef : on était en été, la température dans le désert pouvait atteindre des sommets vertigineux, et me frapper d'insolation sur ma machine.

C'est alors que j'ai rencontré Mary, trente-cinq ans et beaucoup de problèmes, et la même envie de partir que moi, là-bas vers l'est, là où la mer de Tasmanie prend des couleurs de Pacifique. On part ensemble vers Sydney, dans le buggy jaune d'or bien assis sur ses énormes pneus crantés. Le harnais bouclé, bien calé au fond du baquet de ce petit « crapaud des sables », je me sentais prêt à affronter les grandes plaines écrasées de soleil.

Le sable peu à peu efface le goudron, qui s'étale en gerbes magnifiques sous les roues qui patinent.

Le sable se fait plus dur. Bientôt c'est la pluie, le vent plus fort, nos têtes ébouriffées, mais la vie qui prend un goût de sel. Et toujours de l'avant dans cette gigantesque partie de tape-cul à travers pistes et poussières, sautant de bosses en bosses parmi les rires et les cris. Comme sont loin nos petits Australiens rangés entre leurs murs de planches et leurs jardins parfaits. Quelque chose en nous s'est détendu comme l'amarre relâchée d'un bateau quittant le port. Qu'importent les moments difficiles, les arrêts fréquents pour refaire inlassablement les mouvements évitant une trop forte pression du sang en position assise et le risque d'escarres, les membres ankylosés par le froid dès que tombe la nuit, la plaine couleur de cendre et les miles succédant aux miles. Terres désertes et sauvages, où les grands arbres morts veillent comme des animaux préhistoriques, les eucalyptus blancs, droits comme des cierges, témoins de civilisations perdues. Plus loin, ce sont les immenses plaines à moutons, plus loin encore le désert recule, le vert triomphe de l'ocre, le soleil se fait autant de miroirs des feuilles d'eucalyptus, la piste redevient caillouteuse, et bientôt c'est l'asphalte civilisé. Le Pacifique, comme un seigneur heureux, couché entre ses deux continents... et Mary qui s'est arrêtée sur la plage et court se jeter dans la vague, et moi qui la regarde... A quoi bon relater l'incident fatal du moteur qui cède, les réparations impossibles, les journées à attendre, dans un coin d'entrepôt sentant l'huile et la sciure de bois, le retour de Mary repartie en stop pour Melbourne afin d'y chercher une autre voiture ?

Avec un vieux break vert pâle lourd comme un sabot, l'espace a recommencé à tourner, kaléidoscope géant dans ma tête : le désert et la forêt tropicale, les kangourous qui se jettent la nuit sous les roues, repoussés par les tubs fixés à l'avant du véhicule, les eucalyptus et, à l'approche de Sydney, les prairies grasses pleines de vaches, les montagnes bleues, les fermes...

Partout, des gens accueillants comme des héros bibliques. On a beau jeu de se moquer du bagnard australien qui pense à sa pelouse et à sa bière, et de sa femme qui n'a rien sous le chignon. Pourtant, dans cet univers désertique, entre l'arrosoir et le téléviseur, il y a comme une lueur diffuse, un halo qui transforme le sable en un vert pâturage, la porte close en un lit douillet, quelque chose qui a disparu de la vieille Europe, comme une halte qu'on n'attend plus, où la bière est fraîche et la poignée de mains chaleureuse. Peu de métaphysique entre les touffes de gazon, parce que rien n'empêche l'herbe de pousser et le soleil de cogner, mais une terre ouverte à l'étranger comme un puits dans le désert...

Sydney nous accueille, et ses affreux faubourgs de briques rouges noircies par la fumée et l'ennui. C'est d'abord quelque coin de Milan ou de Palerme, avec aux devantures les tapis, les oranges et les salamis, et sur la peau tannée des hommes en maillot de corps le souvenir tatoué des jours anciens où ils ont débarqué, le balluchon sur le dos, au cœur l'espoir de la terre promise et de la mine d'or sous chaque buisson... Le linge sèche aux fenêtres, l'anglais se parle avec le hachoir, et par les fenêtres à guillotine du plus pur style victorien s'échappent les odeurs d'oignons frits et de chipolata. Les villes se mêlent, c'est Athènes et son port, Broadway et ses affiches, Pigalle et ses photos de filles nues, Las Vegas et ses tirelires. Où sont les géants en short ?

Sydney ne serait que cela si, au cœur de sa baie, il n'y avait cet animal immobile et beau à carapace de céramique, et dont les yeux reflètent le ciel, l'espoir et la terre. Il fait le dos rond, le monstre tranquille, mais dans ses entrailles rouge et or bruissent des musiques étranges. C'est l'opéra de Sydney, monument d'audace et de force au milieu d'une ville banale et sans âme.

Trop de jours ont passé, il faut reprendre la route en sens inverse, allonger les étapes de nuit, massacrer sans le vouloir les kangourous qui aiment trop la lumière des phares. Le kangourou, c'est l'Indien de l'Australie, tué par accident ou blessé volontairement, le soir à la carabine, pour procurer l'âpre plaisir d'être achevé au couteau, dans un furieux corps à corps qui oppose l'homme aux coups de griffes et de queue redoutables de la bête. C'est l'âpre saveur de la vie, le plaisir cruel des jeux de l'adolescence qui se terminent à l'aube, quand les remorques des voitures sont chargées de dépouilles, et qui symbolise, avec les rixes et les bagarres, la violence et la brutalité des jours. Il manque quelque chose, quelque chose comme la vie intérieure, quelque chose que d'autres appellent aussi la culture...

Sur la route des week-ends, les voitures viennent rappeler que l'Australie est une île peuplée de marins : elles ont l'air de naviguer dans les vapeurs d'alcool et la chaleur écrasante de l'été. On traverse des villes pauvres aux murs de briques rouges, quelque part au bout de la terre, où rôde la mort habillée de poussière.

Auckland, Nouvelle-Zélande, dernière escale avant Tahiti. Une foule colorée, colliers de fleurs et désordre chaleureux, regard sombre des Maoris où danse une lueur espiègle, et, dans le hall de l'aéroport, tous les routards venus des quatre coins du monde en route vers « la grande illusion ». Blue-jeans sales, barbes en bataille, plantes des pieds durcies, ce sont les mêmes gars du voyage retrouvés aux détours des chemins ou sur le quai des gares...

L'oiseau de métal a repris sa grande migration vers l'est, cherchant du coin de son œil bleu l'île des enchantements. Le bout de mer où convergent les rêveurs de la terre.

C'est Faaa... l'aéroport au nom qui s'étire comme un réveil paresseux. Dans l'avion, un colosse à la silhouette imposante a réveillé mes vieux espoirs endormis. C'est lui qui est venu vers moi, sourire ouvert comme sa chemise sur un tee-shirt où rient aussi les lettres rouges : « I am a marlborought man. » Au moment où je serre la main qu'il me tend, je m'aperçois qu'elle est sans force. Et il m'explique : il était tétraplégique pendant des années à la suite d'une fracture de vertèbres cervicales. Il est maintenant guéri, sauf cette force absente au bout des doigts... Le cœur me cogne.

L'espoir, comme les chats, ne dort jamais que d'un œil.

20.

Août 1972

LE mois de juillet étire ses derniers jours. On ne m'a toujours pas remis l'appareillage de marche promis...

Mon amie médecin, insondable toujours derrière ses grosses lunettes, douce encore, joue de l'avenir comme si l'avenir se laissait faire. Elle me parle de sortie, de soleil dans les champs, d'une maison blanche qui est peut-être la sienne, et d'un autre hôpital, mais je ne comprends plus tout à fait ce que j'entends... Hier elle m'a quitté à pas feutrés, à voix basse, comme on quitte un enfant endormi.

Le lendemain, le patron m'a convoqué dans son bureau. La nuit des langoustes est pourtant loin.

« Patrick, votre amie nous a mis au courant de votre départ imminent dans une clinique privée où vous continuerez votre rééducation. Mon équipe et moi pensons qu'ici, dans ce centre pilote, vous êtes mieux soigné que partout ailleurs. Mais nous ne pouvons nous opposer à votre départ. Et nous vous livrerons quand même votre appareillage de marche... Nous souhaitons que vous reveniez en automne pour terminer votre stage. Enfin nous regretterons votre absence dans nos organisations sportives... »

La voix est neutre et détachée. Les informations reçues, les décisions à prendre se bousculent dans ma tête. Il reprend :

« Vous avez fait jouer un appui médical pour quitter notre maison. Cependant, je dois vous prévenir qu'il nous est impossible de valider votre dernier certificat d'études supérieures de kinésithérapie. Il serait trop facile de séjourner dans un hôpital et de ne pas terminer son stage... »

Le diplôme de kinésithérapeute s'obtient après trois ans d'études, et douze stages en hôpital échelonnés sur deux ans. Lors de mon accident, j'étais en train d'effectuer mon douzième et dernier stage. L'hôpital proposa de me le valider. L'école, ne voulant pas d'un précédent, refusa. Voilà que lui aussi...

La colère me monte au visage. Surtout ne rien laisser paraître cette fois, j'aurais l'air de quémander. Il faut prendre le temps de ses vengeances.

En regagnant le gymnase, tandis que je me demande quel est ce lieu « au milieu des champs » vers lequel mon amie oriente mes espoirs, l'idée de mon certificat non validé ouvre un gouffre sous mes pieds. On m'avait promis à mon arrivée ici que ce stage forcé pourrait au moins compenser le dernier stage. Je n'avais accepté Fontainebleau qu'à cette condition, la rééducation à l'hôpital suisse donnant toute satisfaction sur le plan purement médical.

Il me reste encore trois mois avant le diplôme. Ma seule chance de ne pas rester un infirme ballotté d'hôpital en centre de rééducation, la seule chance de tourner la page sur des années d'études, pour qu'elles ne deviennent pas perdues comme tout le reste. Ils m'avaient parlé de « faveur », mais j'étais loin de prévoir cette dernière lâcheté. Les petites gens me tiennent par le bout du nez.

Il faut faire machine arrière : rester quinze jours de plus ; assister chaque jour à la rééducation des malades, matin et soir ; accepter de passer un examen sur un programme établi par « eux » ; être interrogé sur des questions hors programme ; répondre correctement ; obtenir tout juste la moyenne...

Le grand moment si longtemps différé est arrivé. Je vais marcher, me déplacer debout, me redresser, me relever.

Mon appareillage tient du bricolage, et mon éducatrice de la miniature : elle m'arrive tout juste à l'épaule. Au pied de l'escalier, elle m'aide à fixer les jambières de métal et bloque dans un dernier effort le corset qui doit me maintenir raide, des pieds au buste.

D'une main, j'empoigne la rampe, de l'autre ma canne anglaise sur laquelle je pousse de toute ma force, et qui plie dangereusement.

J'atteindrai le haut de l'escalier ruisselant de sueur. Mes mains tremblent, j'ai des crampes dans les pouces, malgré l'entraînement auquel je me suis astreint. Que d'efforts encore, que de barres à soulever avant d'espérer déambuler avec cette armure de plus de dix kilos !

Comme je veux m'asseoir, l'axe de flexion ne correspond pas à mes hanches, et il faudra recourir au marteau et au burin pour faire sauter les clavettes qui relient le corset aux jambières. Mon vaisseau promeneur n'est qu'un cheval de plomb !

Le grand départ est prévu pour cet après-midi. Juste le temps des adieux, celui peut-être d'un dernier record à battre. J'en ai envie, rien que pour la beauté du geste, comme pour leur laisser en souvenir l'assurance qu'à l'heure des départs c'est encore l'heure d'aller plus loin. Pour le bleu du ciel bleu.

Le gymnase est désert. Il fait trop chaud aujourd'hui, tous sont dehors dans le jardin, amassés en grappes colorées qui se gonflent de soleil.

Vider son cerveau, tout peut basculer, entre l'échelon à gravir ou l'échec à avaler, comme la porte qui refuse de s'ouvrir dans les rêves où les méchants vous poursuivent.

La force est venue d'ailleurs, le sang s'est mis à cogner dans mes yeux, mais la barre est là-haut, droite et légère. Comme un gosse, le garçon de salle se dandine d'un pied sur l'autre : cent kilos ! Nouveau record ! de quoi parler à table ce soir, mes frères handicapés, et dans la cour et dans la chambre, entre deux verres de vin, entre rêve et tristesse. Mais non ! Je tairai mon exploit, pour que vos dix kilos de chaque jour, demain, après-demain, ne vous pèsent pas trop lourd.

En quittant l'hôpital, j'éprouve le sentiment de laisser un peu de mes vingt ans collés aux murs crasseux, un peu de mes frères aussi, et je me jure de ne pas les laisser seuls, derrière moi...

Longtemps la route longe de grands ensembles à la gaieté de béton, cernés de parkings où paissent des monstres froids. Puis, peu à peu, les villages reprennent des noms d'herbe tendre, la route redevient cailloutéuse et chante sous les roues... Enfin, dans le soir qui descend sur le front du ciel, se détache un vaisseau de glace. Les portes en verre teinté s'ouvrent d'elles-mêmes comme pour un accueil, et les couloirs climatisés m'escortent vers mes appartements. Dehors les nuages se dissolvent dans le rose du soir. Mes jours vont-ils changer de couleur ?

Dans mes bagages, quelques livres, un jeu d'échecs, deux ou trois illusions, une peine à peine assoupie, un instinct de vie toujours prêt à mordre. De quoi peut-être, avec un peu de chance, ne pas se laisser emporter par le courant du renoncement qui se hâte vers la mort...

Ici, mes désirs sont des ordres, un coup de sonnette suffit à faire naître une infirmière. Chaque jour est dimanche qui commence par un petit déjeuner au lit, et le gris de la vie s'estompe un peu avec l'odeur des croissants chauds.

Très vite, le patron — enfin un médecin à la carrure d'athlète, à la franchise qui jaillit dans le sourire, à la tranquille force de caractère — m'invite à assister à ses consultations. Calé au fond de mon fauteuil, blouse blanche empesée, j'ai dû surprendre un instant les malades, mais le dialogue s'établit très vite, sans gêne. On est passés par la même porte... et je fais partie de l'équipe de kinésithérapie, je choisis mes malades à soigner.

L'été se meurt lentement. Les semaines ont coulé loin du temps, préservées du monde. L'examen approche. Je n'accroche plus, les pages de mes livres tournent sans retenir mon attention. Je commence à ressembler à ces créatures d'albâtre qui errent au long des couloirs de silence. Ma peau sent le savon frais, mes mains deviennent de plus en plus pâles. Vais-je devenir en cire dans cet univers protégé ?

J'ai dû repartir insensiblement sur mes chemins de cavale... Auprès d'elle encore ? Peut-être quelqu'un quelque part est en train de partir, quelqu'un que je ne reverrai plus, à moins que ce ne soit moi qui disparaisse lentement...

L'infirmière s'est assise sur le lit, découvrant ses jambes un peu plus haut qu'il n'est permis. Une odeur tiède monte de son corsage échancré, elle sait ce qu'elle fait. On frappe.

« M. Paul de Montreuil demande à vous voir. »

Elle s'est levée, elle ne porte rien sous sa blouse.

J'ai aperçu la main sur la poignée de la porte et reconnu cet étrange aristocrate lancé sur mes traces. Une main carrée et ronde à la fois, qui épouse le métal, repousse la gouge et effile le chanfrein : Paulo !

Paulo venu me retrouver du fond de son atelier d'artiste, quelque part du bout de sa banlieue. Ses doigts pétrissent mes mains fines :

« Écoute-moi, tu sais, les mots j'sais pas les dire... Alors là-bas depuis des mois je cherche ce qui pourrait te faire plaisir. Tu te souviens, un jour, on était allés sur les bords de l'Oise, tu m'avais parlé de la mer, des poissons, des grands oiseaux qui traînent au-dessus des îles. Je t'écoutais comme un imbécile parce que tout ce que je connais c'est l'usine et les guignolets kirsch au comptoir des deux platanes à Montreuil. Mais ce jour-là, j'ai rêvé des plages, et dans mes mains j'ai senti des poissons ruisselants.

« Et puis tu m'as raconté l'histoire des hippocampes, et je répétais tout le temps : on est des cons ! on est des cons ! tu te souviens ?

« Tu marchais à côté de moi, et avec tes longs doigts tu dessinais pour moi les hippocampes et me montrais dans l'air comment, lorsque l'un des deux conjoints meurt, l'autre s'enroule autour de sa queue avant de disparaître dans les flots. »

Paulo retire de sa poche deux hippocampes en or sculpté, montés sur une chaîne, et me les passe autour du cou. Mes yeux se sont mouillés tandis qu'il contemple son œuvre accrochée sur ma poitrine.

Quand l'infirmière est revenue dire qu'il était l'heure de partir, Paulo en était aux murs de ma chambre qu'il voulait repeindre, au ciel qu'il allait me croquer au-dessus de l'armoire. Il est reparti vers ses outils et ses gestes d'ouvrier, laissant flotter dans mon univers de coton une odeur d'atelier, de colle et de goudron.

Sur ma poitrine, deux hippocampes sortis de l'onde s'étaient installés pour ne plus me quitter. Comme une bonne nouvelle...

* *
*

Ainsi coula le temps de Chevreuse, le temps d'un premier été. Après la sécheresse technocrate de Genève, la crasse et la misère de Fontainebleau, se profilaient enfin les jours du confort et de la douceur. A Chevreuse la science s'effaça derrière le cœur. Enfin.

Le docteur Schlumberger m'avait accueilli par ces mots : « Je ne vous considère pas comme un malade. Vous êtes ici en tant que kinésithérapeute. Choisissez une liste de malades et soignez-les bien. Vous pouvez assister aux consultations, aux opérations... Voici un bureau pour vous où vous pourrez travailler... »

Visiblement, j'avais quitté la prison pour une maison d'amitié. On avait changé de langage, et cela eût dû suffire à transformer le bonhomme. Pourtant, je garde le souvenir d'une période incertaine et vague, où j'ai continué à nager longtemps dans les eaux tristes d'une attente négative. Francine m'empêchait de revivre. Par rapport à Bernard qui ouvrait l'avenir, mieux le devenir, Francine était ma recherche du temps perdu, l'espoir de l'amour qui se contemple et qui n'avance pas. J'avais fixé mes limites, qui étaient de la retrouver. Un coup de téléphone et j'espérais sa voix, une lettre et je n'osais regarder l'écriture. Ce n'était jamais elle !

En quittant Genève pour Fontainebleau, mon bonheur se rapprochait. Rambouillet n'était plus qu'à vingt kilomètres. En quittant Fontainebleau pour Chevreuse, Rambouillet n'était plus qu'à dix kilomètres. Plus près est la personne aimée, plus près parfois l'enfer.

Il n'y avait plus qu'à préparer l'examen comme une bête, à m'abrutir de livres pour ne pas devenir fou.

En m'inscrivant au stage d'équitation, je pensais galoper vers Francine, ma championne d'Ile-de-France. Elle ne venait pas à moi, moi j'irais vers les chevaux.

Comment mes parents auraient-ils compris ma

démarche ? Et le psychiatre, comment pouvait-il y retrouver son latin ?

Ainsi n'ai-je pas su profiter de ma clinique modèle où le soleil jouait si bien à travers les miroirs fumés, où les bruits s'étouffaient à merveille au long des couloirs tapissés, où les visiteurs entraient et sortaient sans déranger le sommeil ou les rêveries... Je me souviens d'un grand vide au cœur, et de piles de livres avalées. Et des hippocampes d'or que Paulo, maître orfèvre chez Cartier, a ciselés pour moi et qui se promènent maintenant autour de la terre, solidement accrochés à mon cou.

21

Mars-avril 1975

Somptueuse est l'arrivée sur cette piste qui s'avance dans la mer, au milieu des petits pains de sucre volcaniques.

Au bureau du Club Méditerranée, où mon courrier devait m'être adressé, personne. Je n'ai qu'un demi-sou en poche, tout juste assez pour prendre l'avion qui fait la navette avec l'île de Mooréa où se trouve le Club Méditerranée. Je compte sur le bon esprit d'entraide des gentils membres.

Sept minutes de rase-mottes féerique, au-dessus des coraux qui ondulent dans le lagon, et c'est la piste en terre, surchauffée. Dans le grand silence, on dirait un sanctuaire végétal sur la voie royale, le choc d'un spectacle sublime : les montagnes volcaniques, les cocotiers et les palétuviers, qui ont l'air de se baigner avec les enfants nus dans l'eau du lagon. Premier contact tahitien : une face ronde noyée dans un collier de fleurs, des mains serviables qui se saisissent de mes deux bagages, et trois mots de français comme un tamouré de bienvenue : « Tu es là, et tu as apporté le soleil... »

Au long de la route taillée dans la végétation, qui court de baies en criques désertes, seules quelques maisons basses montées sur pilotis — les farés — dorment au milieu des cocotiers. Dans la baie de Cook, les cochons noirs courent entre les palétuviers, tandis qu'un immense voilier prend son repos.

Comme les couleurs des bibles d'enfant à la page du paradis terrestre, chante une symphonie de tons camaïeux, bleu des montagnes, vert profond de la végétation, turquoise des eaux du lagon, indigo de la haute mer.

Au Club Méditerranée, pour une fois, je ne connais personne et l'on a quelque peine à croire en ma qualité d'ancien G.O. (Gentil Organisateur). Mais on saura se montrer plus que compréhensif en me donnant une case (et en aménageant une rampe pour faciliter l'accès du fauteuil roulant).

Huit jours de repos entre ciel et corail pour refaire des forces, à regarder l'eau du lagon, les couchers de soleil et les orages magnétiques, à discuter avec les Canadiens et les Américains pleins de bonne volonté. Mis en confiance, je vais tenter une première : me baigner seul dans la mer. Ici l'eau est suffisamment tiède pour mes problèmes de circulation, et grâce à l'aide de deux gars costauds qui me portent au-dessus de la zone des coraux tranchants comme des rasoirs, je peux gagner le centre du lagon à la nage. Plus tard, je mettrai au point un petit siège en plastique sur lequel je pourrai me traîner seul à travers les coraux dangereux. Quant aux « poissons-pierres », mauvais comme des cobras et qui peuvent vous donner quarante degrés de fièvre, qu'ils essaient toujours de piquer mes plantes de pied !

Mais les balades en jeep — les champs de cailloux alignés entourés de petits murs, cimetières ou lieux de sacrifice ? — les discussions, le farniente, tout ça n'a qu'un temps. Écouter un concerto de Mozart face à la mer, diffusé par les énormes haut-parleurs du club, quand tombe le soir, c'est un moment rare. Mais il faut bien que j'apprenne que je ne suis décidément plus fait pour la contemplation des choses, il faut que je me mêle à la vie qui bouge. Les jours de Tahiti sont trop doux. L'ennui, scandaleux au milieu de tant de splendeurs, me gagne pourtant. Je n'ai pas les moyens de lutter contre lui, il n'y a plus qu'à prendre la fuite.

Revenu à Papeete, sans ressort, à nouveau épuisé, je récupère à U.T.A. mon fameux billet gratuit. Au moins mon pari est-il tenu, à moitié ! J'apprends que le soir même un avion part pour Los Angeles. Je fais mon paquetage en un tour de main, et m'arrache aux sirènes aux cheveux trop fleuris.

Ma sœur, prévenue par télégramme, est venue me chercher à Los Angeles. Heureusement car les roues de mon fauteuil ne tournent plus, tordues sans doute dans la soute sous le poids des valises. Il faut me pousser comme un bœuf, me tirer comme un âne, dans un concert de grincements métalliques.

J'ai retrouvé l'appartement de Long Beach — maison de bois, plantes vertes, que j'occupais il y a un an et demi, quand je tournais les premières pages du livre du voyage. J'ai retrouvé l'hôpital des Vétérans, et mon médecin chef — et tout ce monde en bouillie, sanglé et ficelé sur ses chariots et ses fauteuils électriques. La parade de Mickey au pays des monstres. Les odeurs d'éther et de compresses, les salles communes où viennent mourir les bruits près des corps endormis. A côté des anciens du Viet-nam se sont allongés d'autres jeunes hommes qui ont voulu jouer aux fils d'Icare sur leurs deltaplanes mal réglés. Sur les carcasses décharnées des anciens héros déchus, les tatouages flottent, désemparés.

Les mêmes hommes en blanc, les mêmes lumières bleutées, les mêmes discussions, le même aveu d'impuissance quant à mon cas.

Pourtant, chaque jour je vais à l'hôpital. Je me suis intégré à l'équipe des volontaires qui vient proposer ses services aux grands paralysés. Je sais bien que j'ai maintenant beaucoup à donner. Plus qu'une présence attentive, une expérience, une espérance. J'ai reçu comme une décoration le badge de « volontaire »... Chaque jour, donc, sans exception, je franchis tout seul les deux kilomètres de route en pente ascendante qui me séparent de l'hôpital. Il faut pousser dur.

Certains sont à jamais cloués dans leur lit d'immobilité, respirant à l'aide d'un générateur d'air, d'autres ne peuvent bouger leur fauteuil qu'à l'aide de leur menton qui appuie sur une manette de commande. Tous ont soif de mots de réconfort, tous sont avides d'écouter mes aventures qui sont un peu les leurs. Au fil des conversations, quels que soient les détours empruntés, on en arrive à ce qui les mine au plus profond : que peut être leur avenir amoureux ? C'est leur hantise secrète. Ainsi tous ont répondu à une enquête qu'ils préféreraient retrouver leurs fonctions sexuelles avant l'usage de leurs jambes. Mais comme il est difficile de répondre à leur attente nourrie d'angoisse ! Personne ne veut assumer le risque, pris entre le désir de la vérité cruelle et la peur des mensonges de consolation. Je sais qu'il faut oser leur parler de ces problèmes, parce que mon expérience m'a appris ce qui n'est dans aucun traité de soins. Alors, je me jette à l'eau, j'accepte de donner des « conférences » sur un sujet aussi délicat, car c'est la source même de leur goût de la vie qu'on risque de tarir sans y prendre garde.

Je sais quoi leur dire. La moindre lumière d'espoir, ils vont en faire un feu d'artifice. Et cette flamme, personne ne devrait jamais la souffler, car personne ne sait rien des possibilités d'évolution en ce domaine. Aucun de nous n'est jamais condamné à une situation figée, ici moins qu'ailleurs.

J'essaie d'aborder le problème en le dédramatisant. A partir du postulat selon lequel tout est toujours possible, il devient évident qu'une conduite de longue patience peut seule porter des fruits.

Il faut commencer par l'aspect physiologique. Je leur demande d'étudier leurs réactions journalières, de se livrer à une véritable enquête personnelle, de prendre des notes sur les réponses sexuelles en fonction des moments de la journée, en fonction des habitudes de vie nouvelle, de leurs problèmes de vessie ou d'intestin, de sommeil ou de fatigue... S'il est complètement faux de dire que 90 p. 100 des paraplégiques ne peuvent plus avoir de relations sexuelles, il est tout aussi erroné de prétendre qu'ils ne peuvent avoir d'érection. En étudiant soigneusement ses rythmes personnels, c'est au contraire une grande majorité qui pourra déterminer ses propres chances d'espoir à ce sujet.

De toute façon, c'est l'aspect psychologique qui demeure fondamental.

L'essentiel est de prendre conscience qu'il s'agit d'un faux problème. Il faut absolument nier l'aspect dramatique de la chose, que l'attitude médicale dans son ensemble tend au contraire à développer. Il est scandaleux par exemple d'avoir renvoyé une assistante sociale parce qu'elle « flirtait » avec un malade comme je l'ai vu faire en Amérique. On ancre encore plus profondément la notion de faute dans l'esprit d'un adolescent déjà trop enclin — parce qu'il est malade et se croit rejeté — à ne considérer ces choses que sous l'aspect du péché. Si la maladie, peu ou prou, apparaît alors comme un châtiment, c'en est fini de tout espoir d'attitude décontractée.

Enfin je m'évertue à leur faire sentir, à l'aide de toutes les expériences possibles, que ce qui doit compter pour eux plus que pour tout autre, c'est d'aborder ce problème sexuel par son aspect relationnel. Une relation, c'est une communication. L'aspect physique viendra ensuite, et, à la limite, qu'il ne suive pas devient de peu d'importance. Il est des jouissances équivalentes en intensité qui ne passent pas par les chemins d'une classique érection.

Quand j'évoque enfin mon parcours personnel, entre l'affirmation péremptoire du docteur Rossier qui fermait tout espoir et les étapes par lesquelles je suis passé avant d'arriver à des relations parfois difficiles, mais jamais plus impossibles, je sens que j'allume l'étincelle qui embrase l'espérance. Le drame des handicapés, c'est d'intégrer leur « image » d'homme diminué, et de se présenter ainsi aux yeux d'autrui. Oublier que paraître n'est pas être. Mal vivre parce qu'ils pensent davantage à leur fauteuil qu'à leur entité d'homme. Oublier la relation d'amour parce que la société n'a pas l'habitude de montrer un homme partant séduire une fille sur son fauteuil roulant. On est loin du symbole sexuel créé par les mass media. Mais les media sont loin du vrai. « Le jour où vous ne vous sentez plus dévalorisés à vos propres yeux, tout est possible. » Je ne leur répète que ce qu'ils ont envie d'entendre, et qu'on ne leur dit jamais.

Qu'on ne vienne pas me dire que je fais beaucoup de bruit pour rien, que je lance de grandes phrases pour de grandes banalités. Je sais. J'affirme que ces mots d'évidence, personne ne prend la peine de les confier à ceux-là mêmes qui les mettent en doute. L'espérance est difficile, quand on ne marche plus. Il faut quelqu'un pour croire à votre place, le temps des premiers pas. C'est tout. Il faut croire que c'est trop.

Personne aujourd'hui ne peut m'empêcher de savoir que je peux ce que je veux. Je peux marcher avec mes attelles s'il le faut. Je ne le fais que rarement car c'est une trop grande perte de temps par rapport au fauteuil qui va plus vite, et qui me permet plus de choses. Mais je peux traverser l'Atlantique à la voile, si je le décide.

J'oublie mon fauteuil quand j'ai envie de quelque chose. Et je crois, parce qu'on me l'a dit cent fois, mille fois, que ceux qui me voient oublient alors que je n'ai plus de jambes. Combien de fois ai-je entendu demander « Ça vous amuse d'être sur ce fauteuil ? » par un pauvre malheureux rougissant de honte dès qu'il savait la vérité ?

Chaque jour est un nouveau départ en campagne

pour essayer d'inculquer ces quatre vérités du bon sens retrouvé.

La nuit, je combats d'autres démons inconnus. Je suis pris de furieuses démangeaisons qui m'obligent à me gratter jusqu'au sang. On essaie tout. Les traitements contre la gale et autres maladies sympathiques. On change et lave dix fois tous mes vêtements, on essaie toutes sortes de bains, on cherche sans trouver les raisons de ce « démon de minuit », jusqu'au jour où quelqu'un pense à ces larves que les mouches australiennes déposent parfois sous la peau, et qui se réveillent un mois plus tard pour votre malheur, avant de mourir d'elles-mêmes, leur festin — pardon leur destin — accompli.

Au bout d'un mois, il faut partir. Le tour du monde n'est pas fini. J'ai du mal à quitter l'hôpital. Qu'est-ce qui, partout, m'attire auprès de mes frères d'infortune ? Le souvenir de mes temps morts passés dans les centres crasseux de la banlieue parisienne ? La quête des hommes ? La réponse à trouver au pourquoi de notre sort ? La petite étincelle que j'allume dans les yeux, à raconter que tout est toujours possible ?

Mike, mon ami paraplégique américain rencontré il y a deux ans et qui vit à San Diego, accepte de m'accueillir pendant un mois. Le temps de déployer sur le bord du highway mon pavillon bleu blanc rouge, et de lever mon pouce, un cabriolet Mercedes s'arrête. Bagages et fauteuil rangés dans le coffre, je m'enquiers :

« Vous vous êtes arrêté à cause du drapeau ?
— Ah ? C'est quoi ?

— Le drapeau français !
— Ah ! bon. Non, je ne savais pas ».

C'est pourtant un ingénieur qui s'est arrêté. Et chaque fois, dût notre amour-propre national en prendre un coup, nos couleurs tricolores seront inconnues du public américain. Il est gentil néanmoins, mon ingénieur, et se détourne de sa route pour me déposer chez Mike...

Mike et sa femme m'hébergent un autre mois. J'apprends beaucoup à vivre près de ce phénomène de Mike — paraplégique-acrobate, capable de faire ses roulades avant comme n'importe quel gymnaste —, ce prétendu « handicapé » entraîneur professeur d'une équipe de gymnastique et de natation, qui donne aussi des cours de psychologie à « Long Beach College ». Je le suis partout, apprends à plonger du fauteuil directement dans l'eau de la piscine, l'assiste dans ses travaux dirigés. Les incroyables équipements sportifs des universités américaines me permettent toutes sortes de pratiques sportives : refaire du basket, conduire son camion Dodge, en bref mener une vie complète et active dont j'avais un peu perdu l'habitude, vie agrémentée de quelques moments de repos où je m'échappe en stop jusqu'aux plages du Pacifique. Un jour, une camionnette me prit. Le chauffeur, un homme âgé, eut quelque peine à mettre mon sac et mon fauteuil à l'arrière. Au moment de m'aider à descendre, c'est lui qui tomba sur le carreau : infarctus. Par chance, l'hôpital n'était pas loin.

Souvent, le soir, nous allons dîner dans les restaurants chinois de la côte, ou bien à une séance de cinéma dans un drive-in. J'assiste tous les soirs aux acrobaties de Mike. Un jour, j'en ferai autant, il n'a pas lutté pour rien ni même pour lui seul. Une image de lui me revient souvent : un soleil rouge s'arrête un instant sur Mike qui marche à mon côté, balançant son corps musclé entre ses cannes, comme pour rendre hommage au courage d'un homme qui est remonté seul des royaumes d'en bas.

Souvent encore, je rentre à la maison en flânant le long des vitrines des supermarchés, poussant mon fauteuil au milieu des files de voitures silencieuses.

La chaîne de télévision N.B.C. qui a appris je ne sais plus comment mon existence et ma présence vient faire une émission sur moi, filmant une journée de ma vie, posant mille questions sur la Chine et le Viet-nam qui meurt et acceptant sans aucune censure tout ce que j'ai à dire à ce sujet. Il n'y a que l'Amérique pour oser poser ainsi en lettres capitales le « pourquoi » sur fond de globe, au cœur des consciences endormies.

Cette émission en direct me vaudra une série de coups de téléphone et de lettres, une invitation de l'université de Riverside où se tient le congrès national des vétérans afin d'y donner une « lecture » ; enfin et surtout une lettre du directeur d'un bureau de placement qui affirme pouvoir me trouver du travail. Je bondis sur l'occasion et demande aussitôt un rendez-vous. Entretien des plus chaleureux, suivi de la mise en fiches de mes titres et capacités — bilingue, kinésithérapeute, expériences sur le terrain... — et verdict de l'ordinateur qui recrache : « Segal — Sexe masculin — 27 ans — poste réceptionniste téléphoniste à l'hôpital X... » La démarche était faite avec tant de spontanéité et de gentillesse qu'il m'était impossible de ne pas remercier. Je m'éclipse en promettant de réfléchir à la question !

Je m'apprêtais à fêter le troisième anniversaire de mon accident en m'offrant un voyage en stop jusqu'au grand canyon du Colorado distant de quelques centaines de kilomètres. Je me promettais d'essayer de traverser seul les dix-sept kilomètres de largeur de la vallée sauvage. Au même moment l'Amérique se souvient de Martin Luther King assassiné à l'ombre d'un printemps qui voulait marier le noir et le blanc.

Il fallut accepter la conférence de Riverside. Sur ces entrefaites, je reçus une lettre d'une amie rencontrée à la Foire de Canton. La lettre m'avait suivi d'escale en escale — depuis Saigon ! — et me parlait d'un acupuncteur coréen exilé à Caracas et qui faisait des miracles. Le verdict de la machine me décida : puisqu'on ne m'offrait que des situations « assises », pourquoi refuser cette petite chance d'une guérison à laquelle en définitive je ne crois plus ?

Ma carte de volontaire à l'hôpital m'autorisait à prendre mes repas gratuitement. Mes amis m'ont logé. Les quelques conférences données ont permis de mettre quelques dollars de côté qui ont suffi pour le billet bon marché d'un charter pour Caracas.

Un dernier week-end encore pour aller prendre congé de ma sœur. Elle habite la même ville mais je la vois peu car Los Angeles s'étend sur plus de cent kilomètres et nous vivons à l'opposé l'un de l'autre. Ensemble nous visitons Hollywood, oublions notre sérieux, grimpons sur les collines au-dessus des studios, et, l'espace d'un après-midi, d'énormes cerfs-volants au bout des mains, nous jouons avec nos oiseaux de papier les jeux oubliés de l'enfance... Ce sera ma façon de dire adieu à l'Amérique.

22

Octobre-novembre 1972

J'ai rangé mes lettres et bouclé fébrilement une valise légère. Je roule en rond, entre le lavabo et le lit, pour éloigner la peur. Je redoute ce jour d'examen qui va décider de tant de choses. En juin, on a refusé que je me présente. J'étais prêt pourtant. Après les épreuves, quand un ami me téléphona les questions et que je me rendis compte que je les connaissais toutes, je fus très démoralisé. J'aurais pu passer l'été à faire de la rééducation sportive, au lieu de travailler comme un fou sur mes livres. On ne m'a donc laissé qu'une chance, une seule alors que les autres en ont deux. Est-ce parce qu'ils ont deux jambes ? Si j'échoue, je ne pourrai jamais me représenter. Une seule chance pour une moitié d'homme, cela suffit.

Davantage encore peut-être, je crains les visages connus, le face à face avec la lâcheté, peut-être l'oubli. De ceux qui, à l'heure des visites, ne sont pas venus. De ceux-là même qui vont, leur vie durant, soigner des hommes ! De ceux avec qui j'ai, pendant trois ans, partagé les huit heures hebdomadaires de cours de psychologie !

Dans la cour de la clinique, l'automne est comme une caresse chaude qui veut m'encourager. Quelques malades en pyjama rayé me regardent partir...

Je suis en avance, et me retrouve seul derrière un petit bureau, prévoyant toutes les questions auxquelles je ne saurai répondre. Voilà des mois que je n'avais retrouvé ce grand silence froissé par l'encre des stylos. Mes anciens camarades défilent devant moi, tendus, une moitié de sourire aux lèvres, mal à l'aise de m'avoir rayé si vite de la carte des vivants.

Les trois heures ont passé, vidant ma tête et répandant sur ma copie des flots de mots savants. Mon amie médecin est revenue m'attendre, et nous traversons Paris. Le Paris de mes heures vertes, du temps des cafés crème au matin des nuits un peu folles, et des filles qui se donnaient, simplement, comme le jour éclaire.

Au fond d'une impasse, je retrouve mon chez moi, ma tanière, mon repaire. Six mois déjà ! Les draps sont encore froissés de la dernière étreinte. C'est comme si je venais me recueillir sur la tombe d'un ami... Je m'étends sur le lit, les volets clos, et je ferme les yeux. Ma décision est prise. Je quitte l'hôpital. Je reviens vivre ici. A partir d'aujourd'hui, je n'ai plus besoin de personne. Je m'assisterai tout seul.

Un studio en fond de cour, premier étage sans ascenseur. C'est un coin du vieux Paris, tranquille avec son petit côté province, son artisan menuisier, son lieu de culte où l'on chante je ne sais plus quel

Dieu et, au rez-de-chaussée, mon club de karaté. J'avais mes vieilles habitudes, je saurai bien en faire de nouvelles.

Dix-sept mètres carrés, ce n'est pas grand. Quand on ne bouge pas, c'est bien assez. Mais je suis pris au piège. Impossible de descendre, évidemment. Mes copains du club me rendent visite, m'apportant un panier de provisions. J'ai accroché au pêne de la poignée de porte une corde reliée à mon lit, de façon à pouvoir ouvrir sans avoir à bouger, au premier coup de sonnette.

Au bout d'un mois dans cette pièce vide (un lit et une table de bridge encombrée de livres et de reliefs de repas), je commence malgré tout à me sentir à l'étroit. C'est alors que je me suis mis à écrire sur la solitude. Car les copains du club, ils sont gentils, mais ça ne suffit plus à me sortir de moi. Bernard n'est pas là. Francine ne vient toujours pas. Avec mes parents, c'est la cassure. Ils croient que je deviens fou, surtout depuis que je songe à remonter à cheval.

Ainsi, dans ma pièce aux volets fermés, trop petite pour bouger mon fauteuil, les heures n'en finissent pas de traîner entre les quatre murs et le silence. Mais au moins puis-je chanter quand j'en ai envie, me taire ou pleurer, sans qu'aucune infirmière vienne me rappeler qu'il est l'heure du dodo, du pipi ou du popo... Enfin je suis libre, libre de penser quand je veux et comme je veux, libre de faire ou ne pas faire, de dormir ou de lire, libre de savourer le silence.

Souvent le Maître vient me voir. Il a gardé son kimono — parfois montent d'en dessous jusqu'à moi les « kiais » d'autrefois, les cris rituels — et nous buvons en silence du thé sur fond de blues et parfois j'ai envie de danser sur les rayons de lumière.

Ma retraite inquiète de plus en plus, affole tout le monde et d'abord ma famille : si je m'emmure dans le silence, ce ne peut être que pour une descente au tombeau ; je suis en train de glisser sur la pente de la schizophrénie. Les leçons de morale tombent comme la pluie de novembre contre la porte de ma tanière :

« Il faut sortir, Patrick. Tu es devenu fou... Il faut retourner à l'hôpital, tu ne peux pas vivre seul, c'est impossible... »

Bientôt les menaces, bientôt le psychiatre qu'on est allé chercher à mon insu et que je devrai renvoyer. On veut me reprendre en main, on continue à vouloir vivre à ma place. Oh ! je sais bien, c'est pour me faire la vie plus facile. Mais croyez-moi si je vous dis que mon unique chance est de reprendre les rênes.

Justement, puisqu'il faut reprendre les rênes, je suivrai mes résolutions à la lettre : je décide de remonter à cheval. Une annonce dans le journal parle d'un stage de rééducation par l'équitation destiné aux médecins, psychologues, kinésithérapeutes... Il n'y a pas quatre chemins pour réussir, je m'inscris sans préciser ma situation : — Segal Patrick ; vingt-cinq ans, kinésithérapeute — et me présente à la date prévue.

Le stage a lieu à Vincennes, à l'I.N.S. Trente-trois participants sont là, en tenue régulière, bottes, veste et bombe impeccables. Ma tenue à moi, fauteuil roulant et souliers jaunes, surprend un peu le directeur et la directrice qui ouvrent des yeux étonnés. Puis le directeur, Hubert Lallery, prononce simplement ces mots : « Je pense que, si tu es là, c'est que tu as envie de remonter... On commence demain... »

Les « essais » doivent avoir lieu à Sucy-en-Brie. Les maréchaux-ferrants que je connaissais bien — le temps de Francine — ont appris je ne sais comment la nouvelle et sont venus me souhaiter bonne chance.

Le soleil est pâle. On a retiré les étriers, bien serré la selle anglaise, on me hisse par-dessus l'encolure. Lentement, à la force du poignet, je me cale. J'ai trouvé mon équilibre, mes mains serrent le pommeau de la selle.

« On y va ! »

C'est Hubert qui tient la longe. Pendant un quart d'heure environ, il me fait faire des tours de manège, des voltes et des demi-voltes. J'ai lâché une main d'abord, puis les deux, prenant simplement appui sur le mouvement du cheval.

J'éprouve une sensation étrange et merveilleuse. Je ressens le sol ! Pour la première fois depuis des mois, je retrouve à travers l'animal le contact de la terre. C'est comme une reconnaissance, une sorte de retour, un passé qui remonte, une communion. Un cheval pour mes jambes ! Dire que le directeur de Fontainebleau (« cité du cheval ! ») m'avait fortement déconseillé d'essayer de remonter. Encore un poids sur le mauvais plateau de sa balance...

Un bonheur ne vient jamais seul. Le dernier jour du stage, j'apprends que je suis reçu à l'écrit de mon diplôme.

Je passe la première partie de l'oral. Tranquille, brillant. Arrive l'épreuve de déontologie, que je n'ai pas eu le temps de bien préparer.

« Parlez-moi de la loi du 30 août 1946. »

Je n'ai que la vérité, la mienne, à répondre :

« Écoutez ! ça fait six mois que je suis à l'hôpital, et quatre dans ce fauteuil. On m'a donné le droit de passer une seule fois l'écrit. Et je suis admissible. Pour l'instant, j'ai quinze de moyenne à l'oral. Si vous me mettez un zéro, car je ne connais pas votre loi, je n'aurai plus jamais le droit de me représenter... Maintenant, ce n'est plus mon problème, c'est le vôtre. Et ça, c'est de la déontologie ! »

Il réfléchit un moment, puis il me répond :

« Bon, d'accord. Mais vous me promettez qu'en rentrant chez vous vous ouvrez le bouquin ?

— D'accord ! »

Je viens de comprendre que, dans cette aventure de souffrance où je suis engagé, on peut atteindre les gens dans la mesure où on leur parle le langage de la responsabilité. Si l'on va vers eux directement, sans biaiser, après s'être débarrassé de ce costume d'arlequin qu'on a toujours sur la tête, on peut progresser. De son côté, n'en a-t-il pas plus appris ce jour-là sur la déontologie qu'en vingt ans de cours ? Le bien et le mal, c'est aussi le choix de foutre en l'air une vie parce qu'un gars ne sait pas la loi du 30 août 1946...

Ce soir-là, en rentrant chez moi, je me suis arrêté au cours de karaté. J'ai dit au Maître Nambu : « Yoche, je crois que je suis prêt... » Il s'est simplement tourné vers ses élèves : « Ce soir, c'est Patrick qui fait le cours. »

Il me cède la place, me tend la ceinture noire que je passe autour de mon corps. Les tapis attendent.

Jusqu'alors, le Maître, c'était pour moi celui qui sait, qui enseigne, qui donne, celui vers lequel montent le respect et l'admiration. S'il me donnait sa place, j'étais un homme.

Ce fut un grand moment.

Bernard revint à Paris et me proposa de loger chez lui. C'était plus grand et l'appartement donnait sur la Seine. Je pouvais au moins rouler jusqu'à la fenêtre et contempler le pont Mirabeau sous lequel coulait la Seine. « Comme la vie est lente, dit encore le poème, mais comme l'espérance est violente... » Je pouvais voir s'en aller le fleuve, les péniches passer, et les mouettes aussi. C'était, déjà, l'invitation au voyage. L'ai-je bien entendue ?

Pour le ravitaillement, en revanche, ce fut plus difficile. Je ne voulais rien demander, et il m'arrivait de rester trois jours sans manger, jusqu'à ce que, comme par hasard, ma voisine de palier me rencontrât à l'étage. Alors et tout naturellement, je pouvais réclamer une baguette de pain-jambon. Mais qu'importe. Le pont Mirabeau, le pont des rêves et le pont des promesses — « la joie venait toujours après la peine... » — ça valait bien quelques crampes d'estomac !...

Le concierge vient d'apporter une enveloppe jaune. Quelques mots noirs et lourds pour me convoquer demain devant les médecins de la commission d'expertise. On va m'évaluer, calculer mes chances, fixer le barème, décider en une minute de ce que valaient vingt-quatre ans de folie en tête.

Les ambulanciers me portent jusqu'à la camionnette stationnée dans la ruelle. Le brouillard pénétrant accentue l'impression de levée de corps que m'ont donnée les vieilles femmes descendues pour le spectacle.

Nous roulons le long des berges de la Seine. Les ponts de Paris, les palais de Paris remontent le temps... Louis-Philippe ; Marie-Antoinette ; Philippe Auguste ; mais il n'est point de Palais à la Justice des hommes... on s'arrête au bout de la course du temps, justement : la morgue, citadelle de glace.

Au milieu de la petite cour de l'Institut médico-légal de la place Mazas, une blouse blanche un peu douteuse semble attendre, sûrement un policier. De la vapeur sort en chapelet par l'entrebâillement d'une porte blindée. Dans ce royaume satanique les corps mutilés semblent appeler le couteau du boucher.

Le préposé s'approche de la voiture :
« Il est froid ? »
Le chauffeur a un mouvement de recul :
« Non, c'est pour une expertise.
— C'est pas la bonne porte, c'est de l'autre côté, près du pont. »

Un obstacle au moins est franchi. Tout va mieux que prévu, je ne suis pas encore froid !

Il faut maintenant gravir un perron. La manœuvre est périlleuse, mais on atteint en catastrophe le vestibule d'une bâtisse austère. Tout est calme, cela sent le formol et le papier poussiéreux. La médecine des morts, ça n'a pas besoin de fanfare ni de lumière. D'ailleurs, si près du fleuve, le batelier attend déjà.

Au bout du long couloir, celui qui va vous faire une vie au rabais. Il me regarde quelques secondes, m'ausculte : le couperet est en équilibre instable. Il va tomber, sec, froid. Un pli se forme à sa lèvre mince, les mots montent dans sa gorge, tourbillonnent entre ses dents :

« De quoi vous plaignez-vous ? »

Les mots sont entrés dans mon sang et entreprennent une course folle le long de mes artères. Je ne sens même plus ses mains qui me palpent en quête d'une possible force cachée qui réduirait l'estimation d'incapacité.

Batelier, emmène-moi sur ton esquif, foutons le camp de ce monde...

23

Mai 1975

J'ai quitté sans grand regret Los Angeles, ses autoroutes et son béton, son univers de numéros.
 Perdu au milieu des trois cents fauteuils presque tous vides du Boeing 747 qui vogue vers Caracas, je réalise tout à coup avec angoisse la folie de l'entreprise. Je n'ai plus d'argent, je ne parle pas l'espagnol, je ne connais personne. Deux noms seulement inscrits sur mon carnet d'adresses, deux noms sans visage : José Sutor, un ami d'un diplomate rencontré à Pékin, et Martine, une jeune tétraplégique qui se fait soigner par le médecin coréen.
 A l'aéroport, les choses déjà ne se présentent pas bien. Immobilisé au pied de la passerelle, sur mon fauteuil dont on a perdu les pieds, le Venezuela semble peu pressé de m'accueillir. Une hôtesse blonde essaie de m'expliquer dans un langage incompréhensible qu'elle n'y peut rien. En vingt vols, ce n'est que le deuxième incident du genre, et je suis devenu philosophe. Au bout d'une heure en effet, on retrouve les absents.
 Une demi-heure de voiture encore, entre la vie et

la mort, sur l'autoroute transformée en circuit par un fou du volant.

A bout d'émotion, je m'endormirai ce soir-là fort avant dans la nuit, sur cette terre d'Amérique du Sud qui semble promettre du bon temps.

Le lendemain, commencent les choses sérieuses, les coups de téléphone et les visites.

La première est pour Martine. Au quatorzième étage, en plein centre de Caracas, une jeune fille blonde aux cheveux courts n'a pas bougé depuis deux mois qu'elle est ici, attendant les premiers signes d'une amélioration de cet état d'immobilité qu'elle subit depuis des années. Isabel, une étudiante péruvienne, lui tient compagnie, la roulant parfois jusqu'au balcon fleuri d'où elle peut contempler la ville. Son seul voyage, sa seule distraction. Elle me parle sans y croire des miracles réalisés par le docteur Kim qui vient chaque jour pour une séance d'acupuncture. Elle essaie de ne pas me décourager, mais je devine qu'elle n'espère plus rien. Elle promet de m'obtenir un rendez-vous, elle a de l'espérance pour moi.

Le docteur Kim habite une splendide villa transformée en clinique, sur les hauteurs de « Cumbres de Curumo » une des collines résidentielles de Caracas. Voilà deux ans qu'il vit là, ramené de Séoul par une riche Vénézuelienne dont la fille est sourde et muette. Le docteur Kim ayant affirmé qu'en suivant un traitement régulier pendant deux ans, la petite fille pourrait faire des progrès, la mère l'a convaincu de venir au Venezuela, l'a invité, lui a acheté une clinique. Magali, la petite fille, a en effet récupéré 40 p. 100 de ses facultés. D'autres guérisons, d'autres progrès ont suivi, et le docteur a décidé de rester.

Il m'examine. Mes rudiments de chinois me permettent de me faire comprendre. Lui parle un curieux mélange de chinois, d'espagnol et d'anglais qui me permet au moins de saisir que mon cas n'est pas désespéré, à condition de suivre un traitement régulier et long. Je comprends trop bien par contre le prix de la consultation : vingt-cinq dollars pour une séance quotidienne de vingt minutes.

Je tombe des nues : cent cinquante fois le tarif de Pékin ! La liberté se paie ! Que faire ? Je n'ai pas cet argent, bien entendu. Il faut donc que je gagne ma vie, et que je la gagne bien ! Je demande le temps de la réflexion.

Il faut commencer par me loger. José Sutor, très aimable au téléphone, promet de faire jouer ses relations et de me trouver un studio bon marché. J'habite pour l'instant l'ancien appartement de mon ami Patrik — cet ami tétraplégique qui m'a indiqué Kim et Martine et qui vient de quitter Caracas. Mais ce somptueux appartement, au dernier étage d'un magnifique immeuble de Santa Fé, est beaucoup trop cher pour moi. Je ne peux l'occuper que jusqu'à la fin du mois. Tous comptes faits, les choses ont l'air de tourner rond, les gens font assaut d'amabilité et de prévenance, je reprends confiance.

Il s'agit maintenant de trouver du travail. D'un quartier à l'autre, d'un bureau à l'autre, d'un hôpital à l'autre, je frappe à toutes les portes, montrant ma petite enveloppe déchirée contenant les quelques documents attestant de mes connaissances. Avec courtoisie, on m'indique d'autres adresses.

Chaque jour je repars en chasse, à bout de forces,

à bout de ressources (il m'a fallu emprunter), à bout d'espérance. Un soir, je rentre complètement épuisé, collé par la sueur comme un vieux journal de chaisière. Je n'y crois plus. Une convocation pourtant est arrivée, répondant à l'envoi de mon dossier et de mes références, et qui vient de l'hôpital orthopédique pour enfants.

Un bureau tapissé de dessins naïfs, un entretien feutré, une conclusion désespérante : on peut m'offrir sept cents francs par mois. Le calcul est vite fait : quatre cents francs de taxi, restent trois cents francs pour me nourrir et payer mon traitement d'acupuncture qui s'élève à deux mille cinq cents francs au moins. Le refus est poli, on essaie de me retenir en soulignant qu'un repas est gratuit...

Les jours passent. De fil en aiguille se tisse partout le même échec. J'ai beau potasser chaque soir mes bouquins d'espagnol et commencer à me débrouiller, le fauteuil est toujours là qui fait se refermer les bonnes volontés.

Je reviens voir le docteur Kim, lui expose mes efforts, lui propose de le payer en fonction du travail que je pourrais obtenir. Il ne peut rien décider sans l'accord de Mme Ibañez, qui l'a installé. Rendez-vous est pris avec elle, longue discussion sympathique et l'on parvient à un compromis : le prix des séances est ramené à quatre-vingts francs. Maintenant, je dois y arriver.

Ma situation est de plus en plus catastrophique. L'appartement que j'occupe à Santa Fé m'oblige à prendre sans cesse des taxis pour aller en ville car il est situé dans une zone résidentielle, sans boutiques ni commerçants. De plus, tout le monde me voit venir, les chauffeurs de taxi les premiers, qui s'arrangent pour majorer les prix. Mon fauteuil dans le coffre, je n'ai que peu de moyens de me défendre !

Un espoir d'appui solide pour trouver du travail. J'ai réussi à avoir un rendez-vous avec un des personnages les plus importants de Caracas, le plus célèbre présentateur de télévision du pays, Reni Otolina. Il se montrera certainement compréhensif, sa fille est tétraplégique.

En donnant l'adresse au chauffeur de taxi, j'ai déjà compris l'importance de l'événement. Me voilà promu au rang de V.I.P. à en juger par les courbettes respectueuses qu'il ne cesse de me prodiguer. Au bout de la voie privée cernée de villas de milliardaires, qui grimpe en haut de cette étrange colline dressée sans raison au milieu de la ville, comme une statue de l'île de Pâques, une guérite gardée par un homme en armes. C'est là. J'annonce la couleur, pendant qu'une caméra de télévision filme la voiture et ses occupants. L'homme téléphone, ouvre enfin la lourde porte. Dans la cour, mon chauffeur n'en croit pas ses yeux. A côté des deux Rolls dernier cri, quatre ou cinq voitures de course brillent de tous leurs chromes. Quand on sait que les taxes sur les voitures importées sont énormes et en multiplient le prix par trois ou quatre, que les routes sont très mauvaises et la vitesse limitée, on comprend que l'homme qui habite ces lieux ne recule devant rien pour satisfaire ses plaisirs.

La villa est immense, mélange de palais espagnol et de résidence à la James Bond. J'attends, au milieu d'immenses salons parcourus par une armée de serviteurs qui tournent silencieusement autour de moi, saluant, apportant du café, des cigarettes, des revues. Un berger allemand vient me renifler avant de s'affaler sur un canapé. Une gigantesque serre d'orchidées occupe tout un mur de la pièce. Il y a de quoi commencer à être impressionné.

Reni Otolina est entré. Élancé, mince, très play-boy sous ses cheveux gris accordés au gris-bleu de ses yeux qui joue derrière de fines lunettes d'écaille, il se montre très chaleureux, à la manière des Espagnols. Puis, ému, il commence à raconter le cauchemar de sa vie, cette fille championne d'équitation qui s'est rompu les vertèbres cervicales en plongeant dans une piscine. Il me montre les photos d'un ange à peine sorti de l'adolescence, cheveux fous et corsage ouvert. Mon cœur se serre en tournant les pages qui racontent tant de vie débordant de ce corps de vingt ans, tant de silence, de solitude, et d'immobilité enfermés maintenant dans ce même corps.

J'ai honte de parler de ma situation personnelle, je demande quand même s'il peut m'aider à trouver du travail.

« Bien sûr, bien sûr... Je vais voir. » Ces mots résonnent comme une promesse. Pourtant en sortant, je ne vois plus les belles automobiles, ni la lumière qui joue dans les eaux de la piscine et je n'ai pas envie de jouer à décliner la famille Otolina, dont les membres s'appellent Reni, Rena, Rene, Rona... Jusqu'au chien qui, si ma mémoire est bonne, répond au doux nom de Rino. J'emporte le sourire et les yeux d'un rêve à jamais brisé, qui gît cassé en deux sur un lit d'hôpital de Los Angeles.

Le lendemain, José Sutor m'annonce qu'un studio est à louer. Minuscule et sombre, mais qui a le mérite de donner de plain-pied sur la cour, et dont le prix est raisonnable. Je n'hésite pas. Il me semble arriver au bout de mes peines. Les mots de

Reni Otolina me montent à la tête. Je suis comme ivre d'espoir, je me vois déjà monter la clinique de mes rêves, en diriger la rééducation, réussir à donner la lumière à tous ceux qui croient leur vie finie. Excité par trop d'attente, j'envoie un message à mes parents qui leur dépeint un tableau de rêve : la vie est belle, les filles aussi, le soleil est chaud et les fruits splendides... et je vais diriger un centre de rééducation. Je leur emprunte (à rembourser sur mes gains futurs) de quoi payer les leçons d'acupuncture.

Je vais vivre un mois sur ce capital d'euphorie. La joie, c'est connu, attire les relations. Je me fais des amis, m'amuse avec une troupe de Français de Caracas qui monte des spectacles de théâtre, j'assiste aux répétitions, j'apprends les textes. Par quelqu'un de la bande, je rencontre enfin Jean, barbu râblé qui fait de la plongée sous-marine et dont la passion est de remonter des trésors enfouis dans la mer.

Enfin je vais renouer avec l'aventure, bourlinguer à nouveau sur les pistes incertaines où j'oublie que je ne dois plus bouger. Pour l'instant Jean devient mon ami, mon premier ami du tour du monde, et ça vaut bien des aventures.

Et les jours continuent, chargés d'activité, entre les séances d'acupuncture, les repas à préparer, les cours d'espagnol à réviser, les répétitions de théâtre, quelques balades avec Jean (il m'entraîne dans les montagnes entourant Caracas d'où la vue porte sur la ville et sur la mer des Caraïbes, me fait visiter les réserves naturelles) et les visites régulières à Martine que je ne veux pas abandonner à sa tristesse. J'essaie de la distraire, de lui trouver au moins quelques cours d'anglais à donner, de lui amener de la compagnie. Elle ne songe qu'à repartir pour l'Amérique. Peut-être a-t-elle raison, au moins vivrait-elle au milieu de ses amis.

J'ai beau compter, dans mon for intérieur, sur l'appui d'Otolina, je reprends ma chasse au travail. Cette fois, ce sont les médecins que je vais voir systématiquement, cochant les noms sur ma liste dressée, composée quartier par quartier.

En désespoir de cause, je décide que mon dernier recours est d'ouvrir mon propre cabinet de kinésithérapie. Les problèmes ne sont pas insolubles. Côté matériel, une table de massage, un rideau pour séparer ma pièce en deux, deux blouses blanches (une pour moi, une pour la femme de ménage promue infirmière pour l'occasion), des cartes de visite à distribuer aux médecins de la ville. Tous m'ont promis de m'envoyer des clients dès la première occasion.

Je vais débuter doucement, essayant de soigner d'abord des enfants dont les soins sont malgré tout mieux adaptés à mes difficultés.

Et commence l'attente. Rien ne vient. Je me décide à faire paraître une annonce dans les principaux journaux. Elle n'amène qu'une série de coups de téléphone obscènes réclamant des massages spéciaux (je n'avais pourtant pas évoqué mon expérience thaïlandaise). En deux mois de patience, je ne verrai que quatre clientes, et encore deux d'entre elles sont-elles envoyées par des amis, ce qui m'oblige, bien sûr, à pratiquer des « prix d'amis ». Seule une Allemande solidement charpentée, aux gros biceps et à la cellulite menaçante, au demeurant charmante, tient le coup, me laissant néanmoins pantelant après chaque séance de massage de ses énormes jambons.

Seule ma femme de ménage est heureuse. La blouse blanche est signe de promotion, à ses propres yeux seulement. Le premier jour, comme j'avais préparé deux sandwiches au fromage et deux bols de lait pour notre premier déjeuner, elle s'était récriée, comme offusquée : « Señor, je ne peux pas manger en même temps que vous. » J'eus envie de hurler comme un démon, d'ouvrir la fenêtre et de crier : « Pourquoi le soleil a-t-il noirci la peau des uns et pas celle des autres ? » Elle me regarda sans comprendre et dans le fond de ses yeux sombres il y avait comme une lueur amusée. Je lui mis le verre dans la main. Elle hésita avant de tremper ses lèvres dans le lait glacé qui lui dessinait deux croissants de carnaval aux coins de la bouche. Elle me raconta ses journées :

Dans une heure, elle irait travailler dans un restaurant. La plonge, jusque vers minuit, avant de prendre le bus qui l'emmènerait au-delà des « ranchos », les maisons accrochées aux collines comme les taudis de Rio. Si la route n'était pas trop détrempée, une jeep gravirait la montagne jusqu'à son village. Dans la cabane couverte d'un toit de tôle, qui joue avec le vent, ses enfants ont fini par s'endormir, vaguement surveillés par une voisine. Encore tout ébranlée par les cahots du chemin, elle n'aura que la force de s'écrouler sur sa paillasse à côté de ses dormeurs tranquilles. Jusqu'au lever du jour, où elle repartira chez les uns et les autres avant de venir laver et ranger mes trois chemises rapiécées.

Un hôpital de rééducation me fait signe. Il s'agit de monter une équipe de sport. Les bonnes volontés réunies, il ne manque que l'appui du gouvernement afin d'obtenir des subventions, du travail dans certaines usines textiles, l'organisation de matches, la possibilité d'obtenir pour les handicapés le permis de conduire spécial (alors inexistant au Venezuela)... Au culot, j'ai obtenu un rendez-vous avec le gouverneur de la ville, Diego Aria. Il semble emballé par mes projets, promet de tout faire pour les faire aboutir. Hélas ! c'est dans le fruit même qu'est le ver. Un médecin jaloux s'opposera à ce que je sois maintenu président de cette association de handicapés — parce que je suis étranger. Je démissionne et les laisse à leur impuissance mesquine. Les équipes de basket constituées en vue des Jeux Olympiques de Toronto ne joueront jamais, mes volontaires pour apprendre la natation, l'haltérophilie, seront laissés à eux-mêmes. Un ami avocat avait même mis au point les statuts. Tout est mort parce qu'un imbécile n'a pas compris, qui osait me demander comme on accuse :

« Combien espérez-vous gagner d'argent ? »

L'argent, toujours lui, chance et plaie d'un Venezuela au bord de la chute définitive.

« Tu viens chez moi quand tu veux », m'avait dit Otolina. J'allais donc aux nouvelles. Les rapports sont apparemment les meilleurs du monde. Mais le Venezuela est ainsi : un pays d'argent où chacun vit pour soi. Une fois qu'on le sait, on n'en souffre plus, et j'aurai plaisir à aller dîner chez mon milliardaire. Plusieurs fois, j'ai appelé sa fille Rona au téléphone et nous nous parlons longuement sans nous connaître, échangeant entre les deux Amériques conseils et encouragements...

C'est grâce à mon ami Jean que je peux enfin sortir de Caracas où je commence à avoir le bourdon. Avec une jeep équipée de réserves d'eau et de bouteilles de plongée sous-marine, nous descendons l'autoroute jusqu'à la mer des Caraïbes. Ce n'est pas très loin, mais bientôt il faut prendre les pistes et le paysage devient superbe.

Le long de la mer, des falaises tourmentées où jouent les mouettes et les cormorans. Vers l'intérieur, nous attaquons des forêts énormes entrelacées de lianes. Il faut franchir des passages difficiles, l'eau monte jusqu'au niveau des portes en traversant des guets, nous nous attardons sur les plages de sable blanc désertes et dormons au pied des cocotiers. Cette bouffée d'oxygène me décide à acheter une voiture pour avoir un peu de liberté, dès que les choses iront mieux.

Me voilà pris entre deux feux : coincé à Caracas par mon cabinet fantôme, et désireux par ailleurs de reprendre l'aventure et d'explorer le pays. Heureusement, j'ai rencontré Alexandre, un Vénézuélien qui sillonne le bassin de l'Orénoque dans un petit avion. C'est un médecin volant qui, grâce à des subventions du gouvernement, va soigner un peu partout. Il me propose un jour de m'emmener avec lui jusqu'à l'archipel de « Los Roques », ces îles de corail qui parsèment les Caraïbes. Gran Roque, la plus grande, abrite cinq cents personnes et un terrain d'atterrissage privé. Les milliardaires de Carácas aiment en effet venir passer les week-ends dans leurs villas ou sur leurs yachts qui se disputent les criques.

En plein milieu de semaine, il n'y a personne. La piste en terre est la proie du vent seul et des cormorans. Sur l'île, apparemment, pas un chat. Du corail et du sel, des arbustes et des marécages. Il fait chaud.

Mais l'arrivée de l'avion d'Alexandre n'est pas passée inaperçue. Des pêcheurs sont venus nous chercher. Et Alexandre commence sa tournée, de petites maisons roses en petites maisons bleues. Il fait tout ici, il sait tout faire. Soigner, mais aussi réparer ce qui ne marche pas, remettre en route la pompe à désaliniser, soigner les corps et les cœurs...

On l'adore. Les pêcheurs, sur les plages de corail blanc, sur leurs barques, lui font de grands signes d'amitié. La véritable aventure est là, et j'envie cet homme simple au milieu d'hommes simples qui comptent sur lui. Un mérou grillé avalé sur la plage est le plus beau des festins. Le Venezuela révèle un peu sa face secrète. C'est un pays difficile, une capitale inhumaine, mais qui cache aussi un peuple généreux et doux.

Je voudrais travailler avec Alexandre, devenir une espèce de kinésithérapeute volant qui va sur place expliquer aux gens comment on peut se rééduquer soi-même. Je rédige un mémoire en ce sens que je fais adresser à mon « ami » le gouverneur. Au moins obtiendrai-je un visa pour rester au pays.

Si je suis chez moi coincé la plupart du temps par l'attente du coup de téléphone salvateur, je ne reste pas les bras croisés. A commencer par un solide programme de rééducation personnelle qui — avec peut-être l'acupuncture que je continue — m'a remis en pleine forme physique. Mais j'ai aussi repris le dessin, recommencé à écrire, et entrepris enfin la rédaction d'un ouvrage sur la sexualité des handicapés qu'une amie se charge de me traduire en espagnol. Le manuscrit est presque fini quand justement un congrès de rééducation se tient à

Caracas. Les premiers lecteurs semblent enthousiastes, mais l'un des responsables court-circuitera le projet, affolé peut-être par certaines idées avancées, et préférant sûrement ne pas donner la vedette à quelque étranger qui n'est pas sorti du sérail.

L'espoir ne fait plus vivre. Je reviens à mes premières amours et me tourne vers la photo. Un contrat de publicité m'est proposé. Thème : une femme en vison, « avec un air parisien » surtout, insiste-t-on.

Le vison, même sous les grandes chaleurs de Caracas, n'est pas une denrée difficile à trouver. La fille, je l'ai sous la main : Evelyne aux yeux de myrtilles qui partage déjà plus que mes heures de travail. Je bute sur « l'air parisien » et préfère en fin de compte opter pour un vison sur fond de tropiques. Les photos, réussies, m'ouvrent d'autres portes, et surtout les vannes financières depuis longtemps rouillées. Je règle mes dettes, m'achète une vieille R 16 d'occasion fabriquée sur place. L'avenir esquisse un sourire.

Il manque même éclater d'un rire franc et joyeux : la plus grande salle d'exposition de Caracas m'est réservée, grâce à l'obligeance de mes bonnes relations aux « Ministères ». Segal le grand photographe globe-trotter consent à montrer ses photos de la Chine. Au dernier moment, le projet tombe à l'eau. Trop honnête (on ne m'y reprendra plus !), je n'ai demandé que le strict minimum nécessaire au développement des photos. Il fallait savoir qu'au Venezuela aucun projet n'est retenu en dessous d'une certaine somme. Trop peu payé pour être honnête !

J'ai définitivement renoncé à être kinésithérapeute au Venezuela. J'ai même une furieuse envie de quitter cet appartement sordide, qui regarde une façade aveugle et sale, et que le bruit d'enfer des marteaux-piqueurs du chantier voisin achève de rendre cauchemardesque. Fort heureusement, une inondation providentielle va m'obliger à m'éloigner quelque temps : la chasse des W.-C. bouchée, tout s'est répandu sur la moquette, répandant une odeur nauséabonde. La vue bouchée, les oreilles aussi, et maintenant l'odorat ! C'en est trop, il faut partir. A mon retour trois semaines plus tard, une plante de vingt centimètres de haut aura poussé sur la moquette convenablement « fumée »...

Plus d'un mois déjà dans cette ville bordée de misère, que j'arpente à nouveau de rue en rue en quête d'un logement commode et bon marché. J'ai appris à me méfier de la tombée de la nuit. C'est l'heure des « machos », ces demi-dieux d'opérette qui, moustache bien lissée et chemise ouverte sur un buste étriqué couvert de médailles, sillonnent la ville au volant de leur Dodge ou de leurs monstres à deux roues. Pantalon serré à craquer, c'est plutôt sous le capot de leur voiture ou dans les cylindres de leur moto que s'est réfugiée leur puissance. Mettre un pied sur la chaussée, c'est provoquer le courroux de ces rois du bitume. Un piéton aperçu, et la chasse est ouverte. La bête rugit, laisse sa gomme sur l'asphalte et frôle l'intrus avant de s'arrêter dans un nuage de fumée, comme pour savourer l'esquive, quand ce n'est pas le choc « accidentel »... La nuit, les trottoirs servent de lieu de repos aux carrosseries guerrières des machos fatigués...

Un jour, ma femme de ménage me demandera de venir soigner quelqu'un du « Rancho », première visite prélude à d'autres venues et d'autres séances de soins.

La pluie grasse s'écoule entre les cabanes, emmenant la terre et le roc au pied de la colline. On retourne les pantalons dans la rue pour franchir les énormes mares tachées de gas-oil. Des toits de tôle s'échappent des vapeurs d'huile mélangées au piquant de l'oignon. On joue avec une boîte de conserve vide ou avec un vieux pneu, on s'habille au matin d'un peu de rosée, on fait l'amour sur un coin de matelas éventré, un coin de soleil. Un éclair de vie, l'espace d'un printemps...

Malgré les sourires, les soleils parfois, un mois encore a passé sans vrai parfum d'aventure et me laisse un goût d'insatisfaction profonde. Comme si mes ailes, à leur tour, étaient brûlées, prisonnières de trop d'habitudes. Manque ce rien qui donne la chair de poule, et fait battre le cœur. Ou parfois, ce cousinage un peu vague avec la mort, qui s'approche dans l'eau des rizières, ce petit signe de l'œil qui fait la vie plus fragile, plus précieuse et plus belle.

J'ai pu faire développer mes photos de Chine. Entassés comme dans une ruche, des milliers de clichés sagement alignés sur papier glacé ramènent des bouffées de douceur au cœur, des odeurs de jasmin, des couleurs de jade, des yeux d'enfants, des images ralenties, et le lent balancement d'une petite aveugle. Comme un poisson dans le sable à deux doigts de la vague, j'aspire un air qui m'étouffe. J'entends les orphelins continuer leur rire malgré les bombes, je sens dans ma main la confiante main de ma petite fille : « Reviens, père Noël à roulettes »...

Par quel miracle mon père est-il venu à ce moment même où je n'avais plus d'air, comme pour me libérer des entraves de l'ennui et des heures inutiles ? Me faire pivoter, dos à la mort, face à la vie ?

24

Décembre 1972

L'APPARTEMENT est plongé dans le noir. Comme un aveugle, j'avance en tâtonnant pour ne pas me cogner à l'angle du lit et je me glisse entre les draps défaits et froids... et j'embarque pour des jours plus noirs que les nuits. Je mélange les heures, dors quand le soleil éclaire les autres, compte les péniches de la nuit, assis devant l'eau qui s'en va. Plus de sport, plus de discipline, des repas incertains, j'abandonne. Pour qui, pour quoi l'espoir ? Je suis seul, je l'ai voulu. C'était pour reprendre force et voilà que le courant gris du spleen est plus puissant que moi.

Chaque nuit m'emporte dans des navires en folie, ballotté de cauchemars en réveils trempés de sueur... La tentation du suicide est revenue...

Comme j'allais sombrer après huit jours de tempête, la sonnerie du téléphone a retenti, bouée jetée dans le tourbillon infernal. Une voix que je ne reconnais pas — vient-elle du fond des flots ? — insiste :

« N'oublie pas, je serai là dans une heure... »

Je m'éponge la figure comme un naufragé échoué sur le rivage de la vie, de l'oubli... Les coups frappés à la porte me ramènent sur terre. Une montagne de muscles est bientôt devant moi, haute comme les vagues des « quarantièmes rugissants ».

« Patrick, tu n'as pas changé. Il n'y a pas de temps à perdre, il faut sortir de ton trou... elles nous attendent, vieux...

— Non, Serge. Personne n'attend plus. D'où viens-tu ? »

Son sourire se cale dans sa gueule bronzée.

« De partout, de nulle part... Les îles du Pacifique, où je faisais le clown pour des touristes américains. J'en ai eu marre du soleil et des plages à cocotiers. Je vais repartir faire la saison de ski à Val d'Isère. Mais avant, je t'embarque. On va au Salon de l'Auto, respirer l'odeur des carbus et du ricin. Viens faire ta cure de chevaux-vapeurs et de pistons. »

Il m'a pris dans ses bras pour descendre l'escalier et m'a déposé sur le siège-baquet de sa vieille M.G., a replié le fauteuil qu'il a fixé sur le porte-bagages. Au milieu des voitures, il joue sans cesse avec sa boîte de vitesses. Il joue partout, c'est sa vie. Gorger ses muscles des meilleurs fruits de la terre, faire l'amour aux femmes et caresser des plages vierges... Tout ce qui commençait à peine pour moi, mais que j'aimais depuis le fond des âges !

Le grand hall de la Porte de Versailles est bondé... Serge palpe les carrosseries, caresse les monstres, avec la même volupté qu'il met à chaque chose. Au stand allemand, un coupé aux lignes fines et discrètes, une calandre de requin me saute au cœur. Le portrait de Léon me revient en mémoire.

« Je suis sûr qu'on peut mettre le fauteuil dans le coffre », a lancé mon ami qui ose plus vite que moi.

Déjà je suis au volant. Sans le savoir, sans y croire, j'attendais ce moment depuis des mois. Je calcule les commandes à transformer, la pédale de frein à relier par un levier, une poignée de gaz à installer. La boîte de vitesses est automatique, aucun problème. Au compteur de vitesse, 200 km/h, de quoi se faire battre le cœur.

Serge déjà rédige la fiche technique dans ses moindres détails :

« Tu te vois là-dedans, et la gueule que feront tous les abrutis qui veulent te foutre dans le trou !... »

Il a raison. Pourquoi, moi aussi, n'aurais-je droit qu'à la petite DAF qui est la voiture obligée de tout invalide qui se respecte, comme si l'on voulait, là encore, nous replonger dans la médiocrité ? Pourquoi nous refuser la griserie de la vitesse et du risque ? A moins qu'on ne heurte l'esthétique d'une belle carrosserie avec nos corps offensants ?

Je ne sais pourquoi, quand j'ai dit au vendeur que je voulais l'acheter, une porte s'est ouverte toute grande et j'ai senti le vent du lointain me fouetter le visage.

On s'est retrouvés dans la rue sous une pluie fine et glacée, ne sachant plus quoi dire, comme si tout cela n'était qu'un rêve, comme au temps des cadeaux sous l'arbre, comme en ces temps d'avant où l'on avait toujours ce qu'on voulait...

Huit jours durant, les magazines de mécanique et les prospectus d'accessoires se sont empilés dans un coin de la pièce, près du sac de voyage et de la paire de skis de Serge.

« Et si on allait chercher Petit Claude, le copain dont tu m'as parlé ? On l'emmènerait avec nous et on se taperait un bon gueuleton chez la grosse Adrienne ? »

Comment n'avais-je pas eu l'idée ? Au bout du fil, Petit Claude ne comprend pas, on parle à trois dans le combiné, ou peut-être ne veut-il pas croire à la fête qu'on lui promet pour ce soir.

Nous chantons comme deux soldats revenant de guerre en arrivant dans la cour de l'hôpital. Petit Claude est là dans son fauteuil, l'œil plus vif dans son visage pâle.

Attablés devant trois bières, Serge lève un poing de bonne augure et déclare solennel :

« Ça va être un beau festin ! Trois soufflés au fromage. Trois, pour commencer !... »

La grosse Adrienne s'est approchée, ses mains gonflées pétrissent un torchon sale.

« M'sieur Serge, j'sais pas comment vous dire !... mais les clients... y m'ont demandé... c'est les fauteuils roulants, M'sieur Serge, y aiment pas ça. »

Les roues de mon fauteuil ont frémi.

« Ceux à qui ça ne plaît pas, veuillez me les envoyer !

— Écoutez, monsieur, ces gens-là faut les comprendre, quand y vous voient, ça les déprime. »

J'ai envie de tout casser, j'ai envie de cogner sur tous ces nez rouges baissés lâchement dans leurs assiettes. Mais Serge me demande de me maîtriser, il a ses raisons qu'il me donnera. Plus tard.

Dehors, la pluie se met à tomber comme pour essuyer la méchanceté humaine. Petit Claude, encore plus gris, vacille au bord des larmes.

Et notre fête a sombré sur le coin d'un comptoir. Petit Claude ne savait pas que sa vue coupait l'appétit des bien-mangeants, que désormais c'était là notre héritage.

On ramène Petit Claude, on n'a rien à dire. On rentre sur Paris. Serge rompt le silence pour répéter : « Les salauds ! les salauds ! On va leur en foutre plein la gueule à ces mecs qui crèvent de trouille sur leurs guiboles branlantes. On va leur montrer que même sans tes cannes, tu es capable de faire mieux qu'eux. Tu sais ce qu'on va faire ? On va partir à la montagne tous les deux. Je vais scier une de mes paires de skis, pour en faire des petits patins. On va fixer les roues du fauteuil. Je taillerai des encoches dans quatre bouts de bois. On sanglera le tout, et je te pousserai sur ton traîneau. Et on descendra les pistes les plus raides, et les mecs y pourront pas nous suivre. On va pas se laisser faire comme ça !... »

Quelques heures de travail, et on avait enterré la grosse Adrienne et ses clients à l'estomac fragile. Grâce à toi, Serge, tout m'est revenu d'un coup. Tous les désirs se sont précipités dans ma tête, tous les feux rouges ont été brûlés en même temps. La tristesse ne me reprendrait plus dans ses filets.

Un coup de téléphone à Tignes, à un de mes amis du Club Méditerranée avec qui j'avais travaillé autrefois.

« Puis-je venir ?

— On t'attend, Patrick. On t'a toujours attendu. Depuis ton accident, une chambre est prête pour toi. »

Huit jours de neige. Huit jours d'amitié, de rires, de chaleur.

Et de risques aussi. On accrocha mon fauteuil sur les skis préparés pour lui. Timidement d'abord, Serge, installé derrière moi sur ses propres skis, me fit descendre des pentes peu sévères. Au bout de quelques jours, nous foncions comme un seul homme sur les pistes les plus raides.

Quelle ivresse ! Quelle vie retrouvée ! Quel sentiment que le monde ne pouvait plus rien me refuser !

Le soir même du retour, on me livra la voiture. Nous somme partis, Serge et moi, sous les lumières des autoroutes, à la poursuite du petit matin, et les camions de légumes remontant sur Paris n'ont rien vu du bolide illuminé qui les clouait sur place...

Le café me réchauffe, j'ai les yeux un peu rouges, j'ai sommeil et j'ai froid. Mais le bonheur tire son feu d'artifice dans mes artères. J'ai descendu les pentes de neige, je vais chevaucher mon cheval, je vais conduire mon bolide...

Je reprends le galop de la vie.

Déjà le cœur me cogne, mon cœur au rythme du galop...

25

Juillet 1975

A LA hâte, nous avons pris la route de l'ouest, en direction de la Colombie, par les Llanos bordés d'estancias immenses. La Cordillère des Andes prépare au bout ses surprises et ses pièges, avec ses cols à plus de quatre mille mètres, ses brouillards et ses solitudes.

En attaquant la route mouillée qui monte vers San Joaquim, des nuages, comme enchantés, flottent par endroits. Puis nous nous enfonçons soudain dans des gorges et des murailles de végétation géante, la végétation riche et puissante des tropiques. La route n'en finit pas de monter, à travers un paysage maintenant lunaire. De petits chevaux dégoulinant de pluie raclent le sol à la recherche de quelque pousse tendre, les dernières fougères allongent leurs ombres géantes, tandis que le soleil se couche. Une cabane de planches, simple abri contre le froid et la pluie, nous accueille. Pauvre papa !

Le soleil nous récompense. Mais le sommet est encore loin, et le moteur donne des signes de fatigue. La végétation a presque disparu. Seules quelques plantes grasses bordées de fleurs jaunes qu'agite un vent glacé.

Sur le bord de la route, un chemin pavé conduit à l'ancien monastère de Los Frailes. Je n'en apercevrai que le porche arrondi, le moteur refusant de grimper la pente trop raide. Il faut se laisser glisser en marche arrière.

Enfin nous atteignons le col. Le vent souffle ses bourrasques. Pourtant, tout au long de la vallée sinueuse qui commence, de maigres troupeaux paissent à l'abri de murs de pierres. Des enfants en guenilles, sales et tristes, pieds nus, dégoulinants de crasse, sans doute chargés de la surveillance, se sont regroupés au sommet, proposant quelque tour à dos de mulet. Nous préférons glisser quelques pièces et reprendre la pente vers Merida. Le plus haut téléphérique du monde qui doit conduire au septième ciel est malheureusement hors fonction depuis deux ans, sans qu'apparemment on se soucie de le remettre en état.

Quelque part sur les crêtes du second col, trois champignons de béton guettent le ciel comme de gigantesques monstres tombés d'une autre planète. Trois coupoles d'un des observatoires les plus célèbres du monde qui suivent la circulation des astres. Personne. La piste se termine entre les murs d'un village en apparence désert. Le jour, les télescopes doivent dormir en rêvant d'étoiles filantes.

La piste à plus de 4 000 mètres maintenant est devenue boueuse. La voiture recouverte de terre refuse de continuer. Le raidillon est trop raide et nous nous embourbons. Ni les injures, ni les encouragements, ni la voiture allégée, ni mon père qui pousse ne nous sortiront de là. Il faut attendre le prochain passage, un camion qui s'approche plusieurs heures plus tard en cahotant. Par chance, son pare-chocs est à la bonne hauteur et nous sommes tirés d'affaire.

Au pic Aguila, le brouillard est à couper au couteau. Il faut s'arrêter. J'en profite pour ramasser quelques fleurs, afin de donner mon salut aux Andes, quelques cailloux souvenirs. Aux Indiens qui tiennent la cabane de tôle et nourrissent les égarés, j'achète cinq kilos de pommes de terre pour dire quelque chose. Ils sont là plusieurs en silence qui fument, engoncés dans leurs ponchos colorés, l'œil qui luit sur une étrange méditation. On nous a servi la meilleure truite de ma vie... chocolat chaud, soupe de légumes et fromage blanc.

Nous avons repris les lacets sans fin.

Alerte derrière. Un bruit inquiétant au niveau du pont arrière. Les tambours une fois démontés se révèlent tordus, comme si une pierre s'était glissée à l'intérieur.

Le conseil de guerre établit rapidement la stratégie à suivre. J'attendrai la première voiture pour aller chercher du secours, mon père fera le gardien, armé d'une manivelle.

L'attente est longue. Enfin une jeep s'arrête. Mais la nuit tombe, tous les garages des alentours ont fermé. On me dépose au cœur d'un rancho où, au beau milieu de carcasses rouillées, un jeune mécano barbu a établi sa cabane branlante.

La nuit est noire quand nous atteignons la voiture. Plusieurs heures ont passé. Le diagnostic établit que les roulements à billes sont cassés (le garage avait oublié de les graisser). Et nous voilà repartis en tournée chez les ferrailleurs des Andes. Mais aucun ne dispose des pièces nécessaires.

Mon mécano prend la décision héroïque : « emprunter » le camion grue de l'usine du village et remorquer la voiture. On rejoint mon père à trois heures du matin, vaguement congelé, à demi rassuré. Quelques passants ont essayé de deviner ce qu'il faisait là, mais il n'a su quoi répondre à ce langage dont il n'entend pas un mot. On fait demi-tour sur une plate-forme minuscule, la voiture pend dans le vide, mais tout se termine bien.

Tous les hôtels sont complets. Je n'ose avertir mon père de la chambre de bordel qu'on me propose, et c'est au fond d'un hôtel borgne qu'on termine cette nuit agitée. Au matin, tous les voisins sont venus regarder ces petits aventuriers d'Épernay-France avaler leur café sur un coin d'établi plein de cambouis et de graisse. C'est la fête espérée, avec les cent dollars amplement mérités que mon père laisse généreusement. Ils nous escortent un long moment sur la route.

La piste a repris jusqu'à San Miguel de Bocono. La jungle luxuriante de verdure, et bruissante de cris, les forêts de bananiers, les fleurs écarlates échappées des sous-bois, les ruisseaux qui se cachent sous les pierres pour mieux se gonfler à la première alerte, comme la gorge des crapauds-buffles. Les camions gigantesques chargés de régimes de bananes ou de cannes à sucre défoncent la piste. Enfin, comme balayée par le vent, la forêt s'éloigne sur la pointe des pieds pour s'en aller mourir dans les sables ocres du désert... où se perdent les chèvres.

A peine rentrés à Caracas, on refait notre sac. Il est encore des coins inconnus, nous avons trop mordu à l'hameçon des grands chemins. Cap sur le sud, vers la grande savane, le pays des hauts plateaux entaillés de rivières.

Canaïma, gigantesque éclaboussure verte. Le bruit des pirogues taillées dans un seul tronc, comme une soie caressée glisse sur les eaux couleur café du lac noyé dans la vapeur des chutes.

Les Tepuys, immenses pitons taillés au coupe-coupe, se dressent mystérieusement, laissant échapper des cascades on ne sait d'où surgies. L'île des orchidées, « Angel Falls » (écharpe de soie féerique de mille mètres de hauteur), le saut de Yuri, les perroquets multicolores, les rapides, les cascades... j'ai l'impression de tourner les pages du livre du monde enchanté.

Canaïma rejoint dans le sac à magie les noms du globe qui, depuis toujours, réveillent en moi des échos de rêves baroques, des envies bariolées, des images de chevauchées folles, comme Manaos, Lourenço-Marques, Surabaya, Paramaribo, Oulan-Bator... Mon père et ses soixante-neuf ans qui ont tracé cinq mille kilomètres de brousse en quelque dix jours repartent vers Los Angeles.

Me voici seul encore, et je tombe malade. Une mauvaise escarre me tient alité, je ne reçois d'autre visite que celle de ma femme de ménage. Ainsi va le Venezuela, on n'aime pas les ennuis, le premier vent mauvais balaie tout le monde sous son souffle.

Autour du lit s'est miraculeusement organisée une cuisine volante, dont le centre est occupé par un réchaud minuscule. De cette place Royale partent des allées de pots de yaourt, des avenues de confiture, un canal d'huile et des massifs d'oranges, plus quelques bouquins d'espagnol.

Au bout de quinze jours, une bonne nouvelle me remet d'aplomb. Mes photos ont séduit la chaîne des magasins *Vogue* qui me commande sa publicité pour Noël. C'est la réussite. L'agence photos me reçoit comme un pacha. *Vogue* a proposé de me payer quatre fois le tarif en vigueur à Caracas. Une compagnie d'aviation à son tour suit le mouvement et me passe commande...

En quittant l'agence, le roi n'est pas mon cousin. Les roues de mon fauteuil tournent à cœur joie, s'amusent à descendre à toute vapeur jusqu'au sous-sol du garage où j'ai rangé ma voiture. Elle est tout au fond, et un ami qui m'accompagnait s'est proposé pour aller la chercher. J'attends sagement contre un mur, mon sac de photos sur les genoux, le cœur en fête et des projets plein la tête. Je feuillette un album, à peine ai-je aperçu du coin de l'œil la voiture qui se rapproche en marche arrière. Tout à coup, comme elle est sur moi, à deux mètres à peine, la voilà qui accélère son mouvement. J'essaie de rouler pour m'échapper vers la rampe de sortie, mais la voiture me rattrape, me percute et me renverse. La roue monte sur un côté de mon corps ; de mon bras libre, je m'accroche au pare-chocs luisant comme un poignard et de toutes mes forces essaie de retenir le véhicule. J'ai du sang plein la bouche, sur le visage, je me sens poussé contre le mur, les côtes broyées.

Une fraction de seconde peut-être et le mur a stoppé le monstre de fer. Je soulève toujours le pare-chocs, pour ne pas être complètement écrasé, jusqu'à ce que le chauffeur ait pu corriger la manœuvre et me dégager.

On m'a assis par terre, couvert de sang. Je ne crie plus, mais la douleur est horrible. Une femme me tend son mouchoir, comme un buvard.

Plusieurs personnes ont accouru, attirées par les premiers appels. Elles semblent menaçantes, comme prêtes à lyncher mon compagnon qui essaie tant bien que mal d'expliquer que les freins ont dû lâcher... qu'il a dû mélanger les pédales... qu'il n'a pas su couper le contact... A nouveau, c'est à moi d'assurer mon « sauvetage ». J'ai l'habitude ! J'envoie quelqu'un appeler une ambulance qui met vingt minutes à venir. Je claque des dents. Le choc, la douleur, la peur. Maintenant, les gens hurlent, hystériques.

A la clinique, un chirurgien français commence à me recoudre. Plusieurs côtes cassées, l'arcade sourcilière ouverte, des contusions partout, la peau arrachée sur toute la cuisse, les fesses à vif... J'ai vu mieux.

José m'accueille chez lui, où je passe ma convalescence. Quinze jours de souffrance avant de renaître peu à peu sur des aubes de triomphe : l'incident n'a pas empêché le directeur d'Air France qui passait devant le laboratoire photo de remarquer mes « œuvres ». Il s'est enquis de leur auteur ; il a dit qu'il reviendrait. Quel chemin parcouru ! Après avoir frappé à toutes les portes du Venezuela, voilà que je suis maintenant celui qui sait se faire attendre !

Mais je n'ai plus le goût de rester. L'artisan de mon succès, Évelyne, est rentrée en France achever ses études de chimie. Évelyne, ma petite Pied-noir chassée du Maroc et réfugiée au Venezuela, mon enfant aux yeux de myrtilles, pour toi j'avais su inventer des techniques nouvelles et faire un grand bond dans mon nouveau métier de photographe. Pour toi, j'avais repris mes crayons de couleur et t'avais inventé des histoires arrachées au miroir d'Alice. J'avais marié la nature à ton visage de madone comme un alchimiste fou. On appelait ça des « surimpressions ». Je préférais croire à de mystérieuses préparations de prestidigitateur, inspiré par l'amour. De mon appareil photo un peu fatigué sortaient, comme de dessous le chapeau, des oiseaux magiques. Grâce à toi s'arrachaient les mauvaises herbes qui donnaient le bourdon.

Évelyne, ma petite juive de vingt et un ans, s'était laissé emporter dans mes escapades à Los Roques, avait partagé le même soleil et la même mer bleu marine, avait contemplé avec moi les cormorans et les grands coraux blancs, goûté au même poisson grillé et ramassé pour moi les coquillages. D'autres fois, elle avait campé au bord des lacs, dormi dans les hamacs, sous les orages remplis de pluie et d'éclairs, nos doigts croisés comme des racines, nos yeux noyés de bonheur. Elle avait fait griller les viandes sur le feu de bois, tandis que s'enfuyaient, affolés, les chevaux sauvages, et conduit le lent glissement des pirogues sur les eaux, tandis que les piranhas du lac attendaient un faux mouvement. Ou encore, avec d'autres amis, elle m'avait porté sur les dunes de sable où nous riions comme des enfants.

Évelyne connaissait le chemin qui mène au soleil rouge et pressentait les secrets de l'existence. Elle savait briser ma carapace et me manger le cœur, et n'ignorait pas, derrière mes éclats de rire, mes tristesses silencieuses qui feignaient d'être assoupies. Elle savait cela et bien d'autres choses encore. Pourtant, comme à la fin des histoires tristes et belles, elle est partie. J'ai refusé d'y croire, j'attendais pour demain d'autres jeux d'enfants, je commençais à croire que le jour durait parfois plus qu'une éternité... Un soir, pourtant, dans la pâleur du couchant, je l'ai embrassée pour la dernière fois.

Aux quatre coins de la nuit j'ai crié son nom, j'ai cherché sa place chaude dans les draps froissés du matin, et puis je suis parti à la dérive comme si l'obscurité et les brouillards avaient recouvert à tout jamais la montagne du vieux Yu Kong...

Plus personne ne me retient à Caracas. Comme toujours, c'est le moment où les choses s'arrangent pour faire leurs signes de connivence. Qu'importe après tout ! je m'en servirai pour partir.

Le directeur d'Air France avec qui j'ai enfin pris contact, me passe commande. En échange de mon travail et des photos que je promets, j'obtiens un billet gratuit pour la France. Mais au dernier moment il me paraît trop bête de boucler la boucle en rentrant directement, et je demande à tout hasard un billet Rio-Paris. L'avenir ne me refuse rien, la faveur m'est accordée.

Je vais donc quitter le Venezuela. Ces quelques mois à osciller de la fascination au dégoût me laissent en fin de compte l'impression dominante d'avoir ouvert les yeux sur une vie intense, riche et colorée. Les contrastes des jours disent peut-être qu'un pays se cherche, en tout cas qu'il remue de toute la force de sa jeune sève qui pousse ses branches dans toutes les directions. Il en est d'insupportables. Quand, en pleine saison sèche, il arrive qu'on coupe l'eau des bidonvilles pour continuer à arroser les golfs de la ville... Quand l'argent qui coule du pétrole et du sous-sol fabuleux resserre peu à peu le cœur de ses adorateurs, quand la richesse devient fric et le fric pourriture, une envie violente vous prend de vouer les habitants de ce pays aux malédictions des macumbas.

Pourtant, dès qu'on sort des villes, la jungle et la nature sauvage vous serrent dans leurs lianes séductrices, et l'on se surprend à dire qu'après tout l'important est sans doute de ne pas avoir à travailler avec les Vénézuéliens. Alors, à tout moment, renaissent la gentillesse, l'humour et la simplicité.

Comme il arrive que la patience précède l'amour, il faut ici apprendre à comprendre avant de pouvoir aimer. Et ne pas s'arrêter à la surface des choses. Quand on garde dans la tête l'image précise des taudis et des bistrots sordides, des plages souillées de boîtes de conserves et de poubelles qui ont remplacé les noix de coco et les seins pleins des belles Indiennes, la tentation est grande de s'avouer qu'il est trop tard. Alors, au creux d'une baie, c'est la mer des Antilles dans toute sa splendeur qui donne sa plus belle réponse. Un envol ralenti de flamants roses au-dessus des marais vous réconcilie avec ce qui, l'instant d'avant, vous serrait le cœur.

Car tel est bien le Venezuela. C'est Otolina le beau parleur et les belles promesses, mais aussi Alexandre le Magnifique dont les actes sont à hauteur d'idéal. C'est la facilité avec laquelle on entre en contact avec les ministères, la gentillesse et les promesses encore, mais les choses officielles qui continuent, elles aussi, à ne pas se faire. Un pays neuf, où l'argent devrait permettre de tout faire et tout le bien de la terre, un corps plein de sève et de vie. Mais, comme une jeune pousse, fragile aussi sous les orages qui le guettent. Un pays à l'image de ses habitants impulsifs mais au cœur large, les meilleures gens de la terre quand ils ne sont pas la proie des nouveaux dieux venus du Nord. Les promesses et les menaces, la chance et le danger, à l'image de tout ce qui naît à la vie, tendre et vulnérable.

Voilà pourquoi, malgré tous les échecs, tous les efforts faits pour me décourager, j'ai voulu mener la lutte et forcer la chance jusqu'au bout, jusqu'à l'heure du sourire.

A Caracas j'ai connu un de mes plus beaux fiascos à vouloir ouvrir mon cabinet, et une de mes premières réussites quand, à l'heure du départ, tout s'est mis à rouler tout seul.

Ma vie, ce n'est pas seulement mon errance en fauteuil. C'est aussi ces instants bénis où tout est réuni, comme par hasard, au bord de la rivière des Perles ou dans un coin de la mer des Antilles, quand se rassemblent une femme qu'on aime, un ciel pur, des oiseaux au-dessus de la tête, du sable chaud...

Ce n'est plus seulement dans ma tête que la vie a repris son rythme de galop.

26

Décembre 1975

La route vers la France ira donc flâner du côté du Brésil. J'ai envie de bagarrer l'inconnu afin de regonfler mon tonus et laver ma tristesse.

J'avais bien songé à gagner les Antilles pour essayer de m'incorporer à l'équipage de quelque voilier faisant route vers la France. Mais, l'hiver, l'Atlantique est plus dangereux, et je n'ai que peu de chances de trouver une traversée. A dire vrai, je ne suis pas encore prêt pour ces affrontements.

J'ai donc choisi de faire un tour du côté de l'Amazonie, après avoir repéré, sur la carte, un trajet menant de Manaos à Belem. Sur l'eau, bien entendu.

Mais comment relier Manaos ? Le prix du voyage normal est trop cher. La chance, qui s'est enfin décidée à fréquenter les abords du Venezuela, continue à tourner autour de moi. J'apprends qu'une ligne d'avions-courrier doit bientôt relier Caracas à Rio, via Manaos. Fin novembre est la date retenue pour le vol inaugural. J'ai envie de sauter et de trépigner sur mes pieds. Mais le premier vol est militaire. Je rencontre donc les moustaches et les décorations de « l'agregado militar » brésilien, qui fait en portugais preuve de bonne volonté et m'indique la voie à suivre. Si l'attaché militaire français consent à faire une demande écrite, on trouvera peut-être un moyen de percer les interdictions théoriques.

Je préfère oublier les tractations avec l'ambassade pour en arriver à l'accord final obtenu huit jours plus tard, grâce à l'aide efficace et bienveillante du colonel Péret.

En attendant le jour du départ, je prépare le voyage à travers la jungle amazonienne. Des animaux dangereux sont réputés fréquenter ces régions, le paludisme y règne et j'essaie par tous les moyens d'obtenir un peu de quinine. Impossible. Les femmes qui veulent avorter achètent à prix d'or le médicament. Ce n'est que la veille du départ qu'un ami coopérant me donnera un petit flacon précieux. Je complète l'équipement par un water portatif qui me permettra de résoudre le problème majeur des paraplégiques en voyage. Une lunette de plastique qui s'adapte sur une espèce de siège pliant, c'est simple, mais il m'a fallu atteindre le Venezuela pour trouver ce remède.

Enfin l'avion est annoncé et l'heure du départ fixée au lendemain matin six heures. L'aventure s'annonce, le moral remonte. Je fais mes bagages en un tour de main. Mes dernières cicatrices cicatrisent, mes côtes cassées se ressoudent, mes bleus deviennent roses.

Mon flacon de quinine au fond d'une poche du blouson, je me fais déposer à l'aéroport, alors qu'un énorme soleil rouge se lève derrière les hangars.

Personne n'a entendu parler de mon avion. Un désordre digne du carnaval règne partout. A huit heures, on ne sait toujours rien. Ce n'est qu'un peu avant dix heures qu'une rangée de Vénézuéliens décorés de médailles s'avance comme un seul homme. L' « agregado militar » est là, moustaches au vent, l'uniforme orné comme un arbre de Noël. Les ambassadeurs s'inclinent, on sert le café, le merveilleux café brésilien, on entame les discussions, bientôt relayées par la fanfare, les journalistes mitraillent, c'est la fiesta.

Enfin on me hisse dans l'appareil, et quatre militaires s'installent à leur tour. L'avion décolle, on tourne dans le ciel au-dessus de l'aéroport comme pour un dernier adieu joyeux, et je quitte Caracas, le cœur empli de sentiments mêlés, d'illusions perdues, d'images de plage et de taudis, de souvenirs de gentillesse et de joie de vivre qui affrontent d'autres souvenirs de méchanceté, d'escroquerie, de mesquinerie. En quelques mois de Venezuela, combien de ressorts secrets du comportement de l'homme m'ont été dévoilés...

Ciudad Bolivar, première escale. Les richesses du bassin de l'Orénoque sont concentrées autour de la ville minière qui mélange ses terres rouges et ses aciéries qui fument, ses barrages hydrauliques et ses champs traditionnels. Nouvelles fanfares, nouvelles décorations, nouvelles tasses, on échange sacs de café et compliments, et l'avion reprend l'air, cap sur Boavista.

On va survoler pendant des heures la grande savane plate, dont l'uniformité n'est rompue de temps à autre que par les « tepuys ». Il fait un froid de canard dans l'avion qui n'est pas climatisé, mais les militaires transpirent, sans doute maintenus à bonne température par les quelque cinquante cafés qu'ils ont ingurgités.

Le déjeuner est servi par un steward en veste blanche et l'on quitte la savane et son décor féerique pour atterrir à Boavista en fin d'après-midi. Il fait chaud, la poussière balaie l'aéroport, mais le cérémonial a changé. Les militaires ont rangé leurs uniformes et leurs médailles, et revêtu des chemisettes à manches courtes ; les fanfares écœurées ont déserté les lieux. Pour quelle raison Boavista n'a-t-elle pas eu droit aux fastes classiques ? Je ne le saurai jamais.

L'avion file au-dessus de l'Amazonie, « grasse et verte », pendant plus de quatre heures survole cette immense étendue épaisse où rôdent le fantôme de Don Fernando et les « serinqueros », les chasseurs de caoutchouc chers à Bodard. Quand on parle de pollution de la nature, je ne peux m'empêcher de penser aux réserves immenses de « l'enfer vert »...

Le Rio Negro serpente au-dessous de nous, aussi noir que son nom, où flottent des troncs de bois qui, vus de l'avion, ressemblent à des allumettes dans un caniveau, ou à des pattes d'insectes morts à la dérive. Des montagnes de sciure jalonnent le fleuve, rappelant les termitières.

Manaos enfin. La pluie battante ne gêne en rien la scène d'opérette qui clôt ce vol inaugural. La fanfare entame une musique militaire à la brésilienne, qui tient davantage de la samba que de l'hymne guerrier, et j'imagine les blessés se levant pour répondre à l'appel de la danse, lors des cérémonies.

On se sépare sur le terrain d'aviation.

Les difficultés commencent. Je n'ai pas de visa

d'entrée car je faisais confiance aux militaires. Mais ce jeune Européen à roulettes débarquant d'un avion inaugural sans les papiers réglementaires paraît tellement suspect aux autorités locales qu'elles en perdent leur flegme.

Finalement tout finit par des chansons. Provisoirement, car l'hôtel Amazonia est plein, et j'échoue enfin dans un bouge sordide et crasseux, aux chambres sans fenêtres... Au moins ai-je eu le temps de goûter à la gentillesse naturelle du Brésilien, mon chauffeur de taxi ayant refusé tout argent en arguant que j'étais « amigo ».

Dans Manaos, un rythme joyeux semble flotter dans l'air, mélangé au parfum de sensualité et de sexualité qui suit la démarche des femmes. La standardiste de l'hôtel a des yeux de velours noir. Partout une formidable envie de vivre, de rire, de chanter, de faire l'amour, de fredonner, de se trémousser, semble répondre à un rythme de samba qu'on n'entend pas.

Je téléphone à Clisso Vieira, un ami de l'ambassade du Brésil à Caracas. Il me fait visiter tout Manaos et je me balade dans la ville avec lui, enivré par cette exubérance, participant étrangement à cette fête permanente. Les aras, les moustiques eux aussi dansent dans le soleil.

Le vieux professeur parle de son livre avec des accents empruntés à Salvador Dali, et je l'entends encore me dire en poète qui rime sans le savoir « je souis un hom' tro-pi-cal !... Je veux mourir à Natal »... Il me pilote dans sa voiture et m'explique la ville, l'opéra célèbre où ont chanté toutes les divas de la terre, les ruines des vieilles maisons de style colonial aux perrons délabrés, aux escaliers de bois dégradés, et l'atmosphère soudain se fait bizarre et pesante. Nous longeons le Rio Negro, lui toujours devisant, moi silencieux, impressionné par la puissance fantastique du fleuve.

Il faut maintenant réussir mon pari. Descendre le fleuve jusqu'à l'Amazone, puis descendre l'Amazone jusqu'à Belem.

La compagnie amazonienne de navigation a deux bateaux en partance, dans les jours prochains : le *Montenegro* et le *Leopoldo*. J'opte pour le *Montenegro*, parce qu'il doit partir le premier. Il y a deux classes sur le bateau. Le choix porte soit sur les cabines qu'on partage à quatre, soit sur l'arrière du bateau où tout le monde vit ensemble et dort dans des hamacs alignés côte à côte. Je suis tenté par la vie communautaire, pour mieux approcher les Indiens, mais mon expérience vénézuélienne du hamac me rappelle que pour moi c'est un instrument inconfortable et peu pratique, et qu'une fois dedans il m'est difficile de quitter. Par ailleurs, mes soins personnels exigent un minimum d'intimité. Me voilà donc condamné au luxe, ce qui, soit dit en passant, ne va pas me ruiner, les cinq jours en cabine revenant à environ deux cents francs.

Et le *Montenegro* quitte son quai à dix heures du soir. Pourquoi ce retard de quatre heures sur l'horaire prévu ? Une foule énorme a envahi les quais. Manaos est un port franc, donc un lieu de trafic. Aussi chacun apporte-t-il avec lui, qui son transistor, qui une machine à coudre, qui encore des caisses mystérieuses. Les serments d'amour et les étreintes se prolongent sous l'œil presque attendri des prostituées de service.

La passerelle du bateau est trop étroite pour pouvoir me hisser. Il a fallu ouvrir le bat-flanc réservé au passage des animaux, et le Segal à cornes et à roulettes pénètre enfin dans son nouveau territoire de chasse.

L'hôtesse m'annonce que je partage ma cabine avec deux Américains. J'attends mes hippies de service, chevelus et barbus, mes aventuriers du tour du monde, mes routards crottés, quand surgissent à la porte deux énormes masses rondelettes qui respirent la bonté et la bonne humeur. Ce sont deux frères de soixante-soixante-dix ans dont l'un est missionnaire au Brésil, qui en connaît la langue et les mœurs et dont la présence s'annonce des plus bénéfiques quant aux contacts et à la compréhension des Indiens.

A l'arrière du bateau, quelque deux cents personnes sont en train d'arrimer leur hamac, s'apprêtant à partager pendant cinq jours toutes les heures du jour et de la nuit dans une promiscuité inquiétante. Bagages et paquets sont déposés au pied, et il faut dire que l'ensemble des hamacs aux couleurs vives et tranchées compose un spectacle magnifique. Plantés les uns contre les autres, les hamacs dansent la samba au son des cassettes et des transistors mélangeant sans problème leurs rythmes à tue-tête. Les larmes versées à l'heure du départ sont vite oubliées quand Manaos et ses lumières disparaissent dans le lointain. Tel jeune homme qui marmonnait tout à l'heure ses serments éternels est déjà reparti en chasse...

Mes Américains m'ont tout de suite adopté. Comme la nourriture n'était pas prévue le premier soir, ils ont aussitôt partagé leurs réserves d'oranges et de bananes.

Puis je monte sur le pont contempler le glissement du bateau. Bientôt des taches jaunes comme des nuages de pollution se mêlent aux eaux noires comme de l'encre du Rio Negro menaçant. C'est l'Amazone qu'on vient d'atteindre. Noir et jaune dans « l'enfer vert », c'est une véritable symphonie de couleurs pour fêter la grande nouvelle. L'Amazone immense et sage défilant sous mes pieds !

Je reste longtemps seul sur le pont, en proie à une exaltation violente. Il fait frais, mais je ne m'en soucie guère, et la nuit passe presque tout entière avant que je ne regagne ma couchette d'acajou. Tout le monde est debout à cinq heures et je suis le mouvement. Avec le jour qui point on distingue maintenant la distance qui nous sépare de la rive, petit liséré mince dans le lointain. Le fleuve atteint parfois douze kilomètres de largeur.

Mes Américains contemplent eux aussi le fleuve impressionnant, tandis que le missionnaire égrène les noms des villages qui défilent, comme un contrôleur annonce les stations du R.E.R.

Le 2 décembre, tout le monde le sait, est une date célèbre. Entre autres anniversaires que fête l'histoire, il faut ranger ma naissance ! que je suis seul à évoquer, me rappelant le Viet-nam, Pékin l'année d'avant... Puisse chaque 2 décembre me retrouver chaque année dans un nouveau lieu de la surface du globe. Je suis heureux. Seul mon fauteuil est grincheux, super-fatigué après toutes ses campagnes. Patiemment remonté pièce par pièce après l'accident du garage, la remise sur pied a davantage tenu du bricolage indigène que de la réparation sérieuse. Aussi commence-t-il à grincer de tous ses membres et une roue avant vient de lâcher. Des efforts savants et appliqués lui permettront de tenir jusqu'à Paris...

Mais, coup d'éclat : à la fin du repas du soir, tout le monde se lève et chante le « happy birthday » en portugais. Il y a même des jus de fruit et un gâteau d'anniversaire... C'est assez rare, un tas de gens inconnus qui chantent pour vous dans une langue inconnue, au beau milieu d'un fleuve géant. C'est un cadeau peu banal, et je me sens dangereusement proche des larmes...

Le lendemain, c'est moi qui irai me mêler à la fête permanente à l'arrière du bateau. Les Indiens bronzés au milieu de leurs valises et de leurs hamacs rient de toutes leurs dents, je m'amuse avec les gosses intrigués par mes engins. Un adolescent m'aborde alors et me demande d'accepter de venir un peu à l'écart discuter d'un livre. Intrigué, je le suis... C'est *Le Petit Prince* en portugais. Alors, avec mes mots d'espagnol que je m'efforce de « portugaiser », nous avons discuté toute la nuit du serpent et du géomètre, et du renard et de la rose...

Et les villages défilent toujours le long du grand fleuve. Une église se dresse soudain, entourée seulement d'innombrables petites croix blanches au milieu des arbres, étrange cimetière fantôme dans sa solitude verte. Sur le bateau, les vieilles femmes se sont signées et prient, d'autres même pleurent. Ont-elles ici perdu des enfants, des parents, ou bien le souvenir de leurs propres disparus vient-il les envahir ?

Le *Montenegro* poursuit lentement son glissement paisible, s'arrêtant de temps à autre pour décharger des passagers, en reprendre d'autres... Un coup de sirène et l'on jette l'ancre, un autre coup de sirène et l'on repart... Alors, les enfants sur leurs pirogues nous suivent longtemps, proposant des fruits et des fleurs.

On atteint Santarém. Je suis tenté de descendre

et de continuer à travers le forêt. De là part, en effet, la transamazonienne qui traverse la jungle sur mille deux cents kilomètres et dont la construction a, dit-on, décimé tant de populations indiennes. La sagesse l'emporte, ce sera pour une autre fois.

La végétation maintenant commence à changer. L'Amazone se ramifie en centaines de petits bras, parmi lesquels le capitaine doit choisir au gré de ses humeurs ou de la profondeur estimée. Les berges ne sont plus qu'à une vingtaine de mètres, et l'on distingue nettement maintenant les Indiens devant leurs cases...

Une autre aube encore. La brume flotte sur l'Amazone, mais déjà des pirogues chargées d'enfants nous ont rattrapés et semblent jouer à faire la course avec le gros bateau. Les passagers jettent à l'eau nourriture et vêtements enfermés dans des sacs de plastique. Le jour se lève. Au milieu des grands séquoias aux pieds palmés, les petites cases semblent mieux protégées. Les hamacs vides sont encore accrochés, la famille est rassemblée sur les pontons de bois adossés à la forêt. Et nous nous regardons en silence, pollués et pollueurs, leur enviant sans doute ce dont l'autre a vaguement honte.

Nous croisons des bateaux à vapeur qui remontent le fleuve, emmenant les médecins en tournées périodiques.

Tout au long de notre descente, un étrange silence nous a accompagnés. Où sont les oiseaux ? Plus tard, dans l'Amazone du Pérou, je traverserai le paradis vert, cet immense chenal creusé au milieu de hauts murs de végétation dense, comme si nous étions plongés au cœur même de la nature.

Là on entend les oiseaux, et les aras volent sans cesse le long des grands arbres.

On approche de Belem, annoncée par les ateliers où l'on construit des navires de bois.

Le bateau accoste. Les Indiens sautent sur le quai en quatrième vitesse, pour être les premiers sur la longue file d'attente devant les bureaux de la douane. Ils vont devoir patienter quatre heures sous le soleil avant de déclarer leur pacotille. Un petit crocodile empaillé attend lui aussi sur sa caisse de carton entourée de ficelles, image même de la tristesse d'un monde mercantile. Qui est allé le tuer sur ses berges de vase où il n'en voulait à personne ? Fallait-il aller exterminer la faune après avoir décimé les Indiens ?

Je débarque après tous les autres, j'ai tout mon temps. J'essaie un hôtel après l'autre, avant de trouver enfin celui qui dispose de toilettes à l'étage ! A peine installé, on m'appelle au téléphone. Je crois rêver. Personne ne peut savoir ni que je suis là ni où je suis. C'est l'hôtesse du bateau qui m'a retrouvé en téléphonant à tous les hôtels de la ville...

Elle vient me rejoindre et nous partons visiter Belem. Une impression de pauvreté et de tristesse suinte des murs délabrés des maisons, une odeur de moisi monte des bidonvilles qui se mêlent à la ville. C'est encore le vieux Brésil...

Nous allons au zoo. Là aussi, un anaconda s'ennuie dans son bassin immense, et les guépards véloces, rapides et puissants, ont l'œil vide des rois déchus. Je pense aux gens en cage qui ne savent plus, ou ne veulent plus pousser la porte de leur liberté. Je pense aux portes de l'hôpital. A ceux qui sont encore derrière les grilles. L'hôpital, à tout jamais, m'a guéri des choses tristes. Je quitte la ville au plus vite.

Quarante heures de route non-stop m'ont conduit à Brasilia. On dort dans l'autobus, on y mange, des toilettes sont même aménagées au fond de la voiture. La route longe le Mato Grosso, campagne aride à la végétation rabougrie, que se partagent de grandes propriétés aux maisons de terre rouge.

On arrive sur le plateau de Brasilia, accueillis par des allées de lampadaires. On croit un instant que les maisons vont apparaître. Mais rien. La ville, l'absence de ville n'en finit pas. Peut-être attend-on quelques volontaires avant de continuer à bâtir ; pour l'instant les lumières n'éclairent que l'absence, comme si la ville reculait devant nous.

Au cœur même de la capitale, cette même impression fausse de ville fausse, comme une illusion. La mégalomanie des hommes plantée en plein cœur du Brésil, à mille kilomètres de tout, un défi de béton et de sculptures.

Je vivrai quand même trois jours vides et creux dans Brasilia désert, essayant d'accrocher quelques images : la sortie d'un mariage, de gros nuages dans le ciel, des statues qui menacent l'azur, des gens qui errent sur des places désertes, des ministères sans fin le long d'avenues sans fin ni commencement. Une ville à la démesure de l'homme.

Je rejoins São Paulo où s'est installée, il y a plus de vingt ans, une branche de la famille de mon père. C'est une ville industrielle et riche, certains quartiers pourraient être Detroit ou Chicago... Je n'ai rien à y faire, un cousin m'amène dans une hacienda : quarante-cinq kilomètres de côté, lac artificiel creusé pour les évolutions de ski nautique, hélicoptère particulier pour atteindre les sommets de la propriété... je retrouve les mêmes contrastes qu'au Venezuela.

Sur l'autoroute du retour, au milieu du terre-plein central, large de dix mètres à peine, le Brésil joue au football. Les gosses, les femmes, les militaires et les curés. Au milieu des bolides qui foncent à 150 à l'heure !

De São Paulo je n'ai retenu qu'un moment d'émotion. C'était doux et froid dans ma main, comme un serpent. Quand ça mord, on est mort. C'était un des serpents de l'institut de Boutantan que, par un geste idiot, j'avais saisi derrière la tête. Parce qu'il était rouge et noir ? A défi, défi et demi, il doit bien y avoir un sérum qui guérit.

Il reste à gagner Rio. A l'aéroport, on m'arrête, on me conduit dans les locaux de la police. Je n'ai toujours pas de visa d'entrée, et on regarde d'un œil sceptique mes lettres d'introduction de l'ambassadeur à Caracas, de l'« agregado militar », mais, après des téléphones interminables, je suis enfin identifié. Escorté comme un prince, on me conduit à l'avion. Mais ma valise a déjà pris l'appareil précédent...

Je m'installe dans un hôtel près de Copacabana, et, chaque nuit, j'arpenterai à grands tours de roue l'immense plage de long en large.

Le bottin consulté, j'ai dressé mon plan de bataille. J'ai déjà envie de raconter mes péripéties amazoniennes, et je les propose au journal *Manchete*. J'ai établi la liste des choses à voir et des boîtes de nuit à visiter. Les filles sont superbes et les sambas les font encore plus divines.

La ville me grise. J'ai soudain envie de la photographier du haut d'un hélicoptère. Il faut payer le prix de ses rêves et n'hésiter point à frapper aux bonnes portes du paradis : je réussis à obtenir au téléphone le chef de l'Aviation du Brésil, à le rencontrer et à le convaincre que mon idée est une grande idée. Il accepte de me prêter un appareil. Heureux de ce premier succès, je réclame l'hélicoptère pour le jour même ! Mon billet d'avion via Paris vient d'être validé pour le lendemain.

Il me demande dix jours de délai. Mission impossible pour cette fois ! Nous nous quittons néanmoins bons amis, il n'en est pas encore revenu...

Le dernier avion du tour du monde ronronne. A dix mille mètres au-dessous de nous, la France se prépare à la fête. Les arbres s'habillent de givre, les dindes s'acheminent sans le savoir vers leur dernière demeure, les sapins sont coupés.

Épilogue

UN jour pas si lointain de ma vingt-cinquième année, une balle de revolver m'a soudain plongé au cœur du premier vrai choix de ma vie. Ou renoncer et en finir une fois pour toutes avec l'existence, ou accepter de vivre, de vivre « avec » ou « sans », comme on voudra. Avec « ça », ou sans jambes.

Il ne suffit pas de vivre. L'important est de vivre bien. De retenir l'or du flot de sang et de douleur qui, jour après jour, ne cesse de couler, plus lourd de terre sale ou de boue chez l'un que chez l'autre, mais qui s'appelle encore la vie.

Et maintenant ?

Je n'ai pas raconté la grande pitié des hôpitaux de France pour émouvoir à bon compte les bonnes volontés. Ni pour prêcher une révolte inutile. Je n'ai pas dit la terrible lutte quotidienne contre la tentation du renoncement pour laisser entendre que j'avais mieux lutté qu'un autre. C'est vrai pourtant, je m'en suis mieux sorti. Parce que j'ai découvert la loi. On ne lutte pas pour soi-même. Mais on lutte seul.

La volonté la plus solide et la plus forte qui ne s'applique qu'à ses petits ou grands progrès égoïstes garde toujours la fragilité du verre face aux colères du destin. Rien ne tient tête à la douleur, à cette espèce d'habitude de la douceur des abandons, à la tendre consolation des affections. On ne lutte pas longtemps pour soi, il y a toujours, à chaque carrefour, trop de chemins de fuite, et trop bien indiqués. Je sais maintenant qu'on ne va pas loin par les nuits noires, si ne luit quelque part la petite lueur d'espérance. A chaque arrêt, je me suis répété : « Tu avances pour ceux qui te regardent... »

On lutte seul. Il faut oser échapper à ceux qui ont charge officielle de vous porter secours, et même à ceux qui ont héritage et mission naturelle d'affection. C'est d'abord à eux-mêmes qu'ils viennent en aide, et personne ne fait le chemin à la place des autres, ni le chemin des roses ni le chemin des croix.

Quatre ans après, ce n'est plus le temps de la haine, ni de la révolte, pas même le temps du mépris. Ce que j'ai dénoncé, c'est le mal involontaire des bonnes volontés et les ornières des chemins faciles tracés par les autres, qui ne conduisent nulle part.

On ne regarde pas les choses en face, la lucidité est la chose du monde la moins bien partagée. La médecine soigne, certes, mais elle ne guérit plus. Il fallait dire qu'on ne sauvera pas les handicapés à coups de Sécurité sociale et d'hôpitaux modèles. On ne guérira personne tant qu'on continuera à faire d'eux des marginaux, même et surtout confortablement installés dans des murs dorés. Il ne s'agit plus d'accepter ni d'aider. Il faut refaire des hommes à part entière. J'aimerais, par ce livre, avoir apporté ma pierre à cet édifice qu'il est urgent de bâtir.

Pour moi, une aventure est finie, celle de la rééducation. Je me sens homme parmi les hommes, avec mon plateau de délire et de douleurs, et mon plateau de désirs et d'espérance.

Une autre aventure a commencé. Les leçons du tour du monde.

De la Rivière des Perles de l'Amazone, du Vietnam au Venezuela, j'ai récolté des images une à une et par brassées, comme on glane peu à peu les épis de la gerbe. Ce n'était ni pour y chercher consolation ni pour y trouver des phrases. Je croyais partir « courir l'aventure » et mesurer mes forces aux barrières des frontières et aux cahots des chemins. Ce n'était pas, je le sais aujourd'hui, pour m'aider à me redresser, ni pour en revenir plus solide et plus fier.

L'aventure est un trop grand mot pour moi, et ce que j'ai fait reste à ma hauteur. Je n'ai pas vécu l'extraordinaire, je n'ai pas vaincu les tempêtes ou abattu les dragons de la jungle. Mais si, pour moi, monter sur un bateau dont la passerelle trop étroite n'accueillait pas mon fauteuil avait pris des allures de défi ? Si, pour moi, descendre l'Amazone avait pris des couleurs d'épopée ? En allant au-devant de ce qui me semblait impossible, j'ai vaincu mes propres peurs.

Qu'importe ! j'ai trouvé mieux. Parti en quête d'exploits, je reviens chargé de mission. Je n'ai pas rencontré les grandes batailles espérées, mais j'ai franchi une autre étape. Partout j'ai trouvé l'homme. Le même homme. Qui parlait les mêmes mots, qui rêvait les mêmes rêves et les mêmes nostalgies, le même paquet d'os et de sang tiraillé entre les mêmes inquiétudes et les mêmes misères. On est toujours « infirme de quelque chose ou de quelqu'un... »

Depuis quatre ans, j'ai reçu des signes : la balle, « la route à faire pour ceux qui sont derrière », la Chine, la découverte de Dieu, la quête des hommes. Et ce n'est pas par hasard.

A travers les lumières blafardes d'hôpital et les couleurs violentes du tour du monde, s'accomplissait la première étape d'un autre chemin. Je sais où je vais, j'ai reconnu mon parcours. Je ne me rêve plus aventurier, je me veux témoin.

Je n'ai pas choisi d'être reporter-photographe pour faire des expositions ou vendre du papier. Partout où les hommes tentent de reculer les limites de leur corps ou de leur volonté, je sais qu'ils cherchent autre chose, ce que certains appellent dépassement et d'autres transcendance. Je veux comprendre et dévoiler le mystère, et porter témoignage. Dans les hôpitaux du Viet-nam en guerre, dans le sillage de la course transatlantique, photographiant les Jeux Olympiques des handicapés de Toronto, j'ai tenté de recueillir les mêmes questions. Si j'essaie maintenant de participer à une prochaine expédition dans l'Himalaya, si je suis allé passer plusieurs semaines au Liban, c'est encore parce que, partout où se bande la volonté, partout où crie la misère, c'est, derrière le héros qui lutte, le même enfant habité d'angoisse qui pleure.

Ce n'est pas pour rien que je ne suis pas né plante ou caillou. Les premiers mots de Bernard sont entrés directement dans ma tête aussi rapidement que la balle dans mon dos. Je me sens, qu'on ne sourie pas du mot, porteur d'humanité. Mais je ne suis plus celui qui tend le doigt, je ne joue plus le rôle d'accusateur ou de culpabilisateur. Je vis en poussant sur mes roues, et pour communiquer. Je n'ai pas gravé de carte de visite ni reçu de décorations. Mais je crois avoir appris le langage.

Il y a vingt ans, par une journée sombre de novembre, dans une rue sanglante de Budapest en révolte, un jeune homme de vingt-neuf ans était fauché par une rafale d'auto-mitrailleuse.

Le lendemain, flottant encore entre la vie et la mort, celui qu'on avait appelé le « prince du grand vent », Jean-Pierre Pedrazzini, reporter à *Paris-Match*, déclarait d'une voix désespérée à l'un de ses compagnons : « Mes jambes sont foutues. Adieu la photo ! Tu connais le reporter à la jambe de bois, toi ? »

Je viens d'avoir vingt-neuf ans. Peut-être les mots qu'on dit à la veille de mourir sont-ils de ceux qui, un jour, deviennent porteurs de métamorphoses et reculent l'impossible.

TABLE

1. 6 avril 1972 7
2. 6 avril 1973 15
3. 8 avril 1972 29
4. Avril 1973 35
5. 13 avril 1972 49
6. Juin 1973 55
7. Avril 1972 65
8. Novembre 1973 81
9. Avril 1972 93
10. Octobre 1974 105
11. Mai 1972 123
12. Novembre 1974 131
13. Mai 1972 143
14. Juin 1972 157
15. Décembre 1974 167
16. Juillet 1972 187
17. Décembre 1974 197
18. Juillet 1972 213
19. Janvier 1975 223
20. Août 1972 233
21. Mars-avril 1975 243
22. Octobre-novembre 1972 255
23. Mai 1975 265
24. Décembre 1972 281
25. Juillet 1975 287
26. Décembre 1975 299
Épilogue 313

Composition réalisée par C.M.L. - MONTROUGE

IMPRIMÉ EN FRANCE PAR BRODARD ET TAUPIN
7, bd Romain-Rolland - Montrouge - Usine de La Flèche.
LIBRAIRIE GÉNÉRALE FRANÇAISE - 14, rue de l'Ancienne-Comédie - Paris.

ISBN : 2 - 253 - 01959 - 3   ✤ 30/5103/4